明月在上,清风为证,
我唯一的愿望是你

有爱的青春陪伴者

知稔 著

偷偷藏匿

Cangni Toutou

花山文藝出版社
河北·石家庄

图书在版编目（CIP）数据

偷偷藏匿 / 知稔著. -- 石家庄：花山文艺出版社，2022.7
　ISBN 978-7-5511-6123-7

Ⅰ.①偷… Ⅱ.①知… Ⅲ.①长篇小说－中国－当代 Ⅳ.①I247.5

中国版本图书馆CIP数据核字(2022)第051575号

书　　名：	偷偷藏匿
	Toutou Cangni
著　　者：	知　稔

责任编辑：于怀新　张凤奇
特约编辑：周丽萍
责任校对：卢水淹
封面设计：孙欣瑞
内文设计：孙欣瑞
封面绘制：十巴施十　暖阳64
插画绘制：加盐鱼头　星兜儿
美术责编：胡彤亮
出版发行：花山文艺出版社（邮政编码：050061）
　　　　　（河北省石家庄市友谊北大街330号）
销售热线：0311-88643221
传　　真：0311-88643225
印　　刷：长沙鸿发印务实业有限公司
经　　销：新华书店
开　　本：880mm×1230mm　1/32
印　　张：9
字　　数：233千字
版　　次：2022年7月第1版
　　　　　2022年7月第1次印刷
书　　号：ISBN 978-7-5511-6123-7
定　　价：42.80元

（版权所有　翻印必究·印装有误　负责调换）

目 录

Chapter1.
八点二十三分，
久违的她回来了 /001

Chapter2.
明月在上，清风为证，
我唯一的愿望是你 /041

Chapter3.
你就是这么对
倒追的人吗 /075

Chapter4.
从喜欢你到
特别喜欢你 /108

Chapter5.
我费尽心机
和满腔努力 /141

目录

Chapter 6.
哄我的时候
我觉得你特别爱我 /177

Chapter 7.
你的温柔 /212

Chapter 8.
爱最难缠 /243

Extra 1.
爱就是心甘情愿·
赵田田视角篇 /260

Extra 2.
嗑到真的了·粉丝视角篇 /265

Extra 3.
杂七杂八篇 /268

Postscript.
/280

Chapter1.
八点二十三分,久违的她回来了

▼

(1)

冯嘉芮从黑暗中苏醒时,天还没亮。她习惯性要转身动一动,才发觉身上哪儿哪儿都疼,腰身被一条有力的手臂箍得很紧,根本动不得。

这样的场景很陌生,在冯嘉芮的记忆里,她已经很多年没和身边这人同床共枕过了,而且……这样的体验,确实是生平第一次。

昨晚的记忆如潮水般涌入她的大脑,很快,她的脸颊发烫,后颈的温度直接唤醒了身后的裴致。

"怎么了?"他的声音低沉又沙哑,带着温热的呼吸打在冯嘉芮的耳朵上。

昨天晚上折腾得太狠,冯嘉芮被体内的酒精弄得昏昏然,脊椎和四肢都软塌塌,推拒不开,就这么被他抱着迷迷糊糊睡去。

裴致翻身压住她,大手在她的腹部轻轻摩挲着,一口咬在女人露出的锁骨上,眼神像是饥饿许久的野兽,泛着幽幽的光。

冯嘉芮本能要躲,可裴致此刻恶狠狠的模样,却莫名让她觉得可怜。

她抬起手臂回抱住这小可怜,轻声说:"别这样,我不是回来了吗?"

那是两个月前的一个蝉鸣啾啾的晚上,八点二十三分。裴致记得很清楚，因为那是一个很久都不曾联系的人打来的电话。

她说："裴致，我要回沪城了。"

冯嘉芮要回来了，终于把毕生的爱洒尽，带着疲倦的身体和空荡荡的心，要回到他身边了。

沪城机场，室外38摄氏度。

南方的夏天潮湿闷热，刚下过一场大雨，路面上还残留着尚未被蒸发干净的水汽，微风拨开云朵露出太阳的脸来，阳光四溢在大地。落地窗前的人微微眯起眼睛，驻足良久，抬脚离去。

冯嘉芮把背包放在行李箱上，一手拉着走出机场。阴凉一点点撤去，刺眼的阳光和闷热的风扑面而来，她深吸一口气，而后点点头，确实是熟悉中的家乡了——潮湿得令人浑身不适。

不同于其他旅客的张望，冯嘉芮径直去了机场附近的咖啡厅。

倒不是没有人来接她，而是她回来得不是时候：父亲公事繁忙，闲不住的母亲和闺蜜们去了泰国旅游，据说结束后还会去马来西亚等地；好友赵田田搞科研，最近正带领着一众学生日夜奋战；而说好来接机的裴致……飞机一落地就收到了他的信息："路上堵车，预计迟到半小时，你去咖啡厅等我。"

冯嘉芮在咖啡厅寻了个座位坐下，从背包里拿出耳机和一本厚重如砖的摄影书放在桌上，等拿到了自己的拿铁，戴上耳机嘴里哼着歌，开始看书。

冯嘉芮低垂着头，坐在她旁边的是一个外籍男子，与她戴着同款耳机，正对着一台笔记本电脑噼里啪啦打着字，也不知怎么的就注意到了身侧的冯嘉芮，转过头来笑出一口大白牙："嗨，你好。"

冯嘉芮也微微一笑："你好。"

外籍男子从冯嘉芮的脸扫到她放在桌上的摄影书，略有些惊讶："这本书我也在看！难道你是摄影师吗？不过——你力气可真大，竟然会随身带着这么厚一本书。"

"算是。"她是从摄影师一步步做到纪录片导演。

冯嘉芮把袖子撸上去一点,豪迈地露出隐约有肌肉轮廓的小麦色胳膊,笑道:"对我而言这本书不算什么,毕竟干我们这一行,得常年背着设备跋山涉水。"

老外直愣愣地看着眼前与其他精致如玉的东方女孩儿截然不同的胳膊:"Wow, so cool!"

没有多聊,冯嘉芮的耳机音乐声突然切换成了来电铃声,她按下接听键,对老外笑了笑。

男人低沉清越的声音顺着电波传递到冯嘉芮耳朵里:"你在哪儿?"

冯嘉芮站起身来,左右张望了一下,在人来人往的缝隙中和一双戴着墨镜的黑眸相对。

还没来得及出声,便听他说:"看到你了。"

大框墨镜几乎遮住了裴致的半张脸,再加上一顶鸭舌帽、黑口罩,冯嘉芮能认出他来也算是一桩了不起的本领了。

男人的身影没有被人群淹没,他身高腿长,显眼得很,不一会儿就穿过人群走到冯嘉芮面前。

他今天穿了一件黑色T恤和浅蓝色牛仔裤以及白色板鞋,头发也柔顺低垂着没有进行丝毫打理,清清爽爽的随性打扮看起来像是大学生,与当年别无二致。

而冯嘉芮就和以往大不同了,有些凌乱的黑色长鬈发,浓密如海藻,生命力蓬勃而旺盛,身上穿着白色薄棉衬衫和黑色粗布裤子,脚踩一双黑球鞋,干干净净,风格中性而洒脱。

皮肤因为高海拔的日晒和风沙吹蚀变得粗糙,脸颊甚至还有一小块没有脱落的皮屑,如果不是她仪态大方,气质不俗,再邋遢一点,或许会有人怀疑她是哪里偷渡过来的难民。

虽然是这种不修边幅的打扮，女人的眼睛却是乌黑明亮，带着熠熠闪光的笑意，在这个国际机场的咖啡厅里实在不能不引人注目，也难怪外籍男子独独会找她搭讪。

男人把冯嘉芮的行李箱和背包拿过来："要回家吗？"

他说话咬字很清晰，虽然是土生土长的南方人，却没有一丁点南方口音，声音里有一种特殊的磁性，不论听他说话还是唱歌都是一件极为享受的乐事。

"裴致。"她笑着小声叫他，然后叩叩他的帽檐，"这打扮怕是适得其反。"

因为从他走进咖啡厅开始，已经有不少女性朝他们这里看了。

裴致是正当红的男演员，年前杀青的一部剧目前正在某台热播，收视率不俗。

冯嘉芮与裴致一前一后地走出去，临出门时还和那位老外交换了名片，他说他是电影特效师，有合作可以联系他，工作室就在徐汇区。

冯嘉芮欣然收好名片。

上了车，冯嘉芮随意说着话，扯东扯西地聊天，几乎算得上是喋喋不休，而裴致却是一言不发地握着方向盘。

气氛有一点尴尬，这对于在交际上无往不利的冯嘉芮来说有一点陌生，更何况对象还是裴致——这个与她认识了八年的男人。

"田田姐呢？"很快，他开口打破了这短暂的安静。

冯嘉芮从衣兜里掏出一块巧克力来，朝他递过去："要吗？"

裴致不置可否，冯嘉芮自顾自就拆了包装往他唇边递。看他淡粉色的薄唇微微张开把巧克力含进去，她才收回手指给自己拿了一块。

她嘴里吃着巧克力，含糊道："田田最近很忙，叫我这一个月都不要去打扰她。"顿了顿，她突然问，"你今天是不是有事？我打扰到你了？"

裴致嗯了一声。

冯嘉芮立刻歉疚地笑了笑："啊……前天我就不该给你打电话的，真抱歉。"

裴致下意识地想要开口辩驳，却在触及她目光时一怔。

是前天晚上八点二十三分，裴致记得很清楚。

因为接到的是一个半年都不曾联系的人打来的电话，她的声音还是一贯的慵懒带着一点沙哑，混在呼呼的风声中，听得不真切，像被什么撕扯着，可能不一会儿就消散了——如同那无数个夜里，虚妄的梦境。

她说过两天要回沪城待上一段时间，和同事们探讨下一部纪录片的选题，等定了才会走。

她并没有要求裴致来机场接她，只是通知他这么一件事，语气平淡自然好像他只是她人生中再寻常不过的一个朋友。

可是他不是。

裴致想，他们的关系可不是朋友这么简单。

不知想到什么，他一直压抑的气息陡然变了，单手扶着方向盘，另一边胳膊抵在窗沿上，盯着前面的红灯，似有若无地轻笑了一声，语气稍稍有些冷。

"如果是他，你还会说抱歉吗？"

空气仿佛在这一瞬间停滞了，刚刚还算融洽的气氛毁于一旦。

冯嘉芮把脸朝向窗外，声音很平静："他吗……"

多么显然易见的答案。

"以前用不着，以后没必要。"她答。

那个"他"，叫许庚。

他是冯嘉芮的初恋，大她七岁。北方人，持纯正的北方普通话口音，发音方式和低沉嗓音让人觉得踏实可靠，叫她名字时会带着儿化音，显得有几分宠溺。

他是冯嘉芮父亲好友的儿子,就寄住在她家楼下的空房里,空闲时总辅导冯嘉芮数学。就这样,他不仅把冯嘉芮的数学成绩从18分提高到108分,顺便还将她的心挖走了。

裴致将她这句话在心里默念一遍,不知是该沮丧"以前用不着",还是该高兴"以后没必要"。

冯嘉芮说完这句话缄默了好一会儿,没话找话:"你有女朋友了吗?"

他的唇抿成一道线,答:"没有。"

枯燥贫瘠的对话后,没人再去打破平静,尝试缓和这尴尬的气氛。

从机场到家的车程约一个小时,其间他们没有再说过话,好像在暗地较劲又像是谁单方面赌气。

冯嘉芮是不懂赌气为何物的,她喜欢直来直去,爱憎分明,从来不愿意做冷战赌气这种无聊的事,可是今天她有一点疲倦。一想到许庚,她就很容易疲倦。

她靠在窗边睡了过去,再醒来时车子已经停在了院子里。

裴致正翻看着她背包里那本摄影书,还未察觉到旁边的女人已经睁开了眼睛。

冯嘉芮不动声色地看着他的侧脸。

毫无疑问,裴致长得很帅气,他一上车就把刘海撩了上去,露出饱满的额头和精致的五官,不管从哪个角度看都十分立体,眉弓到鼻梁,薄唇到喉结,此时他的模样,已经和她印象中那个沉郁少言又桀骜骄横的少年相差甚远了。

少年长大,变成内敛又暗藏危险的男人了。

她轻轻叹了一口气,忽然察觉到车厢里淡淡的香水味——也许是琥珀、橡木苔、香草根和雪松混合的清新味道。

冯嘉芮有片刻的迷惘,仿佛回到了数年前与他并肩坐在桌前分析一道物理题的时光。

这款香水是冯嘉芮送裴致的礼物。

那年裴致十七岁,冯嘉芮十九岁,许庚生日在即,她正满大街寻找"最合适送给初恋男友的礼物"。

当时这款名牌香水刚上市,有一点清新的肥皂水和锐利冰感相结合的香气,浅淡却久久不散,营销主打的噱头就是:初恋的味道。

这波精准营销让冯嘉芮立刻掏了钱包,可阴错阳差之下,许庚生日之前被叫回了北京老家,一去就是两个多月,再回来时已经有了女友。

冯嘉芮心灰意冷,随手将香水送给了来找她补习功课的少年。

"给你吧。"

"这是什么?"

她背过身去掩藏住自己苦涩的笑,故作轻松道:"初恋的味道,呵。"

如果她突然转身,一定能发现少年漆黑的眼睛在这一刻倏地亮了。

车厢里很安静,只有清浅交错的呼吸声。裴致似有所感地转头,对上冯嘉芮的视线。

"怎么了?"他问。

冯嘉芮愣了一下,然后露出一个很简单的笑来。笑容里没有过渡和预兆,露出洁白的牙齿,爽朗天真,没心没肺的冯嘉芮式微笑。

她拉开车门下车,走了几步又回头,语气诚恳地对裴致道:"如果有了喜欢的女孩子就通知我,我会配合你立刻办离婚,毕竟当初是为了帮我,你才——"

"嘉芮姐,"他面无表情地打断她,"爷爷说,今年想要抱重孙。"

冯嘉芮:"……"

裴致,是冯嘉芮的邻家弟弟,是当红演员,也是冯嘉芮如何都看不迈的丈夫。

（2）

冯嘉芮第一次见到裴致也是在一个夏天，就在家门口。

十六岁的少年白衣黑裤，脚上踩着人字拖，黑发有些长了稍微遮住了眼睛，在电梯门打开之际不经意地抬头与她对视一眼，很快就淡淡地移开。

冯嘉芮那时候还是个肤浅的"颜狗"，就这么惊鸿一瞥后回家就跟焦梦玉说："妈妈，你知道咱们这层楼住了一个高中生吗？我今天下午出去玩的时候刚好和他碰见。"

"知道的呀，上个月刚搬过来的，就住在我们对门呀。我听邻居说这孩子的父母好像离婚了，就他自己住呢。"焦梦玉拿起一颗洗好的草莓塞进冯嘉芮嘴里，微微蹙眉道，"小小年纪，可怜哟。"

冯嘉芮慢吞吞咀嚼着草莓，想起少年那漆黑的眼睛里冰冷得没有一丝情绪，好像这世界上的一切都引不起他任何的兴趣。

"他一定很孤单吧。"冯嘉芮漫不经心道。

焦梦玉把洗好的那盘草莓往冯嘉芮手边推了推："他会不会和你一个学校的呀？"

"那谁知道。"

第二天，她知道了。

那天是湿冷天气，天空低压阴沉，淡淡的乌云在天际翻滚，不一会儿就下起了雨。

放学铃响起，安静的教学楼登时变得嘈杂起来，冯嘉芮和赵田田并肩走出教学楼，在拥挤的人群中撑开伞。

赵田田很喜欢和冯嘉芮黏在一块，抢先撑起伞招呼冯嘉芮："一起撑嘛，多有情调啊。"

冯嘉芮收起自己的伞，两个小姑娘互相抱着腰，胳膊挨着胳膊说说笑笑往前走。

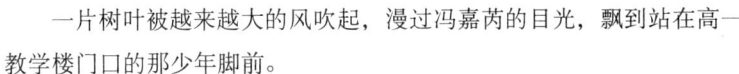

一片树叶被越来越大的风吹起，漫过冯嘉芮的目光，飘到站在高一教学楼门口的那少年脚前。

他个子瘦高，校服被雨水打湿了大半，格格不入地远离人群，孤零零地低着头往校外走去，冯嘉芮下意识加快步伐走到他身旁。

他始终低着眼睑，黑色发梢浸着水意，有些凌乱却越发衬得脸色白皙。

"哎哎哎，冯嘉芮！你走这么快干吗？"赵田田个矮腿短，渐渐跟不上冯嘉芮追赶少年的步伐，忍不住暴躁。

冯嘉芮顿了顿脚步，耳边的雨声渐大了。

赵田田咋咋呼呼的声音引得裴致循声望去，倦怠的视线漫无目的地扫过鱼贯而出的人群和淅沥雨幕，毫无预兆地就看见了冯嘉芮。

随意散着的过肩中长发被风吹得乱糟糟，背着白色双肩背包，鼻尖被冷风吹得发红，清凌凌的眼睛正注视他。

冯嘉芮冲他笑："我们见过的，不知道你还记不记得？我就住在你对门，这伞回家再还我吧。"她说完把雨伞塞到裴致怀里就走，没有留给他半分拒绝和道谢的余地。

或许她认为裴致不该拒绝，也不会道谢。

他的目光跟随着女孩儿的背影直至消失在校门口，才慢吞吞地撑起伞，然后迈着不紧不慢的步伐走出去。

瓢泼大雨如期而至，哗啦啦冲刷着人间。

特大台风于凌晨登陆，新闻和广播接连报道，冯嘉芮的父亲是公职人员，台风天别人休假，他也照样要上班，因此滞留在单位两天未归。

焦梦玉和冯嘉芮母女两个留在家里，用提前储备好的蔬菜水果度日，静静等待着台风离境。

一个不上班一个不上学，两人就共睡一室赖起了床，裴致按响门铃的时候，冯嘉芮还以为爸爸回来了，穿着睡裙光着脚狂奔至门口。

"爸——"最后一个字被她硬生生咽了回去。

这是他们第一次离得这么近。

四目相对，若有似无的尴尬。

她发现这孩子很白，脸也很小，皮肤细腻到看不见毛孔，五官相对其他男生而言要精致许多，但因为英气的眉眼和冷峻的眼神，并不会让人觉得他过分阴柔。

有一种独特的俊美。

呼啸的风刮过墙壁和玻璃窗，为沉寂的环境增添了一抹遥远的声响。

冯嘉芮不说话，等他开口。

然而裴致还在看着她，依旧是白皙的脸，神采奕奕的眼，高挑纤细的身材，穿着白色碎花吊带睡裙，凌乱的发丝挡在若隐若现的锁骨上。

冯嘉芮眨了眨眼睛，语气柔和："你好？"

裴致垂眸，把伞递过去，同时薄唇动了动，发出一道极为悦耳又疏远的声音：

"谢谢。"

冯嘉芮接住伞，在他转身的一瞬间，鬼使神差地喊："哎，你要不要来姐姐家吃饭？"

话说出口，她自己先惊讶到了，怎么好意思自称姐姐呢……

她尴尬地杵在门口，而少年在一片死寂中稍稍偏过头，黑眸里带着一丝不易察觉的戏谑：

"姐姐？"

在冯嘉芮的印象里，每当裴致叫她"姐姐""学姐"或是"嘉芮姐"时，一定都是不太愉悦的场景。

不知道此刻算不算？

他说："嘉芮姐，爷爷说，今年想抱重孙。"

这几乎算得上吓人了。

冯嘉芮天不怕地不怕，唯独怕她那个老古董似的爷爷。

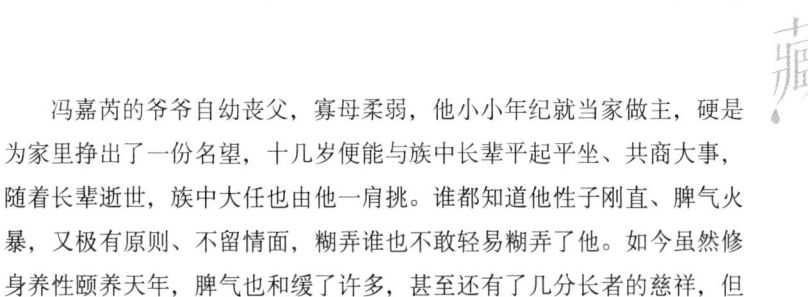

冯嘉芮的爷爷自幼丧父，寡母柔弱，他小小年纪就当家做主，硬是为家里挣出了一份名望，十几岁便能与族中长辈平起平坐、共商大事，随着长辈逝世，族中大任也由他一肩挑。谁都知道他性子刚直、脾气火暴，又极有原则、不留情面，糊弄谁也不敢轻易糊弄了他。如今虽然修身养性颐养天年，脾气也和缓了许多，甚至还有了几分长者的慈祥，但家族上下谁都不敢忤逆他半分，否则老爷子就要拎起拐杖来打人。

平心而论，老爷子对小一辈是非常宠溺的，如果当年不是冯嘉芮为了许庚和爷爷闹翻了天，老爷子扬言要跟她断绝爷孙关系，或许她下了飞机就该直奔冯宅，而不是这湖光别墅了。

冯嘉芮从片刻的惊愕中回过神时，一辆低调的奔驰轿车驶进大门，停到卡宴车边。

从车里下来一位气度不凡的中年男人，目光扫过裴致然后才是冯嘉芮，声音里带着一点和善的笑："听裴致说你今天回来，刚好我办事路过附近，就来看看。"

冯嘉芮上前，笑应一声："爸爸。"

裴步亨的形象百年不变，他戴着金丝边眼镜，模样斯文儒雅，眉眼和裴致有二分相像，衣着昂贵面料考究，笑意不及眼底，让人望而生畏。

半年多未见，他的企业越做越大，威严也越来越重，看人的眼神没有半分温情，来看儿子儿媳倒像是来视察下属工作，一板一眼，乏味极了。

裴步亨对冯嘉芮从不发表任何意见，哪怕这个儿媳曾经闹过人尽皆知的"丑事"，他也能眼睛一眨不眨听完裴致决定与冯嘉芮结婚的通知。

就算是现在，他面对冯嘉芮的"难民"形象，也能面不改色，毫不惊讶，仿佛冯嘉芮生来就是这副模样。

他没有多留，在客厅喝了一杯温水便走了。

裴致问："晚饭想吃什么？"

现在下午三点，一个不早不晚，模棱两可的时间。

冯嘉芮提起行李箱往楼上走，头也不回地答："随便吧。"

冯嘉芮走到二楼张望了一下,找到自己的房间钻进去,冲进浴室泡了一个舒舒服服的温水澡。

在西北那个水资源奇缺的地方,能泡一次澡几乎成了十分奢侈的梦想。

泡澡到一半,生活助理的电话打了过来,冯嘉芮擦干手解锁手机,接通电话。

冯嘉芮入行八九年,其间换了五六个助理,基本都是因为耐不住超强度的工作主动辞职,如今剩下的只有两个助理:一个将近四十岁的工作男助理何鼎朝,一个则是二十出头的生活女助理朱玉。这三年里,冯嘉芮大多时间是和这两人在一起的。

朱玉的嗓门大得像喇叭,因为冯嘉芮是提前回去的,她留在西北收拾行李,本来都要走了,宾馆前台却说收到了一个收件人为冯嘉芮的快递。

寄件人显然是不知道冯嘉芮已经回了沪城,寄了好大一只箱子,里面沉甸甸的,不知道装了什么。

因为冯嘉芮在网上的风评不是很好,曾经也收到过一些恶意快递,所以没敢冒失寄给冯嘉芮。

冯嘉芮也是一头雾水:"不清楚是谁寄的,你打开看看。"

朱玉依言打开,然后声音突然弱下去,迟疑道:"嘉芮姐,好像是庚哥寄的……都是一些书信文件。"

等温水彻底变凉,冯嘉芮才起身从衣柜里随意找出一件宽松的衬衫和牛仔裤套上,扣好纽扣不经意间抬头与镜中的人四目相对。

她怔怔地看了一会儿,仔仔细细地观察自己,然后抬手摸了摸自己略显粗糙的脸,嘴角拉开,形成一个有些难看的笑来。

曾经有媒体评价她:"这位新锐导演的作品和本人身上都有一种旁人没有的力量,由蓬勃的生命力、不羁的野性和永远饱满充盈不枯竭的

热烈情感组成,好像这世上不管发生什么事,她都能笑容以对。"

如果媒体说得对,她就不会去西北也不会把自己变成这样了。

不过没关系。

她这么年轻,人生的路还那么长,总有一天,许庚会成为她生命中无足轻重到甚至再也勾不起她心绪一丝波澜的过客。

冯嘉芮把袖子挽起一点开始整理行李,等到行李箱的东西被一一放置妥当时,卧室门被敲响了。

裴致单手扶着门边,神色淡淡地往她身后看了一眼,问:"收拾好了?下楼吃饭。"

冯嘉芮顺势关门,随裴致下楼去餐厅。

裴致不习惯和陌生人相处,因此家里没有用人,只有钟点工定时来打扫,一般洗衣叠被这类私密事都由裴致亲力亲为。

餐桌上摆了三菜一汤,清炒菠菜、凤梨咕噜肉、红烧排骨和高汤娃娃菜,碗盘精致,卖相十足。

冯嘉芮拉开椅子,惊讶道:"你会烧菜了?"

裴致嘴角微翘,垂眸夹了一块排骨放进冯嘉芮碗里:"尝尝。"

如果不是亲自验证,冯嘉芮绝对不会相信裴致居然学会了烧菜,并且手艺还不错。

"难道这是单身必备技能吗?想不到当初连蒜都不会剥的人也学会烧菜了。"

冯嘉芮想起裴致第一次去她家吃饭——就是那个台风天。外卖没办法来,超市和商店也不开门,而他这个独居学生的家中连最基本的炉灶工具都没有,硬生生吃了两天泡面。如果不是冯嘉芮一时脑抽邀请他去家中吃饭,或许也就没有现在的裴致了……

当然,这是裴致后来才告诉她的,因为那时候他还十分冷酷地拒绝了她呢。

但当时焦梦玉从卧室出来,看见消瘦的裴致,立刻善心大发,好像看不见少年眼中的拒绝,热情地将人拉了进去。

冯嘉芮的神思飘回数年前的回忆里,而裴致看着她纤长的眼睫落在眼睑下的一片阴影,突然轻声说:"不是单身。"

他声音太轻,冯嘉芮只听到了尾音。她咀嚼着排骨抬头,疑惑地瞪大眼睛:"嗯?"

裴致黑眸中倒映着她身后的壁灯,装了满眼温柔星光。

他神情认真,一字一句地对她说:"我是有家室的人。"

(3)

在某些方面,冯嘉芮和裴致很相像。

是一样的对爱情过分偏执。

冯嘉芮当初爱上许庚,闹得全家上下眉头紧皱,可她还是义无反顾追随许庚去了那个陌生而遥远的城市——那时,她从没有想过有今天。

不过这也没什么大不了,我们在最终总是与一些美好的初衷背道而驰,不是吗?

如同她爱许庚,裴致爱着冯嘉芮,爱得毫无尊严,没有办法。

他唯一觉得自己不至于卑贱如斯的地方,就是从不主动同她联系。

他只是站在原地等着她,等她某一天回头看他。

这一次,他不会再任由她飞走了。

他屈指在表情呆滞的冯嘉芮鼻尖上轻轻刮了一下,轻笑:"在法律意义上是这样。"

在他心中亦然。

冯嘉芮回过神,一口吞下排骨,大大松了一口气,用开玩笑的语气道:"太吓人了,我还以为你犯了重婚罪!"

"……"

有时候,裴致真的不得不怀疑,冯嘉芮是不是在装傻。

晚饭结束后,冯嘉芮帮裴致一起收拾餐桌,裴致洗碗碟,她来擦干,把最后一只碗放回原位时,她突然笑着感叹一声:"还是回家舒服。"

正在洗手的裴致动作一顿,嘴角无声地翘起一个小弧度。

他转身擦干手,做了一个少年时代里他们之间无比熟悉的小动作——他用干净修长的手指看似漫不经心地拨了下她的头发,然后弯腰在她耳边低语:"嘉芮姐,欢迎回家。"

欢迎回到我身边。

裴致温热的鼻息扑打在冯嘉芮的耳朵上,让冯嘉芮下意识地躲了躲,往后退了一步刚好贴在冰凉的冰箱上,紧接着他的身子就往前倾了过去。

一瞬间,冯嘉芮就感受到了他靠近时的体温,带着淡淡的清冽味道和人体自然的温度,温暖而干净。

好像站在了冰与火的交界处,冯嘉芮有一丝陌生的茫然,她微微抬头对上男人深邃的双眼,垂在身侧的手慢慢收紧。

绕开他走出厨房,她故作轻松道:"还有一个片花没剪好,我先上楼了。"

男人的视线紧跟着她的背影,答:"好,早点休息。"

冯嘉芮步伐平缓地走进房门,反手关上门后靠在门板上发了好一会儿呆,然后翻找出手机给赵田田发信息:"出出,有一件重要的事情要跟你说。"

某科研狂人难得在次日清晨就回复了消息:"刚好我有空,出来逛街吃烧烤?"

冯嘉芮立刻从床上爬起来,火速冲了一个澡,套上昨天的衬衫、牛仔裤,对着镜子涂了薄薄一层亚光口红,最后把黑色长鬈发抓得更蓬松一点便出了房门。

走到客厅,冯嘉芮捡起放在茶几上的便利贴,一行遒劲有力的字体映入眼帘：

> 我出去工作了，冰箱里有吐司和牛奶。

裴致在凌晨四点就被助理接去片场了，他们两个的房间隔了一条走廊，冯嘉芮没有听到丝毫动静。

冯嘉芮从冰箱里拿出吐司和牛奶，拆包装时顺便看了下日期，都很新鲜，应该是这两天刚刚采购的。

她咬着一片吐司，把奶锅找出来，用二十分钟解决了早饭，换上跑鞋打车赴约。

自从高中毕业后，冯嘉芮和赵田田聚少离多，一个去了北方学电影，毕业后走遍了全国；一个则留在了沪城的重点大学从生物学换到物理学，最后一头扎进了伟大的科研事业中。

总而言之，两个人都很忙，感情却一直未变。

冯嘉芮时间充裕，早早抵达约定地点，其间还买了两支冰激凌，结果赵田田这家伙迟到了半小时，眼看冰激凌就要化成冰激凌水，冯嘉芮只好一人把两支都吃了。

等她拿出纸巾擦干净手时，赵田田终于姗姗来迟。

大抵，人真的是禁不住分开太久的，就站在对面的两人彼此凝视了好久，才终于百分百确定判断无误。

赵田田留了过腰长发，穿着淡粉色娃娃领连衣裙，露出纤细柔嫩的四肢。小小的鼻梁上架了一副银框眼镜，唇上擦了粉色唇彩，在灯光下闪烁着流光。

她整个人看起来软萌可爱，柔弱可欺，与冯嘉芮印象里那个大大咧咧到能够忘记洗脸的假小子大相径庭。

两人相对而坐，目不转睛地看着对方，不约而同地扑哧一声笑出来。

在咖啡厅点了两杯拿铁和两块蓝莓司康，她们絮絮叨叨说着话，叙

旧良久。

赵田田知道冯嘉芮与许庚那段不愉快的往事,所以对对方的新形象不予置评。她告诉冯嘉芮,她刚刚恋爱两个月,对象是比她要大一岁的中科院硕士,老家在云南,是个古板的书呆子,不过对她还不错。

这是赵田田的初恋,但冯嘉芮总觉得她的语气像是在介绍老公。

"哦,对了,你说的那件重要的事情是什么?快说来听听。"

冯嘉芮的身子往前倾了一点,把挡在眼前的长发绾到耳后,然后挂着脸轻声问:"你觉得裴致这个人怎么样?"

赵田田插了一块司康放进嘴里,用一种看好戏的眼神望着冯嘉芮:"怎么,裴致那小子终于对你告白了?"

冯嘉芮:"什么?"

赵田田没忍住翻了个不雅的白眼:"冯嘉芮,有眼睛的人都能看得出裴致喜欢你吧。——哦不对,除了你,你这个睁眼瞎。"

当初赵田田作为冯嘉芮的死党,已经不知多少次在不经意间发现冯嘉芮口中那个冷酷寡言的弟弟,向她投以占有欲十足的痴恋目光了。

只可惜冯嘉芮一心要撞许庚这个南墙,眼里根本看不到那少年半分。

赵田田点到即止,不再多言。

冯嘉芮沉默了一会儿,吐露真言:"以前可能察觉到了,只是不敢去想。"

她把全部都给了许庚,已经拿不出任何东西来回应裴致的爱了,所以干脆假装未曾察觉,不做正面回应,只等他耐心耗尽,自行离开。

洒脱如冯嘉芮,也有会这样畏葸的一面。

爱情对冯嘉芮来说真是个难题,她几乎把整个青春给了许庚,到了现在,蓦然回首又望见了裴致。

其实早在年少轻狂时,冯嘉芮就明白,人生短暂,世事无常,爱情的欢乐如同清晨转瞬即逝的露水——可即便如此,她还是想要。

及至如今,她也并非心灰意冷,只是有一点倦怠,还没有恢复力气去开始一段新的感情。

赵田田问她:"你对裴致什么感觉?"

冯嘉芮想了一会儿,答:"和他在一起,就很放松。"

难为赵田田这个理科生,绞尽脑汁地说:"那么,我想你也未必对他毫无感觉,反正你们都结婚了,不如就趁此机会培养培养感情?"

冯嘉芮不觉得这是个好主意:"这成了什么……当备胎吗?"

赵田田挑眉道:"人家上赶着当你备胎都不要?"

冯嘉芮笑骂了赵田田一句,很快就错开了话题。

难得见面的两人去商场逛了一下午,冯嘉芮买了几套衣裙和护肤品,准备挽救一下自己的形象。

赵田田选了两双鞋,顺便给男友买了一条领带。冯嘉芮看着店员打包,突然折回去,精准地拿了一条去柜台结账。

"麻烦帮我包起来。"

赵田田笑着睨她一眼,半是感叹半是打趣道:"看来某人今晚要高兴得睡不着了。"

冯嘉芮接过店员递来的袋子往外走:"请不要过分脑补。"

玩到天色渐晚,赵田田和冯嘉芮去了高中时代经常光顾的一家烧烤店。

这家店开在她们高中附近,是一家面积不足五十平方米的夫妻档小店,不仅食材干净口味绝佳,而且价格低廉,所以十分受学生欢迎,如果是周末,几乎没有挤进去的可能。

刚好今天周四,学生们也还没放学,所以两人幸运地抢到了最后一张空桌,只是天不如人愿,这边刚点好菜,科研所就给赵田田打了一通电话,把人又给叫了回去。

正当冯嘉芮对着满桌烧烤发呆的时候,裴致的电话不期而至。

"你在哪儿?"

店里很吵,四面八方的交谈声把冯嘉芮包围了,但她仍旧听清了电话那头的声音。

太不一样了。这样清越好听的声音，即使在嘈杂中也格外清晰。

"我不在家，我在外面——"

"看到你了。"

冯嘉芮下意识往门外看去，果然在门边看到一道高大俊逸的身影。

裴致穿着黑色连帽衫和牛仔裤，宽大的帽檐将他的脸遮住了大半，站在发黄的白炽灯下，半个身子的轮廓融于门外的黑暗中。

"你怎么……"

他走过来，拉开冯嘉芮对面的椅子坐下来："田田姐给我打了电话，让我来陪你吃饭。"

冯嘉芮："哦……"

幸好是坐在角落里，他又背对着人群，旁人才看不到他的脸，否则这一顿饭恐怕要随着学生们的拥入中止了。

他们在装饰简陋、灯光昏暗的小店里吃饭。

赵田田和冯嘉芮口味一致比较重，点了许多海鲜烧烤以及各类口味辛辣的食物。裴致因为胃不好，所以吃得很清淡，加了一份海鲜粥，一勺一勺地喝着。

其间冯嘉芮点了啤酒，一边与裴致聊着天一边续杯，一杯一杯竟然喝到酩酊，浑身血液翻滚，热气上涌。

他拿手在冯嘉芮眼前晃了晃，问："你现在还好吗？"

"好。"冯嘉芮点头，"非常好，好得不能再好了。"

她笑吟吟地抬起蒙眬的眼睛看着他，然后嘴角动了动，想笑，但不知名的伤感却渐渐在她眼里沉落下来。

或许是感觉羞愧，她低下头，用手背挡住额头，轻轻地笑了一声。

"裴致……"她的声音非常低。

"嗯？"他注视着她，猜想她此刻或许又在想念着那个人。

能让她露出这样脆弱神情的,只有那个人。

冯嘉芮不知道,裴致嫉妒着每一个曾出现在她生命中的男人,他认为自己才应该是她最初的,唯一的,最后的男人。

然而现实却刚好相反,他什么都不是。

他取得的唯一胜利,唯一慰藉便是在她被恨意冲昏了头脑时诱骗她结婚。

大家心知肚明,这不过是做戏,但他身为演员却入戏太深,无法自拔。

婚后她总是将近半年才会回来一次,半年,半年又半年,短暂相聚后便毫不留念地离开。

人的一生能有多少个半年呢?

他恨不得要时光加速,瞬间白头,看看那时她会在谁的身边。

她低着头不说话,喉咙里发出不明意义的沉吟声,好像有什么话在胸臆之间酝酿着。

"裴致。"

就在他要开口的时候,听到她问——

"不如我们交往试试?"

(4)

小店里熙攘吵闹的声音都被冯嘉芮这句话远远地推开了,裴致眼前似乎有一层迷雾,眨眨眼,映入眼帘的却是年少时的那个夜晚。

裴致从打工的酒吧走出来,穿过晚高峰的车水马龙,路边生长着茂密交错的木棉树,枝杈上开放着一树火红,花瓣包围着黄色的花蕊,远远看去像是绽放在初春的火苗。

他走到一棵树下,借着五光十色的霓虹灯光点燃一根烟。

火苗在晚风中颤颤巍巍,他抬手护住,不经意间抬头看到隔着一条街的那间24小时便利店。

此时店内橱窗后,有一名身穿白色连衣裙的女人和西装革履的男人

坐着，两人都低着头，看不清表情，却显露出绷得很紧的下颌。

裴致有一瞬间的失神，火舌趁机舔舐到香烟，接着便噗的一声，熄灭了。

橱窗后的女人似有所感抬头，视线与他相对。

下一秒，她利落地起身，眼睛里带着泪光和恨意，推开便利店的门穿过马路径直走向他。

车辆快得几乎只能看到白色灯光，眼前一切幻化成虚影，笑声、喇叭、远处歌舞厅的音乐全都静止了，一切都虚假得好似梦中，只有对面女人的笑容是真实的。

她在他面前站定，摸了摸他的脸，指尖一寸寸描摹着少年的轮廓，用蛊惑的声音问："裴致，你喜不喜欢我？"

他的心率陡然加快，喉咙里的话像是一只鸟儿，挣扎欲飞。

邻街似乎有黑色身影在晃动，然而他挪不开目光，只能定定看着她那双漂亮的眼睛。

她又走近一步，勾出一抹摄人心魄的笑："不如，我们交往试试吧？"

然后，她踮起脚，不容拒绝地吻上去，把少年的回答含在两人的唇齿之间。

亲吻只有片刻，冯嘉芮松开裴致，转头扫视一圈，发现那人早没了踪影，这才后知后觉地、不好意思地对着裴致讪笑。

"我……"

"故意做给他看的吗？"烟头已经烧到手指，烫得一片粉红。裴致转身，将烟碾灭扔到垃圾桶内，然后用最平静如常的样子看着冯嘉芮。

冯嘉芮傻傻地点了下头，眼尾通红，还隐隐有泪："裴致我……"

他用指腹温柔地擦了下她的脸，不等她回答，只说："我送你回家。"

被怒意冲昏脑袋的冯嘉芮第二天起得比鸡还早，回想起昨晚自己的行为,恨不得原地穿越回去改写剧情。

"不会是他的初吻吧?"冯嘉芮对着天花板发呆,想起少年眼底的冷漠化作惊讶,"完了。"

手机铃声打断了她的思绪,她在床上打滚哀号。

"你说你和许庚分手了,还强吻了裴致?"

冯嘉芮无声地点头。

电话那边的赵田田声音反而多了一丝笑意:"肯定是他的初吻。"

冯嘉芮下意识地问了句:"为什么?"

赵田田只故作神秘地笑。

那天之后,冯嘉芮故意躲着裴致。其实也不算躲,当时裴致大四临近毕业,一边打工,一边还要赶毕业论文,本来就忙得昏天黑地。

她偶尔半夜起来觅食,还能听见对面他开门的声音。

她还好奇,有必要这么拼吗?她不知道,少年憋了一股劲,想要证明自己,更想让她看到自己的优秀。

那个夏季高温炙烤着大地,夜里的风带着燥意,焦梦玉女士带着老公出去旅游,家里只剩下冯嘉芮一人。晚上八点的时候,突然停电,她捣鼓了半个小时,以失败告终。

半夜又被热醒。

窗外树影叠叠,她在黑漆漆的房间里,看到了裴致走在昏暗的路灯里,由远及近。

她忘了尴尬,像看到救星一样,打开门,就往楼下跑。

楼道里的感应灯也在要坏不坏的边缘,像恐怖片里那样忽闪忽闪。

冯嘉芮小跑到裴致面前,仰头近距离看到的那瞬间,只是短短几日不见,怎么感觉他瘦了那么多。

少年面无表情,额前的黑发变长了些,稍稍有些遮眼,低头时,冷白的下颌线在朦胧月色里格外醉人。

小飞虫在眼前晃悠,她眼疾手快地直接一掌拍在裴致的脖子上。

拍完掌心发烫，好像是湿漉漉的汗，冯嘉芮连忙缩回来，笑嘻嘻道："是蚊子，在吸你血。"

裴致垂眸，睫毛又直又长，目光淡淡，让人看不出情绪。

"我答应你。"他突然开口，说的话却没头没尾。

冯嘉芮愣了下，然后笑："你怎么知道我家停电了？你答应了呀，走，快帮我修，真的热死了。"

裴致一顿，随后脸色难看起来："什么？"

"修电路啊。"她理所当然地说。

裴致沉默地跟着她回到家，打着手电筒看了下，电路只是跳闸，也不知她怎么笨到连这个都处理不了。

离开时，裴致手抵着门，没忍住，回头注视着她。

"冯嘉芮。"

冯嘉芮很少听见他叫自己全名。

"你干吗？"

少年的下颌绷紧："你说话算话吗？"

她立刻就说："当然算啊。"

裴致低头嗤笑一声，将门关上，转身回了自己的家。

骗子。

不走心的骗子。

她向来会骗人，狠起心来连自己都骗。

……

冯嘉芮的酒量和酒品向来不敢恭维，此刻她撑着下巴看着裴致，眸子亮得让人不敢直视，仿佛眼前的人就是她深爱的人。

店员捧着发出噼里啪啦声响的木炭，上来替换，不小心碰倒了啤酒瓶。

道歉声中，裴致神情专注地扶住了岌岌可危的酒瓶，才能勉强忽略刚刚明显加速的心跳。

气氛过于微妙。

谁都没有说话。

身边是嘈杂的环境，他的沉默，显得特别。

过了好一会儿，冯嘉芮看见裴致唇边出现个很淡的笑，带着不善和嘲讽。

她迷糊发怔间，耳边就听见他比记忆里冷漠许多的声音——

"不试。"

冯嘉芮睁大眼睛，意外他的拒绝。想想也是，她那么浑蛋，不试也行。

她安慰着自己，故作爽快一笑："我开玩笑……"

裴致忽然开口叫了下她的名字："冯嘉芮。"他眼里装着冯嘉芮看不懂的色彩，"我们已经结婚三年了。"

冯嘉芮还没明白。

裴致靠在那儿看着她，突然低低地笑，低头时露出很浅的酒窝。三年前也是这样酒意熏天的夜晚，她同样是醉得迷糊，露出与现在一样的迷惑神情，在他的哄骗下领了证。他很多时候都承认自己卑鄙，但这又如何，只要得到她，他下地狱又何妨。

路边有一辆车打了远光灯，刺得人睁不开眼，他在这瞬间忽然起身坐到她身旁，坐下时，卫衣的绳子不小心碰到她的肩膀。

冯嘉芮喝得有些多，目光一转，发现他的脸距离自己只有分毫。他眼睛长得最好，睫毛浓密，眼尾较长，细细的双眼皮，什么都不用做，就能让人有一种被深爱的错觉。看到一半觉得心跳有些快，她偏过头，准备说的话还没说出口，唇就毫无预警地被堵住。

很轻也很软，碰了只有一秒，他若无其事地移开，又靠在椅子上，看着冯嘉芮瞪大的眼睛说："提醒你一下已婚的事实。"

冯嘉芮惊得酒都醒了几分，摸了摸嘴角，气息有些不顺。终于意识到，她刚刚说的话的歧义在哪儿。

他们已经是结婚三年的夫妻了。

还要怎么试。

八月的夜晚,燥热潮湿,现在是晚上八点,街道两侧满满都是人。

裴致帮冯嘉芮拎着购物袋,走在她身后,他目光没离开她。从高中时代就是这样,他一直走在她身后,看着她。这几年她不在,他连走在她身后的机会都没有。

路过一家网红奶茶店时,冯嘉芮跑过去买了一杯,喝一口又塞到他手里。

"太甜了。"

裴致看着她发丝粘在脖子上,指尖有点痒。两个人在一起时,他总忍不住想靠近她,细细观察,不放过不错过任何一点小细节。

喝了一口奶盖,裴致被甜得皱起眉,对面几个大学生模样的人不看路地从对面走来。他伸手拉住她的手腕,她没拒绝,反而往他怀里靠了靠。他感觉心尖被抓了下,没忍住,终于将那根发丝从脖子里拿开。

她痒得抬起头,好像下了某种决心:"那我们以后好好过日子,我会对你超级好超级好。"

裴致的手从手腕到腰,冯嘉芮没听到他的声音,又看了他一眼,正好看见他眼眸中的自己。她有些意外此刻自己这副完全放松,毫无防备的模样。

下一秒,她头发被摸了一下。他眼底温柔更甚,比小店门缝里漏出的冷气还让人惬意。

就是,到最后也没说是同意还是不同意。

第二天睡醒时已是上午十点,冯嘉芮吃着裴致做的早饭,看着空荡荡的房子感叹,做明星真的是忙。

赵田田早早打来电话,说为了弥补昨天的晚饭,今天请她看电影。

冯嘉芮同意,难得闲暇的时光,放纵一下也无所谓。

只是没想到工作日的下午，电影院还能满场。

冯嘉芮捧着爆米花和可乐，和赵田田坐下后，发现全场几乎都是女孩子。

票是赵田田买的，冯嘉芮好奇："谁这么大魅力啊？"

"你家裴致呗。"赵田田好奇地凑过来咬耳朵，"领带送出去了吗？他什么反应？是不是高兴坏了？"

冯嘉芮摇摇头，想起昨晚那个吻，她不太自在。

"还没。"

"你在矜持什么？"赵田田恨不得挑明撮合他们俩，但又怕冯嘉芮起逆反心理。

"我不知道。"她想了想，"我以前看他觉得就是弟弟，现在他好像突然一下子长大了。"

"然后你也突然陷入爱情？"

冯嘉芮没反驳，反而认真地想了下："怎么说，就像那首歌里唱的，是心动啊……"

"真的假的？"

"假的假的。"

赵田田还要追问，电影院内的灯光一下子黑了下来，冯嘉芮抵了下她的胳膊，让她先看电影。

这是一部青春片，剧情很简单，裴致在里面演一个大学生，只要他一出场，电影院里就响起女生们的尖叫。

冯嘉芮第一次真实地感受裴致的人气，她有点不大适应，又有些与有荣焉。大银幕里的裴致穿着最基础款的白衬衫，只是随便一拍都是让人惊艳的帅。他卑微地暗恋着女主角，一直默默地守在她身旁，甚至到了最后都没有将告白说出口。

整个片子酸酸涩涩的，没有狗血也没有起伏太大的剧情，似乎只是在讲少年的孤单心事。

电影散场,好多小女生都坐在座位上不肯离去,眼眶红红的。

"我看采访,裴裴说这部剧和他真人的经历相似。"

"不可能吧,裴裴这么帅在真实生活里怎么会有女生舍得拒绝他?"

"真的好心酸哦,暗恋八年求而不得。唉,本来不想裴裴谈恋爱,但是真的像电影里演的,我真希望那个女生能回头看看裴裴。"

冯嘉芮从她们面前走过,一字不落地将话都听到耳朵里。

从记忆里搜寻,没找到结果,她转头问赵田田:"裴致真有一个暗恋八年的女生吗?"

赵田田惊讶地看着她:"冯嘉芮你是真傻还是装傻,你真的不知道吗?"

(5)

她应该知道吗?

外面突然下了一场雨,雨势太大激起一片白雾。冯嘉芮没带伞,赵田田本来说将她送回家,临时又有事,只好送到临近的地铁口。

下车时,赵田田叫住冯嘉芮,忽然问她:"你知道高二比高三晚自习早下课半个小时吧?"

这是什么意思?

赵田田没回她,只说:"你好好想想。"

地铁上十分拥挤,几个小女生正用手机在看综艺节目。

是季惜白和周牧野,两个都是时下最有流量的明星,周牧野对季惜白说:"我看了最近新上映的那个电影,我好喜欢林绿时啊。"

季惜白了然一笑:"你不会是知道我和裴致关系好,想通过我找裴致要林绿时的联系方式吧?"

周牧野厚着脸皮理所当然:"不然要你有何用。"

没想到，季惜白真的拿出手机，给裴致发了条微信。

几个小女生互看一眼，聊着天：

"我好迷裴致和林绿时的CP哦，性感大花旦×清冷寡言'白切黑'顶级流量。"

"裴裴不也说他喜欢姐姐型吗？"

"他们俩CP已经是排行榜前五了。"

视频里，季惜白的话打断了她们的讨论。

"裴致回我了。"季惜白将语音公放，裴致清冷的声音响起——

"周牧野你好，实在不好意思，我没有林绿时前辈的联系方式。"

季惜白听完就开始嘲笑起裴致："拍戏三个月你居然连女主角的联系方式都没拿到，裴致你是不是打算单身一辈子啊。"然后拍了拍周牧野的肩膀，"对不起啊兄弟，裴致社交上有问题，我替你教育他。"

刚刚还在迷"致绿"CP的小姑娘们脸上露出苦色："裴裴总是这样，认生十级，十分难聊。"

其中有一个是裴致的粉丝，煞有介事地分析道："裴裴真的好'苏'啊，洁身自好。如果真像他之前说的，那他一定是在等那个姐姐。天哪，这是什么绝世深情好男人啊。"

冯嘉芮心口像被什么啃了一下，突然记起她从前也是这样调侃他。

地铁在轨道里飞速运转，眼前一片模糊，忽然觉得有什么她忽略的，思绪飘回了很久之前。

冯嘉芮有个关系很好的学妹叫许茹涵，相当迷恋裴致，小女生满心都是少女情怀，恨不得立马就让对方明白自己的心思，可又羞怯。

冯嘉芮低头看着情书，觉得这事不大好："你自己送吧。"

许茹涵双手合十可怜兮兮地低声求她，夜里本就冷，凉风一吹显得小姑娘更可怜。

冯嘉芮怜香惜玉："行，我只帮你送，下面的你自己来哦。"

"嗯嗯！"

这情书像烫手山芋在冯嘉芮手里待了两天，第三天晚上，她犹豫再三去了对门。

她熟门熟路地开了门，心里有事，连房间门都忘了敲，直接推门进去。

房间里光线昏暗，深色的窗帘拉了一半，只开了一盏不太亮的暖黄色台灯。视线里，裴致刚洗过澡，只穿着全棉材质的长裤，上半身裸着，头发还滴着水。窗户没关严，有一缕冷风从外面跑进来，把她吹醒。她连忙闭上眼，闭完之后觉得不大对劲，又将眼睛睁开，比之前睁得还大。

裴致盯着她，呆在原地，面上还能勉强维持镇定，耳朵却不可抑制地红了。

就在这时，门外突然传来裴步亨的声音。裴致三两步上前，拽过冯嘉芮的手，两个人都躲进了衣柜里。

衣柜不大，两个人在里面更显狭窄。

冯嘉芮看着近在咫尺的裴致："我们为什么要躲起来？"

这不是此地无银三百两吗？

裴致看了冯嘉芮几秒，移开目光。他上身没穿衣服，衣柜里更黑，只有零星的光线照进来，可还是可以清晰地看到少女亮晶晶的眼睛。

两人贴得近，明明没开暖气，却莫名觉得热。

呼吸交融间，冯嘉芮还在纠结："我躲就算了，你为什么要躲起来？"

裴致揉了下发烫的脸，觉得心跳往不可控的方向发展。

"你来干什么？"他问。

冯嘉芮立马气短了点，她有个不好的习惯，只要一心虚目光就胡乱瞟没个定点，正好看见他的腹肌："我能摸一下吗？"

裴致没反应过来。

她补充道："腹肌。"

裴致冷声拒绝："不能。"

"小气。"她撇了下嘴,"我来帮许茹涵送情书的,她喜欢你好久了。"

"谁?"他心跳速度骤然降低,皱着眉问。

"你同班同学好吗?"冯嘉芮没忍住还是戳了下,"班花都不记得,裴裴宝宝你这样很容易孤独终老的。"

他不知道自己起伏巨大的心跳声有没有泄漏,也不知道此刻突然坏透的心情从何而来,反正在这一秒,他口气极差地回:"关你什么事。"

门外,裴步亨敲了两下门,声音透过门传来:"我晚上九点的飞机马上要走,钱我放在桌子上。"

过了两分钟,冯嘉芮听见关门的声音。

下一秒,裴致猛地推开衣柜的门,随手将刚刚放在衣架上的衣服套上。少年看都不看她,全身泛着生人勿近的冰冷。

冯嘉芮:"……"

这个人真的好奇奇怪怪啊。

冯嘉芮也不高兴,气冲冲地出了门,发现情书还在手里,又折回去,看见裴致脸更冷。

冯嘉芮直接将情书扔给他:"你自己解决。"

她被裴致冷淡的声音叫住。

"冯嘉芮。"

她没好气地回头:"干吗?"

他黑发黑眼,沉下去的脸色,在这样的夜里更加冰冷——

"以后少管我。"

冯嘉芮一口答应。

谁稀罕管你啊,真是!

第二天雷电交加,大雨倾盆夜幕里,除了沉沉的雨声还有汽车的警报声。

教学楼的灯还亮着,许茹涵从走廊看到裴致走过,急急跑过去,不管前后是否有目光注意到,大声叫住他:"裴致!"

一声闷雷后,裴致停下脚步转了过去。

"那个……嘉芮姐说已经给你了……那你有什么要说的吗?"许茹涵说得结结巴巴,这是她第一次喜欢人,更是第一次做出这样出格的行为。

她仰着头紧张又期待地看着他,走廊上冷得要命,雨声越来越大,像倒灌了一样,电闪雷鸣,一点浪漫的气氛都没有。

眼前少年在校服外穿了件黑色的羽绒服,那张让人着迷的脸寡淡又清冷,似乎这世界没有什么能提起他的兴趣。许茹涵的心慢慢沉了一点:"你要是没什么话说,也行。"

他视线停顿了几秒,终于从记忆里想起了什么:"许茹涵?"

许茹涵立刻回道:"对!是我!"

他点了下头,表情更淡,云淡风轻地问:"你喜欢我?"

许茹涵用力地点了下头。

雨更大,头发忽然被水珠打到,她下意识抹了下,目光触及裴致的视线,本来雀跃的心跳突然平息下来。她手指蜷缩恨不得找个地缝钻进去,可就在这一秒,闪电的白光里,她突然看到了少年的目光在这一瞬间,冰山融化成春光。

她敏感地回头,身后空无一人,再回头他又恢复了冷冰冰的模样。

难道看错了?

"我不喜欢你,你好好学习吧。"

他转身又慢吞吞往回走,许茹涵不死心,跟上前追问:"裴致,你是不是有喜欢的人了?"

他只迟疑了一秒:"没有。"

许茹涵心想,骗人。

晚自习还在继续，裴致刚回到座位，手机振动了下。

冯嘉芮："好狠的心啊！"

冯嘉芮："你怎么拒绝人都不知道委婉点！"

裴致扫了一眼，没回。

晚自习下课，高二比高三早半小时，他习惯性多刷了会儿题，看时间差不多，再去楼梯口晃着等冯嘉芮。

身体被人从后面推了下，他不受控地前倾，刚要踩空，又急急被罪魁祸首拉住。

冯嘉芮气哼哼地别扭道："你怎么这么没有防范意识？"

裴致撑开雨伞的手顿了下，目光垂下，看了她一眼，只一秒，又很快收回。

从学校到家不到三公里，公交车5站，路过6个红绿灯，要走617米，108级台阶。

裴致没说一句话，冯嘉芮叽叽喳喳念叨了一路，最后到了家门口，转身各回各家前叫住他。

她长得好，一双眼睛最为艳丽，像是最亮的星星，此刻一本正经地看着他，语气严肃又认真："宝宝，以后你如果是孤家寡人可怎么办呀？"

裴致垂下眸子，又长又密的睫毛挡住他眼底的情绪。楼梯里还能听见轰轰的雷声，声控灯亮亮暗暗，冯嘉芮眼尖地看见他勾起了嘴角——

"那嘉芮姐养我一辈子。"

灯光忽闪忽闪，冯嘉芮眼睛不可置信地瞪大。

"好啊！你居然打这个主意！你想得美！"

地铁公式化的报站声将冯嘉芮拉回现实。

雨下得更大，冯嘉芮跑进便利店，只剩下质量超级差的透明伞。排队付账的时候，她后知后觉地感觉自己有点渣。

行人道上路人稀少，冯嘉芮撑着伞，在大雨中飘摇。她想无论以后怎么样，现在一定要对裴致好，非常好。当年她走投无路，是他和自己结婚，将她从绝望的边缘拉回。

走了十分钟，终于到家，伞坏得七七八八，她也淋湿得差不多。

她脱掉鞋，将包放到一旁，直接冲进了浴室。

刚开门，雾气扑面而来，里面的人全身只围了一条浴巾，露出带着腹肌的窄腰。他正拿着浴巾擦头发，皮肤上有薄薄的水珠，听见开门声身形一顿，回头看过来，凌乱湿发下那双星空一样的黑眸盯住湿淋淋的她。

四目相对，冯嘉芮心猛地一跳，还没反应过来，对方就速度极快地将门关上。

冯嘉芮嘀咕：" 又不是没看过。"

她脑海里下意识将多年前的画面和刚刚的对比。

好像更壮了一点？

身后的门打开，裴致已经穿上衣服，头发半干未干，发尾还滴着水。冯嘉芮下意识又看向他腰腹处，啪的一声，浴巾盖在她身上。

"淋雨了？"他声音从头顶传来。

她点点头，说出的话却不经脑子："腹肌不错。"

四周空气静了静，若是当年，裴致大概只会被她逗红了脸。

但现在，裴致靠在墙上，表情似笑非笑，声音低哑却滚烫："要摸吗？"

冯嘉芮一愣，败下阵来："我……我先去洗澡了。"

手拉开门，动作十分干脆利落。

冯嘉芮站在镜子前，雾气还没散去，但她还是看见了自己红红的脸。空气里都是沐浴露的香味，和裴致身上的一样，她不太自在，总觉得自己和他融为一体似的。

"现在居然敢调戏姐姐了。"

裴致看着冯嘉芮落荒而逃的背影，嘴角翘了翘。手机上已经有三个未接来电，他一边打开电视，一边回拨了过去。

电视里正在回放季惜白那个综艺，裴致看着，耳边传来当事人的声音："现在全国人民都知道你'注孤生'了，你也太不争气了吧。"

"就这事？"裴致忽然想到什么，走到冯嘉芮房门口刚要进去，又转身回到自己房间，拿了一件自己的大T恤回到浴室门口，轻轻敲了下门，"洗了吗，我拿了件衣服放在门口。"

冯嘉芮衣服刚脱到一半，打开门，只露了一张脸出来，看也不看他，直接从他手里将衣服夺进去。

"你在干吗？"季惜白停顿了一下，"我说你不会藏了个女人吧？"

"没事挂了。"

季惜白大叫："不许挂！我的天，裴致，我看错你了！我还以为你是单纯的小白花，结果你才是闷声做大事的，快说是谁？圈内的吗？林绿时吗？"

他回想了下，裴致身边别说女艺人了，连工作人员都是男的。裴致平日里人情寡淡，连圈内好友都只有他一个，还是他死皮赖脸凑上来的。

裴致也不回答，注意力一直放在浴室的方向，突然开口："你平时都怎么追人的？"

季惜白骚包地炫耀："真男人都直接上，谁还追啊？"

话音刚落，浴室的门打开，裴致直接将电话给挂了。视线里，冯嘉芮穿着他的衣服，长度到膝盖上大概十厘米，皮肤被热水蒸得有些粉红。她抬起头看过来，浑然不知他已经盯着她许久。

电视彻底成了摆设，裴致看着冯嘉芮自然地坐到他身边，胳膊微微碰到，他们身上有着同一种味道。这么多年，很多时候他怕冯嘉芮太长情，怕许庚就这么长长久久地住在她心里，但更多时候他又羡慕这份长情。

她侧头望他,领口太大,露出大片肌肤,她没注意:"怎么了?"

他目光垂下,视线在她脖子上的那颗痣上停留,倾身逼近。

冯嘉芮紧张得绷直了脚尖,睫毛颤了颤:"裴致……"

他恍若未闻,靠得更近了一点:"你心跳好快。"

废话。面对你这张脸,谁心跳能不加速。

在还有一厘米的时候,冯嘉芮的手抵住他的胸。电视里正在放裴致的广告,他一身黑色皮衣在闹市的黑夜里行走,暗色调的霓虹层叠,突然一束光出现在他的脸上,黑眸幽深,左脸颊有个唇印,画面定格品牌名称和色号出现。

冯嘉芮注意力不集中,目光移了过去,电视里的人,此刻就在眼前,她心跳更快了。这张脸还和曾经一样没有变,只是少年成了男人,带着致命的危险。

难挨的时间里,只见他伸手轻轻碰了下她的耳后,她全身都有些麻,下意识就要躲。

突然,他的声音响起:"有泡沫。"

"啊?是吗?"冯嘉芮连忙擦了下,抬头正好看见他目光里的笑意,"你故意耍我?"

裴致坐了回去,嘴角的笑意有点孩子气。

冯嘉芮气息不顺畅地瞪着他,好不容易平静下来。

下一秒,他声音又钻了进来:"嘉芮姐,你什么时候开始履行夫妻义务?"

(6)

空气静了两秒,裴致漫不经心地开口:"开玩笑的。"

冯嘉芮"嗯嗯"两声,也不管自己尿不尿了,直接就跑回自己房间。

她躺在床上,看着天花板,过了片刻,她猛地起身又跑去浴室。刚刚洗澡后，她内衣还在那儿，裴致应该不会发现吧？

事与愿违，她速度还是慢了些，她瞪着他手里的内衣："洗了？"

裴致淡淡看了她一眼："手洗的。"

现在重点是手洗吗？

内衣这么私密的东西，第一次出现在异性的手里。冯嘉芮干咳一声，掩饰住自己的不自在，神色正经道："这是我的。"

"知道。"他语气平常。

"……"

裴致望着冯嘉芮纠结的脸，突然有了些笑意："又不是没看过。"

这是刚刚冯嘉芮说的话。

冯嘉芮忽然沉默了下来，她进退两难，脑子嗡嗡响，四肢都在发麻，最后自暴自弃："那谢谢你。"

又折回床上躺着，她捂住隐隐发烫的脸，他怎么就能这么理所当然呢。睡意全无，她在微信上找赵田田闲聊。

冯嘉芮："裴致没以前可爱了。"

赵田田："？"

冯嘉芮："你别看他长得淡漠一副性冷淡的模样，其实就是一个狐狸精，这种冷心冷情的人吃起人来，都不吐骨头的。"

赵田田："他吃你了？"

冯嘉芮："……"

冯嘉芮把刚刚的事情说了一遍。

赵田田抓住重点："他什么时候看过的？"

冯嘉芮："就以前上学的时候。"

赵田田很没革命友谊的，直接将他俩的聊天记录截图发给了裴致。

没一会儿，冯嘉芮的手机振动了下。

裴致："睡觉。"

冯嘉芮心口一跳，他怎么知道自己没睡的?

果然是只能洞察人心的狐狸精。

这一晚发生的事情太多,冯嘉芮一整夜翻来覆去,梦里都是见到裴致的那一年。

自从台风天后,裴致在冯嘉芮家吃饭的概率就变高了,主要是焦梦玉实在太热情。

"裴裴,去叫嘉芮起来吃饭。"

焦梦玉打开门,又急急跑回厨房,盯着烤箱里的蛋挞。

餐桌上已经摆了四五样家常菜,裴致换上拖鞋,慢吞吞地走到冯嘉芮房门口,敲了几下门都没反应。

焦梦玉注意着情况:"裴裴你直接进去叫她,她睡得沉。"

裴致顿了几秒,手腕轻轻用力,推开房间的门。冯嘉芮的房间很乱,衣服扔得乱七八糟。因为这个事情,焦梦玉不知道说了她多少次,但屡教不改,还非说有自己的秩序。

房间内没开灯,厚厚的窗帘阻挡了刺眼的光线,女生的房间总有种香气。

"冯嘉芮。"裴致叫了她一声。

得到的是一片沉默。

他不得不往里走几步,手在墙上找到开关,眼前瞬间从暗到明。他不适应地眯了下眼睛,再一抬眼,发现眼前不知何时出现一件内衣。

粉的,还带着软软的蝴蝶结。

他反应还是迟了一秒,看到了全部,瞥开眼,正好对上冯嘉芮含着笑意的眼睛。

她是什么时候醒的?

裴致别过身,面无表情,冷声道:"吃饭。"

冯嘉芮从床上爬起来,笑嘻嘻地拉住他,不让他走。

"看了就想跑?"

裴致脸色一变："没看见。"

冯嘉芮才不管他，仰着头观察着他的脸色。少年皮肤薄，脸上还维持得住，但耳后、脖颈都红了。冯嘉芮笑得更灿烂了，站起来居高临下地戳了下裴致的脸："小色鬼。"

裴致转过头瞪她，身体僵硬，恼羞成怒道："不是。"

他平日里冷清清的，像不解风情的小冰山，冯嘉芮还以为他本来就冷心冷情，可眼前面红耳赤的少年，明明更有意思。

"明明看到了，你还不承认。"冯嘉芮大大的眼睛里含着的都是不怀好意，靠得更近了点，呼吸和说话的气息都贴在他肌肤上，"为了公平起见，你给姐姐看看你今天穿的内裤是什么颜色的好不好？"

她说得像个女流氓，话音刚落，裴致脸更红，整个人好像都要烧起来。

"冯嘉芮！"

名字被他喊得咬牙切齿。

冯嘉芮扑哧一笑，拍了拍他肩膀，见他还是紧绷绷的，很是僵硬，笑得更大声了。

"乖宝宝。"她捂着肚子笑得上气不接下气，"你怎么这么纯情呀？"

这件事过去没几天就是周年庆文艺会演，高三学习忙没安排节目，在节庆当天安排大家来大礼堂看节目。

裴致作为颜值担当，班上同学怎么可能放过他。他们班是乐队演唱，给他安排了一个副主唱的位置。就是既不需要弹乐器，也不需要飙高音，轻轻地唱几句最轻松的部分，还可以引得一众女生尖叫。

冯嘉芮就坐在第三排，赵田田在旁边和她八卦："裴致真拒绝了许茹涵啊？班花啊。"

"嗨，他还小，不懂欣赏美。"冯嘉芮只顾着看台上学弟学妹的劲歌热舞，下个节目就是裴致的，她拽了下赵田田，"快，欣赏我们裴裴宝宝。"

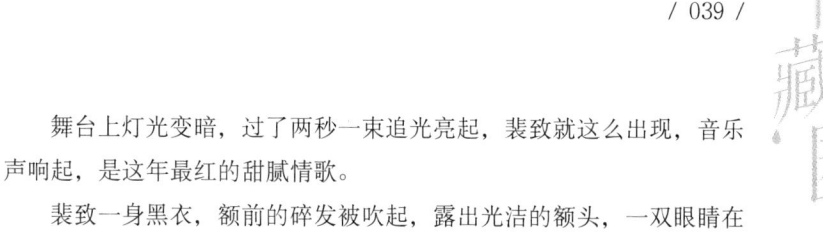

舞台上灯光变暗，过了两秒一束追光亮起，裴致就这么出现，音乐声响起，是这年最红的甜腻情歌。

裴致一身黑衣，额前的碎发被吹起，露出光洁的额头，一双眼睛在灯光下格外招惹是非。

赵田田大惊小怪："我的天，平时他就已经够帅了，没想到打扮一下更帅！弟弟长大后不得了，肯定要让万千少女伤心。"

别说赵田田了，高一高二的小姑娘，更是藏不住星星眼。

冯嘉芮没说话，看着少年冷淡地拿着话筒，长腿靠在支架旁，一张脸毫无表情，简直酷到没朋友。灯光太亮，将他整个人照得闪闪发光。

节庆的时候最混乱，观众席有老师看着还好，后台简直一团糟。裴致坐在偏僻角落的楼梯里，开了一局游戏。

楼梯间的门忽然被打开，他一抬眼，眼前出现了一个人。他坐在台阶上，仰起头，她穿着校服，披着头发，小女生爱美，头上还夹着水晶发夹，昏暗里闪闪发光。

对方毫不客气地一把抢过他的手机，看到上面已经灰掉的画面："真菜。"

裴致本来有点困，一下子醒了，半眯着眼，声音冰冷又无情："冯嘉芮。"

她低笑，弯下腰靠得更近了一点。裴致被台阶卡着退无可退，只能仰着头看她。

她像只未化成人形的小狐狸，毫不害臊，越来越近，近到呼吸交融。

裴致又想起了在衣柜里，她也是这样含着笑问他可不可以摸一下。

心跳如雷，呼吸困难，他知道应该推开她，应该移开目光，只是偏偏他僵硬得动都动不了。

"裴致。"

他嗓子哑了，声音堵在喉咙里只发出模糊的一声"嗯"。

"我要咬你了。"她说。

裴致愣了一下,就在这几秒中,她低下头,牙齿准确地咬住了他的喉结。

她温热的鼻息在他脖颈里乱窜,裴致长了一颗虎牙,现在正咬住舌尖,让自己看起来更镇定一些。

冯嘉芮却不知道他的纠结,她别了下身子,用更贴近的方式靠着他。不知过了多久,她抬起头,四目相对,她轻轻地说:"惩罚你。"

他喉结滚动,盯着她眼睛:"什么?"

"招蜂引蝶,招惹是非。"

"……"

她声音很轻,鼻尖抵着,声音好像贴在他唇上——

"你呀,只能做姐姐一个人的乖宝宝。"

他心跳更快,整个人要窒息晕厥……

"丁零零……"

上课铃响了。

从梦中醒来的裴致从课桌上猛地抬起头,同桌受惊吓地看着他站起来往外走。

"你去哪儿,这是上课铃。"

裴致用冷水洗了三遍脸,抬头看镜子里的自己,手下意识摸了摸喉结,却摸不走烫意。他余光一晃,从镜子里看到了梦里的那个人。

冯嘉芮刚打开水龙头,就看见裴致冷着脸转身,赵田田在身后目睹了这一切。

"你们俩吵架了?"

"啊?"冯嘉芮看了眼裴致,毫不在意道,"我们小少爷又不知道谁惹到他了,现在你知道我这个知心大姐姐有多难做了吧!"

还未走远的裴致:"……"

知心个屁,姐姐个鬼!

Chapter2.
明月在上,清风为证,我唯一的愿望是你

▼

（1）

这几天阴阴沉沉又都是36摄氏度以上的高温,闷热最难熬的时候,下起了暴雨。

这种天气最适合开着空调宅在家里睡觉,冯嘉芮将这几年没睡够的觉一次性都补了回来。

窗帘拉着,时差混乱,根本不知道是白天还是黑夜。

睡饱了的冯嘉芮冲了个澡,敷着面膜,躺着沙发上一边看电视一边吃水果。正无限惬意时,手机却不放过她,一直在振动。

朱玉在向她汇报工作,说西北那边差不多了,这几天就打算回沪城,顺便还试探地问了下她工作室的地址找得怎么样了。

冯嘉芮心虚得好半天才回:"快了。"

朱玉:"老板,你不会没找吧!"

一语中的。

朱玉:"老板你要加油了啊!"

为了提高工作效率,冯嘉芮发了一条朋友圈。

没一会儿,有了十几条评论,有惊讶她回来的,有趁机来敲工作的。

冯嘉芮翻了翻切回聊天页面,看到一个高中同学突然私聊她:"这周末,张老师五十岁生日你来吗?"

对方估计怕她不记得张老师是谁又追加了一句:"高三的数学老师张滢。"

当年张滢是数学组组长,不仅教高三还是裴致他们班的班主任。对方性格直爽,上课从来不拘于课本,又特别关心学生,所以口碑很好。

冯嘉芮一点都没犹豫,立刻就回:"好呀。"

对方见她这么爽快,立马就把时间、地点发了过来。

一部电影结束,冯嘉芮起身洗掉脸上的面膜,再回来,电视机里正在放裴致的访问。

电影频道配合新电影宣传的一个深度采访,裴致穿着一件白色的毛衣,质地很柔软,柔顺的黑发搭在额前,看向对面主持人的目光都比往日少了几分冰冷。

主持人是个业内很有名气的知性老前辈,看到裴致愣了几秒,脸有些红,难得出现了些少女心,捂着脸对着镜头:"近距离看裴致真的太帅了。"

裴致低头笑了下,有点让人心动的害羞。

冰可乐让手心沾满了水,冯嘉芮才分心打开,咕噜咕噜的气泡爬在嗓子里,她专心看着。

"之前你说过剧中人物的感情经历和你本人很相似,网友都不信,长成你这样还会追不到女孩。"

他平静地回答:"所以爱情真是可遇不可求的。"

主持人步步紧逼:"那你追求的时候,都用什么方法?"

裴致认真听完问题,凝神想了一会儿:"我比剧中的他还要更胆小点,总想着有一天她会发现我。我就会出现在她能找到的地方,她一抬头或者一回头就能看见我。"

他睫毛垂下,表情多了几分落寞。对面的主持人心更软了点:"那后来她发现了吗?"

"没。"他笑了下,"但……"

话说到一半突然停住。

冯嘉芮无意识地咬着插在可乐里的吸管,心里又酸又麻。这几年她连自己都无暇关心,对裴致的新闻知道得更是少之又少。现在好像隔了漫长的岁月,揭开了少年心中的秘密。

主持人的好奇心被吊了起来,裴致笑意更明显:"等有合适的机会再告诉大家。"

电子门锁被悄然打开,手机屏幕时间显示23:10。冯嘉芮拿着笔记本电脑蹲在地毯上,看了一整天的裴致的视频,恶补了下他这几年的所有作品及物料。

她一边看还一边用手机逛他的微博超话。

榜单上前后都是"爱豆"艺人,只有他一个演员名列前三显得有些突兀。

裴致这个人冷冷清清连微博头像都是灰色的,微博内容更是月更,冯嘉芮更好奇起来。

这么不爱营业的人,那么多的女粉究竟喜欢他什么呢。

"裴撩撩……"冯嘉芮笑出声,"他哪里撩啦。"

点开一个粉丝的视频剪辑,每个时期的裴致都有,从第一部校园电影到近期的影视作品,将他所有的时刻剪成一个人生的旅程。视频的最后写了一句话:他从不会让人觉得过分热情,却带着藏得很深的温柔。

画面停格在裴致在人群中,所有人举着相机,闪光灯亮起,他一身黑衣,眯着眼在笑,不带一分烟火气。

中央空调的冷气好像打得更低了一点,她肌肤上起了一粒一粒的鸡皮疙瘩。她搓了搓胳膊,眼前还是那个笑着的人,心突然跳得有点快。

裴致安静地走过来,正好听见冯嘉芮念念有词——

"裴致真是嗲嗲奶奶的小宝贝，这表情也太可爱了吧，好想把他藏起来。"

他脚步一顿："好啊。"

突然冒出来的声音，冯嘉芮吓了一跳，手机差点扔出去，电脑上是裴致无限放大的照片，手机里都是他的彩虹屁。她头疼地想藏哪个比较好，一抬头正好撞进裴致含笑的眼睛。

之前的数个小时里，她对着这张脸专注地看了许久。现在活生生的人在自己眼前，忽然变得不真实起来。

裴致穿着紫色的卫衣，刚刚将帽子摘了，后脑有几根头发调皮地翘了起来。

他低头时挡住了屋子里所有的光线，冯嘉芮抬着头，觉得他很像一只很好摸的奶猫。

裴致俯身过来，从她背后拿起鼠标。

冯嘉芮愣了一下，不自在地转过头，脑子里还在自动播放，粉丝们对他的彩虹屁。也不知道是不是被洗脑了，她很紧张。

他看了下她浏览的网页："调查我？"

冯嘉芮突然问："你是不是有喜欢的人？"

他沉默了一会儿："对。"

她平复着心跳，明知故问道："谁呀？"

裴致握着鼠标的手指收紧，周身的气压好像低了些。冯嘉芮察觉到他的变化，心突然悬了起来。

"呵，"他温热的声音在她耳畔响起，"反正不是你。"

四目相对，心猛地跌了下去，像绑在跳楼机上，不受她控制。

冯嘉芮口不择言："说谎的人是要吞一千根针的。"

（2）

"然后呢，这剧情才进行到一半啊。"

冯嘉芮将车停好,把手机从支撑架上拿下来,放到耳边:"我到了,不和你说了。"

"哪有你这样的。"赵田田正在加班,哀号一声,"我也好想去啊。"

"我把咱们的礼物都带了,下次有空,我们单独回学校看看好了。"

酒餐厅订在西山汇,冯嘉芮来得不算早,包厅里一共三桌已经来了不少人。找她来的小谢同学,冲她招了招手:"嘉芮!"

和这些同学好久没见,冯嘉芮看见他们,总觉得时间还没变。

几个女生互相聊起来:

"哇,你都没变啊。"

"你明明变得更美了。"

"冯嘉芮这校花在这儿,谁敢说自己美啊。"

被点名的冯嘉芮爽朗一笑:"没办法,上天就是这么偏爱我。"

几人哄笑成一团,隔壁桌有人小声在问:"裴致会不会来啊?"

"裴致也是我们学校的?"

"学霸加颜霸,我和他是同届的,能和他出现在同一张毕业照上,这事能让我吹一辈子。"

有人记起冯嘉芮和裴致的关系,凑上前来询问:"冯嘉芮,你知道裴致会不会来吗?"

"不知道。"

其实她知道,今晚裴致有个活动脱不开身,肯定不会来的。

对方露出了好可惜的表情:"还以为能见到大明星呢。"

张滢的学生不少,今天这个五十岁的生日宴还是学生提议办起来的。她专门打扮了下,穿着旗袍走过来,看到冯嘉芮时还惊喜了下。

"我带了你三年,你的数学成绩啊……"

这个意味深长的断句,冯嘉芮连连点头:"是我给老师造成工作上的困扰了。"

张滢笑着拍了下她的手："就当攻坚克难了。"

旁边的人都笑起来，三言两语，场子热了起来，在这样的气氛下正式用餐。

进行到一半的时候，隔壁桌有个男人走过来敬酒："冯嘉芮，你什么时候从西北回来的啊？"

"没几天。"冯嘉芮回敬，并不记得眼前的人是谁。

"范然。"对方也从她眼睛里看出迷茫，笑着调侃，"当年我可是为了追求你挨了一顿打。"

周围有点吵，冯嘉芮没太听清，对方靠近了一步，声音控制在两个人能听见的范围内："你和裴致还在一起吗？"

"什么？"冯嘉芮没接他的话。她和裴致的关系除了父母和赵田田以及裴致的经纪人知道，根本无人知晓。一个和自己都不同班的男同学是怎么知道的？

他错愕了一秒，然后意味深长地笑："我……真的佩服裴致。"说了没头没尾的一句话，就端着酒杯走了。

冯嘉芮看着对方的背影有些奇怪，身旁的小谢拉了她一下："我们去敬一敬张老师。"

"好。"

张滢酒量不好，已经换上了果汁，和小谢说了会儿话，目光又转到冯嘉芮身上。

回忆起多年前，她颇有感叹地开口："我这辈子第一次去派出所领人就是因为裴致。"

冯嘉芮目光错愕，张滢笑里有几分八卦的意义："高二下学期吧，他和我班上的另一个男学生打架去了派出所，你猜是因为什么？"

冯嘉芮没接话。

"那个男生在追一个女孩，没追到结果就在外败坏女孩名声，裴致

看不过去就打了人家一顿。"

如果不是张滢的目光所指性太强,冯嘉芮没办法将她和故事里的那个人联系起来。

小谢也听见了,错愕地问:"老师你是说,上学的时候裴致为冯嘉芮打过架?"

张滢点点头,含笑的目光还放在冯嘉芮身上。

另一边,裴致刚从活动上结束,季惜白从身后追上他:"一起喝杯酒?"

裴致低头看了下时间:"有事。"

季惜白钩住他的脖子,大声嚷嚷:"别吧,你到底藏谁了,天天这么神秘,难约得要死。"

这个点正是堵车高峰,城市霓虹闪耀车水马龙,裴致低头拿着手机不知在和谁聊天。

季惜白非要做司机,想看他到底被谁骗走了。

车里广播正在说青春期做了什么疯狂的事情,勾起季惜白忆青春:"我和你说我高中时候可是校霸,屁股后面跟着的小姑娘可多了。"然后鄙夷地瞥了裴致一眼,"你这种闷骚型,读书时候一定是乖乖宝。"

裴致摇摇头:"不是,我也为姑娘打过架的。"

季惜白惊了:"我真是太好奇了,快说快说。"

裴致难得有闲情,应了他两句。

那会儿高二下学期刚开学,2月14日情人节过去没多久。天气冷得要命,一模考试剩下没几天,整个高三氛围都很紧张。

冯嘉芮那几天例假来,心情更差,天天抱着书和英语单词在背。她校花的名号也不知道怎么来的,不少男生总会在校园里偷看她。

她平时爽朗又洒脱,就算遇到男生示好也会处理得很好。

可也有偶尔一次。

这天下课铃响了,黑漆漆的楼道里,突然响起杂乱的脚步声。裴致站在不远不近的长廊尽头,只见两三个男生不知从哪里冒了出来,将冯嘉芮堵住。

其中一个叫范然的男生大声说完告白,走廊里热闹起来,冯嘉芮被围在人群中间,先是蒙了一下,然后摆摆手:"学习要紧,不谈恋爱,快走快走。"

"学姐,那我排队行不行?"

冯嘉芮心情不太好,见对方死缠烂打,语气不客气起来:"不行,我不喜欢你。"

青春期的少年,在众多人面前被拂了面子,哪能就这么罢休,脸红脖子粗地扔下"不识好歹"四个字就跑了。

这不过是繁忙高三学业期间的一场闹剧,冯嘉芮不过心情不好了几天,赵田田只笑她魅力太大,伤了别人的心,就得承受这个罪过。

几天后的晚上,裴致在校门外和范然擦肩而过,正好听见他和身边人说:"冯嘉芮真的给脸不要脸,面上拒绝我,背后居然给我发信息说喜欢我。真当我召之即来,挥之即去啊?"

旁边有人不信:"真的假的?看起来冯嘉芮眼光很……"

"严格"两个字被范然恶狠狠的目光逼回喉咙里。

"哼,玩玩就算了,什么校花不校花……"

脸猛地被人打了一拳,范然捂着脸回头,看到一个不认识的人:"你谁啊?你有病吧!"

裴致阴着脸,每一拳都带着狠,范然终于反应过来,连忙还手。

裴致寡不敌众,被打了好几下后,警察及时赶来,将他们都带回所里。

警察教育了他们几个小孩,让他们通知各自家长来,裴步亨当时在出差,最后没办法,叫来了张滢。

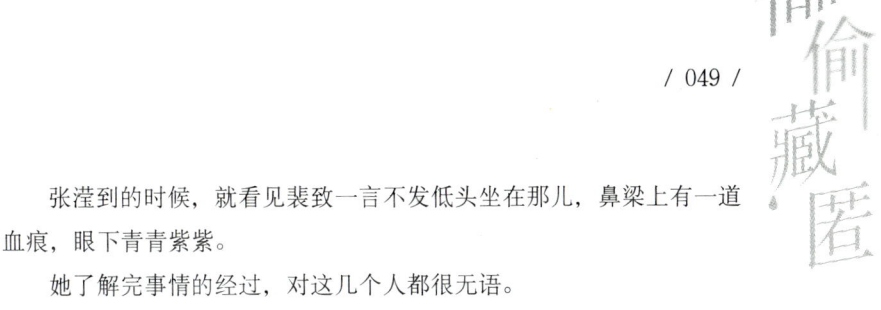

张滢到的时候,就看见裴致一言不发低头坐在那儿,鼻梁上有一道血痕,眼下青青紫紫。

她了解完事情的经过,对这几个人都很无语。

"互相道个歉,这事就算了。"

范然翻了个白眼,还是没明白裴致打他的原因,但他比裴致年纪大,作为哥哥,他得有范:"我打你也不对,我就不和你计较了。"

裴致偏过头不看他,抿着唇一言不发。

张滢拍了下裴致的肩膀:"快说。"

少年的校服刚刚蹭到墙上的灰,黑一块白一块,再配上这张让人迷恋的脸,倒是有了几分叛逆的味道。

张滢是过来人,哪能不明白他心里的别扭:"你总不想因为这事全校通报批评吧。"

裴致静了两秒,不大情愿地开口:"下次不打你。"

张滢点点头,看了范然一眼,将这事定性:"行,那你们就这样和解了,各回各家吧。"

范然:"?"

出了派出所,天已经黑透了,旁边有一家24小时便利店,范然跑进去买了创可贴,追上裴致。

"学弟,你是不是喜欢冯嘉芮啊?"范然也不是傻子,琢磨了一遍,只有这个可能。

裴致没要范然的创可贴,走得很快。范然扯住他,冲着他调侃道:"可以啊,有勇气。"

范然也不管裴致不搭理他,好像找到同病相怜的人:"但冯嘉芮真的难追,高中三年没一个人成功。你这样打我也没用啊,默默在后面做这些,冯嘉芮又不知道。"

少年脚步一顿,像是被人戳穿了心里的秘密,气急败坏地甩开他,消失在夜幕里。

天空突然毫无预警地下了暴雨,季惜白吓了一跳,连忙开了雨刮器。到西山汇门口,LED屏幕上正放着张滢五十岁生日的照片。

季惜白不敢置信:"这是谁?"

"我高中班主任。"

"所以你是来参加高中班主任的生日宴的?"

裴致理所当然地点头。

季惜白感觉自己被骗,气得扔给他一把伞,就开车走了。

放在桌上的手机振动了一下——

裴致:"你坐哪桌?"

冯嘉芮:"左边靠墙那桌。"

她刚回完,包厅的大门被打开,现场的女同学特别眼尖,喊了一声:"裴致?"

(3)

裴致戴着黑色的渔夫帽,穿着蓝色的条纹衬衫,走到冯嘉芮身边。小谢看见人来,连忙让了个位置。裴致低声说了句谢谢,坐了下来。

几乎厅内所有人都在看着他,他的穿着在精心打扮隆重出席的人群里并不起眼,就是有一种漫不经心的气质让人移不开眼。

服务员送上一副干净的餐具,他低咳了两声。冯嘉芮将手边的橙汁递给他:"感冒了?"

"好像有一点。"裴致鼻音有点重,喝了两口橙汁,看到她空掉的酒杯,眉头皱起来,"喝酒了?"

冯嘉芮点头,心里有点乱,认真想了下,好像裴致是有一段时间脸上有伤,当时他好像说是摔倒的。她的目光在他脸上认真看了一遍,没

有疤,那应该是恢复得很好。

四目相对,他略抬起眼,淡淡地问:"怎么了?"

身后有人将手压在冯嘉芮的肩膀上:"裴大明星来了啊,来来来,喝一杯。"

"就是,来都来了,怎么只和冯嘉芮说话啊?"

裴致侧身准备拿冯嘉芮的酒杯,冯嘉芮抢在他之前起身,拿起自己酒杯和对方碰了下,碰完才发现四周静了下来。

她尴尬地解释:"他感冒,我替他和你们喝吧。"说完,她想拍一下自己脑袋,什么叫越描越黑。

视线都聚集到冯嘉芮身上,大家都在猜测她和裴致之间的关系。

裴致神情淡然,静静地拿着冯嘉芮用过的勺子,喝她刚刚盛的鸡汤。

干净的碗筷就在一旁,不用任何言语,已经将两人关系昭然示众。

女同学们的眼神变了变,看向冯嘉芮的目光里多了几分羡慕。

只有范然在心底嘲笑,这个傻子真是这么多年还是这一招,胆小鬼。

大家要了签名和合照,才恋恋不舍离开。裴致脱身走过去和张滢问好,小谢睁大眼睛悄悄问冯嘉芮:"你们在一起了吗?"

冯嘉芮点头也不是摇头也不是,含糊了半天。

小谢没得到想象中的答案,感叹道:"感觉裴致奵喜欢你啊。他不论说话还是干什么,目光一直都在你身上,还有他刚刚站起来,还帮你理了下裙子。"

冯嘉芮今天穿的是长裙,十分好看,但很不方便。

她眼皮跳了下,心里疑惑,有吗?

小谢还在用很羡慕的语气说:"他还在看你!"

冯嘉芮下意识地转头,两道视线相交,裴致先转开,不知和张滢在说些什么。

冯嘉芮的心跳忽然很快,她也不知道自己怎么想的,忽然冲着裴致招了招手。

果然裴致顿了下,弯腰轻轻和张滢来了一个礼貌性的拥抱,随后走过来。

冯嘉芮仰着头,探究地看着裴致的眼底。头顶的水晶灯晃眼,她鬼迷心窍地问:"你是不是喜欢我呀?"

裴致微怔,宝石一样的眼睛,微微停滞。

冯嘉芮精神涣散,带着酒气,歪着头笑:"开玩笑的,你紧张什么?"

裴致低头不作声地将她搂进怀里,耳边听到她嘴里念叨的三个字——

"胆小鬼。"

"胆小鬼"这个词伴随了裴致整个青春期。

他有时候也在想,如果他也像冯嘉芮这样爱得轰轰烈烈勇往直前,境遇会不会有改变。

他们好像和雨很有缘,常常在雨天相遇见面。

"车钥匙在我包里。"

冯嘉芮翻着包找了两次还没翻到,雨天视线模糊,头顶撑着伞,就在这样模糊的视线里,还有人不停地往他们的方向看来。

耳边似乎听到有人喊裴致的名字,冯嘉芮更心急了点,裴致举着伞,目光低下,伸手从内层里拽出钥匙。

"嘀——"

车门解锁。

他将车门打开,弯腰将冯嘉芮抱进副驾。

裴致倾身给她系安全带时,醉得迷糊的女人突然偏过头,与他四目相对。

她眼睛长得很好,眼尾微微上挑,下眼睑中间还有一颗红色的痣,像还没化成人形的小狐狸。亮晶晶的,比前天满月的月亮还要蛊惑人。

裴致停住动作，紧张地期待着她接下来的动作。

他太熟悉冯嘉芮了，不知她还能不能认出眼前的他，又因为太熟悉，怕她认错人。

冯嘉芮皱了皱鼻子，一把就搂住他的脖子。

裴致的动作又一顿，随后下意识护住她的脖子，不让她没有支力点。

下一秒，女人的唇就贴了上来，带着麦香的酒气和让人无法抵抗的高温。

狭窄的副驾驶位上，他手脚无处安放，全身有些不自然的僵硬。

车门外，徐徐的晚风夹着雨，偷偷跑进来，撩起这一方灼热。

"裴裴，"她叫的是他小名，声音低哑不清，"如果我当初喜欢的是你会怎么样？"

他盯看她没说话。

"问你话呢？"她胳膊搂得更紧了点，气息细细痒痒地打在他脖子上，"估计也不大好，你这个人冷漠得要死，好多小姑娘喜欢你，你都不搭理人家。要是我喜欢你，可能也会伤心得很……"

她絮絮叨叨说个没完，在鼻息交融，距离只有分毫时，他突然开口，带着这个夜晚不应该有的理智和冷静。

"我是裴致。"他说。

她睁开蒙眬的眼，歪着头，思索了一会儿。

"对啊，裴致。"

一字一顿。

又静了一秒。

裴致想就算认错了他也认了，然后低下头，咬了她的唇。

"这是我们第三次接吻。"

"是第四次。"

冯嘉芮撑着脑袋，看着挡风玻璃前的狂风暴雨，酒精烧脑，想了半天也记不起来:"还有一次在哪里?"

裴致看着红绿灯的秒针跳动得十分缓慢,他侧头看向身旁的女人。

梦里。

(4)

接下来几天,裴致天天在剧组里不见人影,冯嘉芮也忙得团团转,选工作室地址、和合作方平台谈下部纪录片的选题。

封莉是冯嘉芮的老朋友了,听说她回了沪城就开始约她,一边用工作做邀约,一边还说帮她找地方。

这几天小雨中雨大雨暴雨随意切换,冯嘉芮长了记性,出门前特意带了一把黑色的长柄伞。

地方约在封莉公司附近的一家咖啡厅,这附近小资情调很足,好几个剧组都在这一片取景。

刚坐下,封莉的脑袋从手机里抬起来,一脸兴奋地对冯嘉芮说:"听说裴致在附近拍戏,我朋友圈都被他刷屏了,一会儿我们谈完也去看看吧?"

对方的语气太过热情,冯嘉芮没吭声,显然她低估了对方的执着。

"最近我手里有个项目,男主角真的很适合裴致,我把本子发给他经纪人,他经纪人居然回我裴致不喜欢爱情戏。你说长成那样不演偶像剧造福大众,藏着干吗?"

冯嘉芮被她的语气逗笑,想起裴致是说过这样的话。当初他刚一入学电影学院就引起轰动,开学典礼当天就被圈内著名大公司抛了橄榄枝。他当时就拒绝了,说不喜欢抛头露面。后来大学毕业,那家公司还没放弃,他签约那阵她不在,也不知是因为什么原因,让他同意。

裴致的话题单方面进行了十分钟才开始正题,聊到一半,门口忽然嘈杂起来,来了两辆车,冒着雨就开始搭设备。

封莉小声嘀咕:"不会真这么巧吧?"

人群里有个人特别显眼,他穿着一身黑,一只手拿着剧本,另一只手撑着伞,正在和对面的演员对戏。

冯嘉芮不自然地端起咖啡喝了一口,刚入口就被多了一盎司浓缩的冰美式苦到心里,连忙又拿起旁边的柠檬水压了一口。

再抬头,咖啡厅的门被拉开,裴致就这么在众人目光中走了进来。他助理跑到柜台买咖啡,他目光看到冯嘉芮,没一刻停留,直接往她的方向走来。

冯嘉芮心扑通一跳,手里的水杯差点抓不住。

封莉的眼睛睁大到眼珠都快掉下。

裴致在冯嘉芮身边坐下,拿起她的冰美式喝了一口,眉头皱了起来。

冯嘉芮连忙将柠檬水递上去:"是不是很苦?我多加了一份浓度。"

他接过水杯又自然地喝了一口。

封莉连忙给冯嘉芮递了个眼色——快介绍一下啊。

冯嘉芮抓耳挠腮不知怎么定位这份关系,剧组又在门口,咖啡厅里还有不少人,对面的更是圈内著名制片人。而裴致虽然是当红演员,但怎么说也还在上升期。

"我学弟,从高中到大学,还是住在我家对面的邻居。"

这个解释应该很合理吧?冯嘉芮用余光瞥向裴致,正好看见他将水杯放到桌上,偏头瞧了她一眼,没出声。

冯嘉芮松了口气。

封莉是个人精,好不容易有机会遇到正主,连忙开始拉自己的项目:"裴致你好,我是封莉,最近我手里有个项目是都市爱情剧,里面的男主人设很好,而且特别适合你。热血赛车手无比深情。"

裴致眉头微拧着听完对方的话:"不接爱情剧。"

"这部剧我们投资很大,导演也有质量保障,如果播出肯定能够吸粉。确实有一定的亲密戏,但画面绝对是唯美的,不会让人不舒服。"

封莉在桌下踢了下冯嘉芮，又朝她眨眨眼。

冯嘉芮不得不赶鸭子上架："好演员就是什么类型都要尝试，你现在上映的电影不就是爱情题材的吗？"

裴致眼睛一亮："你去看了？"

"啊？嗯。"

他嘴角有浅浅的笑容："那不一样，那和我的青春以及感情经历太像了。"

他说的每个字都好像在意有所指，冯嘉芮不知该做何表情。

迎面来了个突兀的女声——

"这不是冯嘉芮吗？不在西北逃避了，回来面对做过小三的现实了？"

冯嘉芮一怔，抬头就看见苏檬从咖啡厅的二楼走下来，她周边还围了几个网红模样的女生，听见她的话，纷纷往冯嘉芮这边看来。

冯嘉芮脸色没变，只是把放在桌子下的手攥紧。

苏檬是许庚的老婆，一个粉丝几十万的网红。当年许庚和冯嘉芮分手后，转头就和自己导师的女儿苏檬领了证。冯嘉芮一直蒙在鼓里，痴痴地单方面等了他几年。等苏檬在微博撕她，说她是破坏家庭的小三的时候，她才知道许庚已经结婚了。当时几乎全网都在骂她。

那是冯嘉芮最黑暗的一段时光，微博微信所有的社交平台，她被无止境地谩骂，各种不堪入耳的话都有。而许庚毫无解释，甚至都没有联系她，从头到尾做一只缩头乌龟。

从高中时代就开始的暗恋，那个清风朗月、书生气十足的大哥哥，到大学四年坚持不懈后又分分合合，终于在那一刻画上句号。

冯嘉芮删掉许庚的所有联系方式，扔掉所有有关他的东西，头也不回地去了西北。

苏檬穿着贴身的吊带裙，脸上妆容妖艳，踩着高跟鞋走近，上上下

下仔细打量了一番冯嘉芮："你这次回来又打算破坏哪个家庭啊？冯嘉芮你不会是'惯三'吧？"

冯嘉芮扫了苏檬一眼，刚要说话，放在桌下的手，被裴致抓住。

她下意识地看向裴致，本来强加来的盔甲，突然出现了裂痕。这几年她做的错事太多，荒唐得她自己都觉得可笑，那这一切，裴致会怎么看？

向来天不怕地不怕的冯嘉芮突然有些害怕。

裴致轻轻将她每根攥紧的手指舒展开，然后十指交叉，握住她的手。

苏檬心里只想让冯嘉芮不好过，现在才看到她身边还坐了个人。

裴致？

他们怎么认识的？

正疑惑时，裴致背靠在沙发上，微微抬头看向苏檬，目光冰冷。明明她居高临下，却有种被强制压制住的感觉。

网红圈和娱乐圈有着说不清的牵扯，苏檬只知道这位当红演员的粉丝格外强悍外，根本不知他有什么花边新闻。传闻他不近人情，性格冷淡，别说花边了，连普通的社交都没有。

可眼前，为什么觉得他和冯嘉芮那般亲密。这种亲密不是动作多亲密，而是他们坐在那儿，明明还有一段距离，却觉得十分和谐。

苏檬心莫名慌了下，下一秒，耳边听到比他眼神还要冰冷的声音。

"这位女士，你在公众场合毫无证据不分青红皂白损坏他人名誉是要负法律责任的，24小时内，我会让律师向你出具律师函，请你查收。"

苏檬不敢置信，看着裴致："你说什么？律师函？你是裴致吗？"

裴致的助理小Q买好咖啡，正好看到眼前这一幕，简直比苏檬还要不敢置信——自己冷漠无情的老板居然还会为别人打抱不平？

裴致轻轻捏了下冯嘉芮的手心，才松开手，慢慢站起来，仗着身高优势，轻轻看了苏檬一眼。

"你还不离开的话，我只能报警了。"

苏檬："……"

她狠狠瞪了冯嘉芮一眼，踩着高跟鞋离开了。

小Q看了下目前的情况，讪讪地问裴致："老板，律师函真要出吗？"

裴致拿过小Q刚买好的热拿铁，将它放到冯嘉芮面前，顺便将她的冰美式没收，然后才点了下头："出，直接告。"

小Q哦了一声，控制不住眼睛又看了看冯嘉芮。

老板这是冲冠一怒为红颜啊，网上那么多黑他的黑粉都没见他这么生气要告过。

剧组那边已经准备得差不多了，工作人员往咖啡厅里看了看，向他们打了个招呼。

裴致离开前又看了眼冯嘉芮，似乎想说什么，又皱了下眉，什么都没说就走了。

这场闹剧来得快走得也快，封莉关心地拉了下冯嘉芮的手："你没事吧？当年那事要说起来你也是受害人，那渣男才不是人，你和他那几年哪有什么来往，苏檬也就是找个撒气筒，你别太放在心上。"

冯嘉芮点点头，突然想起裴致胃不好，不能喝冰美式。

她拿起手机找到裴致的微信，字都打好了，再按发送键的时候犹豫了一秒。

她想了想，还是发了出去。

落地窗外的雨下得更大，冯嘉芮发完就转头去找裴致的身影，他正拿着手机，似乎有所感应地抬头，两道视线在空中交汇。

身后有人在催他，他突然笑了下，随后转头扔掉伞，开始拍雨戏。

冯嘉芮离开的时候，戏还没拍完，她站在屋檐下撑开那把黑色的伞。封莉在身后叫住她，先看了眼在人群中间拍戏的裴致又看向她："他喜

欢你吧?"

这个"他"不言而喻。

冯嘉芮微怔,封莉理解地笑笑,声音很轻:"放心啦,我会保密的。只是让全世界少女都疯狂的男神暗恋自己,是不是一件特别爽的事情啊?"

封莉也没想她回答,又感叹了一句:"真羡慕你啊。"

(5)

封莉走了后,小Q不知从哪里突然冒了出来:"嘉芮老师,您是坐出租车来的吧?"

冯嘉芮点点头。

小Q今年不大,比裴致还小一岁,做裴致的助理快一年了,但这还是他第一次处理自家老板和异性的来往。

他声音有点局促和紧张:"裴裴今天有夜戏走不开,让我送您回家,车就在后面,您跟我来。"

冯嘉芮本想拒绝,手机突然振动了下,看到裴致发来信息:"注意安全。"

很客套的礼貌,他看起来并不像会这么体贴安排这些的人。

坐的是裴致的保姆车,现在正是上下班的高峰期,来回保守估计要两个小时。

如果裴致这场拍完需要休息的话,就没有地方待了。她突然觉得这个体贴有点烫手,目光在后视镜里和小Q撞上。

对方笑了笑:"我开车技术很好的,嘉芮老师您放心。"

冯嘉芮笑了笑,看着车外繁忙的高架桥,明明车里空调开在24℃,凉爽又舒适,可她掌心还是有些湿漉,心头比掌心还湿漉。

被人保护的滋味,真的很好。

小Q偷偷摸摸用后视镜看了三十多次，终于想起冯嘉芮是谁。他刚来裴致身边的第二个月，那天晚上有个应酬，向来不太喝酒的裴致居然喝了一点。经纪人倪哥还得在里面伺候那群投资人，就将裴致扔给他照顾。

裴致闭着眼靠在座椅上，眉头紧皱，整张脸苍白到可怕。

他手忙脚乱地打开一瓶矿泉水送过去，不小心蹭掉了裴致拿在手里的手机。

手机摔在车上，手机壳和手机分离，掉出一张拍立得照片在黑色的车垫上。

他好奇地捡起来，看到一个女孩的侧脸。

是她吧？

小Q更紧张了点，自己好像不小心窥探到老板最深处的秘密了。

那个暗恋求而不得的女人也是她吧？

送冯嘉芮到家后，他内心都快好奇死了，但还是十分敬业地没有问出口。

到了拍摄现场后，裴致正好一个镜头结束，正在监视器前看刚刚的回放。见他来了微微侧头，小Q连忙凑上去，在裴致耳边轻声说："安全送达了。"

裴致点点头。

看着裴致的反应，小Q不免好奇起来，难道自己猜错了？

晚上十二点二十分，一天的戏份结束，裴致到家已经凌晨一点。

玄关的灯还亮着，像是特意为他留的。

裴致脱掉鞋子换上拖鞋，脚步很轻地往房间走去，路过客厅，看到一个人正躺在沙发上。

他脚步一顿，有一瞬间不敢置信，随后嘴角翘了翘，脚步更轻地走了过去。

冯嘉芮手里还拿着手机，裴致轻轻拿过，不小心碰到她大拇指，屏幕自动解锁。

他一抬眼就看到她的手机屏幕，她正在和圈内著名时尚杂志的主编Elly聊天，对方说下期封面的摄影师失恋去肯尼亚散心拍大象去了，要她去救场。

冯嘉芮来回拒绝了几次，强调自己已经很久没拍时尚杂志了，而且一直在西北，连人都很少拍了。在对方说出一个名字后，她开始软化，最后同意了。

裴致嘴角的笑更大了些，下期的封面人物正是他。

没想到有一天，他居然能让她妥协。

裴致弯腰轻轻将冯嘉芮抱回房间，他坐在床边看了她很久才轻轻关上门。

下了一天的雨，到夜里终于小了一点，窗外有两盆花忘记搬回来，已经被风雨打得耷拉着脑袋。

裴致终于从繁忙行程中喘了一口气，房间里没开灯，被雨水打湿的月光十分朦胧，将他的影子拉得又长又淡。

黑暗中，裴致点了一根烟，猩红的火光一闪一闪。他吸了一口，仰头慢慢吐出白雾。他烟瘾不大，太累或者压力大的时候抽一根解压。学会抽烟是大一时，他又成了冯嘉芮的学弟，看着她就在眼前，却无法和她在一起。

他看着她开心、看着她委屈、看着她哭，那时候他觉得像个毫无存在感的第三者。从意识到喜欢她开始，他就是个没什么存在感的弟弟，可那个人渣，完全不知道珍惜。

裴致心头更燥，所有的往事浮上心头，他恨不得现在就去打许庚一顿，让其再也不要出现。

一根烟燃尽，他又点了第二根，微苦的烟草味把他包围。

冯嘉芮打开门就见裴致站在一团白雾里，又高又瘦，整个人看起来孤单极了。

"你还不睡吗？"

裴致听到声音回头，看到冯嘉芮立刻将手里的烟掐灭，走到窗户前，打开通风。

他眉头微皱："我吵醒你了吗？"

冯嘉芮摇摇头，下午有太多人在，场合也不对，有许多话想对他说都没机会，本来想等他回来和他说，没想到睡着了。

冯嘉芮左脸颊上有一道刚刚睡觉压到的印子，她本来长相明艳，此刻穿着柔软的家居服，头发有些乱，站在他面前居然可爱极了。

裴致觉得心头的怒火被这份柔软浇灭，声音更温柔了点："怎么不继续睡？"

冯嘉芮仰着头，眼前的人靠在墙上，微微低头，身上是一件黑色的卫衣。她觉得他真的很好看。路上小Q说他正在拍的这部剧动作戏很多，他几乎都要求亲自上，所以难免总受伤。她视线往下，在他微微挽起的袖子下，看到了青紫的伤痕。

她不太清楚是怎么弄的，但下意识地替他觉得疼。

"你以后能不能别受伤？"

他眉头微挑，低头故意问："心疼？"

没想到，冯嘉芮却点了点头。

"已经处理过了，不是什么大不了的。"

"我知道。"她答。

"知道什么？"

"知道不是严重的伤，但你以后能不能尽量别受伤？"

她说得含糊，裴致却听懂了她话里的含义。裴致不知怎么形容现在的心情，只觉得心上被什么缠住，一层又一层，又紧又密，呼吸都轻了些。

昏天黑地里，他笑了下，然后说："好。"

听到他的答复，冯嘉芮的心稍稍放了下来，她终于记起自己来的正事。

"今天的事情谢谢你。"她还有很多话想说，比如感谢你毫不犹豫地就站在她身边，比如这么信任她维护她。

她犹豫了一下："两年前的事情，网上有很多对我的解读，我也从来没和你解释过，是我的不对。那时候我们已经结婚了，不管怎么样，我都应该和你说一下。其实我……"

"不想听。"他冷声打断。

"你不想听吗？"冯嘉芮一愣，"那我不说了。"

她局促得连手脚都不知怎么放，这种经历是从来没有过的，她向来在裴致面前随心所欲惯了，现在复杂交汇着她数都数不清的酸甜苦辣。

"那我先回去了，你快点睡吧。"

冯嘉芮蹑手蹑脚刚走两步，就被人从身后按住肩膀。他指尖很冰，半开的窗户还飘着雨。

冯嘉芮回头就和裴致的视线相交，一双眼睛就这么看着他。

"想谢谢我？"他问。

冯嘉芮点点头。

他笑了下，又问："还想让我原谅你之前做的错事？"

他咬字的方式很特别，尾音有点轻，正好压在冯嘉芮的心跳上。

她又点了下头。

不知是不是错觉，她觉得四周的空气变得更燥热了点，连呼吸和皮肤都变得滚烫。

灯还是黑的，借着月光，她发现他眸子格外亮，像是在黑夜中看中猎物。

她心跳更快了。

寂静的空间里，每一秒都让人觉得格外难熬，就在她要喘不过气时——

"能亲我一下吗?"

冯嘉芮咬了咬唇,对上他的眼睛问:"亲一下就原谅吗?"

他说:"对。"

气氛又静下来,床头柜上有个电子钟还在嘀嗒嘀嗒,时间一分一秒地过去。

冯嘉芮倾身靠过来,踮起脚,在他注视下,亲在他喉结上。

她答应 Elly 拍封面后,特意又去裴致的超话逛了一圈,最新一条精选微博是问——你最想亲裴致哪个部位?

选项有脸颊、眼睛、嘴唇、下巴和喉结。

其中喉结以高票领先,评论下方,有许多特写图,说裴致的喉结上有一颗痣,每次滚动时都分外性感。

冯嘉芮盯着照片看了许久,最后赞同粉丝的言论。

明明裴致周身都散发着清冷的气质,身上却有一种他特有的少年感的欲,让人难以抵抗。

封莉说真羡慕她,此刻她突然理解了这份羡慕。

后脑突然被他桎梏住,让冯嘉芮的唇贴得更紧,鼻息间都是他的味道和体温,还有在跳动的脉搏声。

她的心跳都被他带得很快,好像过了很久,又好像只有一秒,他松开了手。

冯嘉芮舔了下唇,突然叫他名字:"裴致。"

裴致喉结滚动了下。

她清醒着又问了那天的问题:"你是不是喜欢我?"

他垂眸,目光突然变得有些锐利。

冯嘉芮不怕他:"如果不是的话,我就……"

"是。"

"我就要追你了。"

两道声音同时响起。

裴致磨了磨虎牙。

冯嘉芮笑得像偷腥的猫："是的话，那我就不追了。"

"不行。"

"为什么？"

他恨不得用虎牙咬她，牙齿磨了几遍，最后输给自己的心软："冯嘉芮，你是不是故意的？"

"对呀。"

(6)

这一夜，裴致断断续续做了一整晚的梦，将年少所有的细枝末节都重新放映了一遍。一颗心像跳跳糖，外表裹着酸粉，等熬过去，又变得无比甜美。

高三下学期，冯嘉芮的课业压力更重，平日里不是在刷题就是在刷题的路上。

两人的交流变少，除了吃饭时能偶尔聊两句，其他时间，冯嘉芮都将自己关在房间里。

偶尔见她捧着手机，聊得很开心，他不经意看到过，是许庚。

焦梦玉切好水果后赶着出门，就对着裴致说："你和嘉芮一起吃，阿姨先走啦。"

裴致点点头，走到门边，敲了几下，里面没动静。他顿了下，转动门把手，铺满课本和卷子的书桌前，冯嘉芮正拿着手机，打字速度格外快。

她聊得太专心，连裴致走进去的脚步声都没发现，等冯嘉芮发现时，裴致已经站在她身后。她吓了一跳，下意识地护住手机屏幕，等看清是裴致，才松了一口气。

"你走路怎么都没声音？"

裴致用牙签戳了一小块西瓜递到她嘴边，她张口咬住，吃完还在瞪他。

"你在谈恋爱吗？"裴致问。

冯嘉芮瞪他瞪得更厉害了:"才不是,我在问许庚题目。"

提到许庚,少女的眼睛更亮了些,脸颊红红,语气里满是歆羡:"我和你说,许庚超级聪明,我数学靠他才能起死回生。"

模拟考的数学卷子就放在桌上,裴致看着上面 108 分的红色字样,撇开眼,不太舒服。

"你是不是还没见过许庚?他这段时间好忙,一直在外地出差。等他回来,我介绍你们认识。他本人超级帅的,是那种书生气的帅。"

冯嘉芮兴奋地说了好一会儿,发现裴致都没有理她。她侧头过,看见他表情淡淡的,连拿在手里的西瓜都没吃。

"你不舒服吗?"

裴致轻轻点头。

是不舒服,莫名地感觉心口堵得慌。

就这样日复一日地过了一个月,距离高考剩下没几天。这阵子沪城提早进入梅雨季,每天都潮漉漉的。那是周日的下午,天空阴得可怕,乌云低低,让人分不清是白天还是黑夜。

裴致一如往常来冯嘉芮家,一进门就发现了一双没见过的男鞋。

焦梦玉开完门就去厨房,还督促他:"快去洗手,准备吃饭。"

裴致没说话,踩着拖鞋慢吞吞地往里面走,路过冯嘉芮的房间时,下意识地转头往里看了一眼。

她房门没关,开了个不大不小的缝。她穿着白色的睡裙,很乖地坐在椅子上,那个人就坐在她身旁,一只手拿着笔,另一只手搭在椅背上,写写画画,低声在分析题目。

冯嘉芮的心思没在题目上,一直用亮得让人心动的眼睛偷偷看许庚。

许庚看过来时,她又低下头,下一秒又故意抬起来和他对视。两个人离得很近,肩膀互相抵着。裴致看见了,冯嘉芮又靠近了一些,脸上的笑是他从来没见过的。

那一刻,像是被一盆冰水从头浇到尾,可心底的火苗还不肯熄灭。

裴致不知自己怎么移开目光,又是怎么吃完这顿饭的。身体不听使唤,表情木然,心头像有千万只蚂蚁在撕咬。

他抬起眼帘,冯嘉芮和许庚就坐在他对面,在酸涩的折磨中,他终于意识到,他是喜欢冯嘉芮的。

他向来人情寡淡,从来没有哪个时刻希望哪个人可以只属于自己。

闷热的六月来临,在绵绵小雨中,高考结束。冯嘉芮彻底在家做起了"米虫",天天捧着西瓜,在沙发上看电视。

焦梦玉看不得她每天无所事事:"你这么闲,明天开始给裴致辅导功课。他这学期成绩突然下降了不少。明明挺聪明的孩子,也不知道受什么打击了。"

"好啊,没问题。"

焦梦玉比裴致的亲妈还操心:"你好好教,那孩子心思敏感,别打击到他。"

冯嘉芮有一搭没一搭地点头:"知道了。"

补课从第二天开始,在裴致家。

他刚洗过澡,从冰箱里拿出刚榨好的橙汁放在冯嘉芮旁边。

冯嘉芮正皱着眉看他的期末成绩单,明明这孩子上学期还在年级前十,怎么这学期一下掉了一百名。她狐疑地盯着裴致的脸,难道早恋了?

可他每天在她眼前晃,也没看见他对哪个女孩子上心啊。

她拿出知心大姐姐的架势,盯着裴致的眼睛:"你老实说,为什么成绩下降这么快?"

裴致不由得眨了下眼,眼前的冯嘉芮将脑后的长发盘成一个丸子,扎在头顶,俏皮又甜美。空调冷风徐徐地吹,他虎牙轻轻咬住,让自己不要缴械投降。

"不想学。"

冯嘉芮眉头皱了起来,用食指轻轻点了下他的额头:"你是不是叛逆期到了,怎么能不想学呢!"说完,老气横秋地叹了口气,她又拍了下他的肩膀,"姐姐很理解你,但是无论如何成绩可不能下降哦。"

裴致不说话,看着自己那糟糕的成绩单,嘴角压抑着笑。他了解焦梦玉,如果他成绩下降,一定会让冯嘉芮辅导他。

冯嘉芮马上就要离开这个家这个城市,去外地读书了,他和她能相处的时间太少了。

冯嘉芮不知道裴致弯弯绕绕的心思,讲完一道题,发现他居然根本就没在听。

她将笔拍在桌子上,仰起头看向他:"裴致。"这样不行啊,"你为什么不想学?"

"没意思。"

少年复杂的家庭环境,还有裴步亨的态度,让冯嘉芮心里酸涩起来。一定是太失望了吧?考得好没人关心,考得差也没人关心,好像做一切都没有意义。

她心里更软,对上他漆黑的眼眸,脱口而出:"你每进步三十个名次,我就满足你一个愿望,怎么样?"

裴致猛地将头低下。

在他的目光下,冯嘉芮忽然有些退缩:"当然杀人放火超出我能力范围的……"

"好。"裴致打断她的话,眼底是窗外满月的月光,"我答应你。"

(7)

漫长的暑假才拉开序幕,除了烈日就是暴雨,窗帘永远拉着,空调不知疲倦地吹。

"昨天回来的时候，看到裴裴淋雨了，脸色白得呀像个小可怜。我刚刚想过去看看，在门口就听见，他们父子俩在吵架。"焦梦玉化完妆，又照了遍镜子，准备出门时，又不放心地看了下正在客厅看电视剧的冯嘉芮，吩咐道，"家里有感冒发烧的药，你一会儿记得送过去。"

冯嘉芮啃着西瓜："你怎么不去？"

"哎呀，你这小孩就不能发挥下姐弟爱吗？"

赶在焦梦玉长篇大论前，冯嘉芮连忙点头："王阿姨要催你了，你快走吧。你放心，我一会儿就去送药。"

电视剧放到一半开始插入广告，右上角有180秒倒计时，冯嘉芮吐槽了下现在简直是在广告里插电视剧。

她从沙发上站起身来，找来药箱，翻出药，犹豫了几秒，还是敲了敲对面的门。

敲了好几下，正当冯嘉芮要走的时候，门突然从里面打开。

大夏天的外面蝉声啾啾，树叶都被晒蔫了。裴致穿着长袖长裤，脸色惨白，他好像刚从床上爬起来，衣角还稍稍卷起，抬手时，露出少年紧致结实的腰腹。

冯嘉芮磕巴了一下，移开目光，踮起脚也不管他反应，直接将手背靠在他头上，惊呼："这么烫？"

裴致皱了下眉，没出声。

冯嘉芮直接从他身下走进门，房子里空荡荡的，没看到裴步亨："你爸呢？"

"走了。"

裴致靠在墙上，看着她从厨房里拿出热水壶摇了摇发现没水，又从冰箱里拿出瓶矿泉水倒进去进行加热。

烧水的空闲时间，她仰着头看过来。裴致的个子比冯嘉芮高一个头，她和他说话觉得有点费劲，伸手将他从墙边拽到椅子上坐下。

手劲可能大了点，也可能是裴致在生病中没什么力气，肩膀不小心撞到，冯嘉芮连忙伸手抱住他。

掌心所接触的体温比她高好多，他头靠在她怀里，呼出的热气都烫人。少年的睫毛又长又密，稍不注意还会划到她的锁骨。

冯嘉芮觉得痒，忍不住抓了下，掌心一烫，她一低头才发现，她碰到了裴致的唇。

客厅里没开空调，四周空气都烫了。冯嘉芮莫名觉得心跳有点快，见裴致没反应，松了口气。电水壶跳了一下，她将他扶好，兑了一杯温水来。

"裴致。"冯嘉芮轻轻叫了下他名字，将装满水的玻璃杯抵在他唇边，"喝一口水，吃药。"

他沉默了几秒，睁开眼，不乐意地又偏开头："不吃，苦。"

冯嘉芮盯着他看了好几秒，最后在他可怜兮兮的表情下败了下来。她在心里唾弃自己真是个"颜狗"，语气更轻了点哄他："不吃药，生病会难受。"

裴致睫毛微微扇动，看了她一眼，不光是眼神现在连声音都委屈起来："你逼我。"

这个少爷真的难搞得紧，平日里挑食这不吃那不吃就算了，生病了还这样。

冯嘉芮瞪着他。

少年的头发没整理，有几根不老实地翘了起来，这样的裴致多了几分平日里没有的可爱。

想揍他的心，只维持了两秒，她站起来，风风火火地打开门。

裴致一愣，看着她背影，还没来得及叫。

冯嘉芮冲回自己家，从冰箱里拿出两包正冻着的旺仔QQ糖，电视机里正在放男女主角的对手戏，她看都没看一眼，又跑了回去。

裴致看着她，动了动唇刚要说话，嘴里就被塞进了一颗葡萄味的

QQ糖，他下意识地吞了进去。

"嚼呀，你傻不傻！"

裴致没说话，只定定地看着她。眼前的少女，刘海因为刚刚跑步被吹散，一双眼睛里都是他。

他来不及做什么，嘴里又被塞进一颗胶囊药丸，少女仰着头，嘴角都是笑意："现在可以吃药了吗？"

他吞了下去，又被她强硬地逼着喝了一大杯水。

一切都结束，她站起来，揉了下他的脑袋，声音又轻又甜："吃了药，才是好宝宝。"

裴致不理她，她厚脸皮又撸了下他头发："姐姐这么照顾你，你以后长大了可要好好孝顺姐姐哦。"

回答她的是少年冷冰冰的眼神。

裴致这场感冒来势汹汹半个月都没好，低烧反反复复，时不时就在咳嗽。可把焦梦玉心疼坏了，没事就盯着裴致那张日渐消瘦的脸，长吁短叹。

又是周末，冯嘉芮正在看书，焦梦玉门也不敲走进来，使唤她："我熬了鸡汤，去给裴致送去。"

"为什么不是你去？"

焦梦玉理所当然："我是你妈，你就得听我的。"

冯嘉芮无话可说，只得听从命令。

焦梦玉别的不行，在煲汤这方面可是一绝，看这卖相就特别诱人。冯嘉芮端起焦梦玉装好的鸡汤，从鞋柜上的架子里找出裴家的钥匙。这是前几天裴致他爸裴步亨给他们的，说是怕裴致一人在家病到无法开门，特意给他们救急用的。

真是奇怪，这么担心自己儿子，为什么不自己在家照顾，反而还全世界乱跑？

冯嘉芮掏出钥匙打开门，将鸡汤放到餐桌上，踩着拖鞋"啪嗒啪嗒"

推开裴致房间的门。

"人呢?"

房间里空荡荡的,裴致有洁癖,他所有的东西都归置得像样板间一样。

窗外呼啦呼啦刮着风,乌云沉沉的,果然下一秒雨点又大又密地砸了下来。她在嘈杂的雨声里,四处张望,从房间到卫生间再到阳台。

只见裴致一个人站在阳台,窗户没关,雨点顺着风倒灌似的往里砸。冯嘉芮愣了下,连忙走上前,将窗户关上,又看向浑身几乎湿透的裴致。

"你有毛病啊?你知不知道你感冒还没好?你现在吹风淋雨想干吗?"她劈头盖脸骂完,才看向裴致。

他面无表情,神情比往日里还要阴沉几分。这个年纪的男孩子,总是有许多叛逆的心思,冯嘉芮却不觉得他叛逆。因为她敏感地察觉到他晦涩的心情比这天气还糟糕。

余光不小心看到他紧紧攥着手,冯嘉芮想都没想,就伸手过去,握住了他的手。

"我们裴致宝宝因为天气差,所以心情不好吗?"

裴致顿了下,僵硬地看过来。

冯嘉芮本来以为他不会说话,没想到安静了好久后,他慢吞吞地点了下头。

"除了天气不好,还有别的原因吗?"

"今天是我生日。"

"啊?"

"也是他们离婚的日子。"

他说得十分平静,一点情绪起伏都没有。

冯嘉芮立马笑着说:"那我去给你买蛋糕,啊这个天气,我不想出去,不然我给你做一个吧?"说完,也不管裴致的意愿,就将他扯进客厅,先督促他换了一件衣服。

换衣服的时候还发生了一件事,她怕裴致不听话,也赖在他房间里不走，非要亲自监督才行。

冯嘉芮在他衣柜里拿了件她认为最好看的白色短袖递给裴致，然后背过身，捂住眼睛："好啦，我看不见的。你快换。"

裴致拿着衣服一动不动。

冯嘉芮没听到声音，又催他："快点呀，我真的不骗你！"

他低着头，将衣服利落地脱掉又放到一边，拿起她选的那件套上。

衣服还在腰腹处没放下去，他余光看到面前信誓旦旦说不看的人转过身，正笑眯眯地盯着他露出来的那片皮肤。

"哇，裴裴宝宝，上次没看清，没想到虽然你平时深藏不露，但其实还是有八块腹肌的。"

裴致不理她。

冯嘉芮又凑上前："灰色的。"

裴致脚步一顿，什么灰色的？突然大脑里闪过什么。

他回头要瞪冯嘉芮，她已经飞快地从他身边跑了出去，边跑边大声说："裴裴宝宝好冷淡哦，穿灰色。"

"……"

"我更喜欢黑色，多神秘啊。"

"冯嘉芮！"

"好啦，你乖乖坐着哦，姐姐给你做蛋糕。碍于姐姐从来没下过厨，我给你做个……"冯嘉芮正翻着储物柜，眼前一亮，拿出面粉，又找出几个鸡蛋，信心十足，"做个鸡蛋糕！"

她见焦梦玉做过，一点都不难。

她回忆着步骤，将面加上水，又将鸡蛋放进去，搅拌来搅拌去，抬头就能看到裴致不信任的目光。

她冷哼一声，直接将面糊放到了煎锅里。

……

"煳了。"

裴致的声音在这一刻格外冷漠,冯嘉芮瞪了他一眼,手忙脚乱地将蛋糕从锅里移到盘子里。

惨不忍睹的模样,哪里是蛋糕,根本就是煳了的鸡蛋饼。

"家里有蜡烛吗?"冯嘉芮问。

裴致看了她一眼,无声地找了一根照明用的白蜡烛出来。

有总比没有好,冯嘉芮自我安慰:"也行。"

"你今年几岁呀?还有几根呀,要不都拿来吧。"

过了几分钟,冯嘉芮看着眼前的一堆白蜡烛,放在煳掉的鸡蛋饼前……

"总觉得不大吉利,要不就点一根好了。"

烛光摇曳里,冯嘉芮看着裴致,见他脸色比刚刚好多了,心放了下来。

她看着他,从眼睛看到嘴巴,又从下巴、喉结看到锁骨、手指,不禁感叹,裴致宝宝真是哪儿哪儿都长得好看。

"快许个愿,然后吹蜡烛。"

裴致今天一直很沉默,却非常配合她。

在他闭上眼的时候,冯嘉芮也双手交叉闭上眼,在心里说:"希望裴裴宝宝可以开开心心每一天。"

"你许什么愿望?"冯嘉芮说完又说,"算了算了,说出来就不灵了。"

她纠结了两秒,继续说:"但是我好好奇哦,裴裴能不能告诉我呀?"

裴致的目光移到她脸上,轻轻吐出两个字:"不能。"

"……"

真是不可爱。

明月在上,清风为证,我唯一的愿望——

冯嘉芮可以喜欢我。

Chapter3.
你就是这么对倒追的人吗

▼

(1)

漫长的雨季。冯嘉芮早早赶到杂志社,和团队开了一上午的会。

中午十一点,手机突然振动了一下——

裴致:"你为什么不发信息给我?"

冯嘉芮:"?"

裴致:"不是要追我吗?"

冯嘉芮笑出声,连忙回复:"今天裴裴宝宝工作忙不忙?累不累?"

会议室的同事看向冯嘉芮等她最后拍板方案。

"距离发预告没几天,裴致那边的行程安排很紧,没空去国外拍摄,只能在棚内。"

"那就棚内,棚内布场装台大概要三天,我这边再和裴致的团队确定下拍摄时间。"

冯嘉芮收起手机,点点头。她没告诉裴致,准备到时候给他一个惊吓。

雨哗哗而下,激起一层白雾,一片朦胧中,裴致的团队提早到达。

裴致从保姆车上下来,穿着一件牛仔外套,没什么表情,但哪怕是对待最基层的工作人员,他都很有礼貌。

女性工作人员将目光停留在他身上,一片羡慕中,冯嘉芮笑着主动走上去："今天的摄影师是我。"

她笑容里有些紧张和小小的得意，她轻轻用指尖捏了捏掌心，微微再靠近了些，可以感觉到她身上的体温，声音轻轻地在他耳边响起："我最起码有两年没拍过时尚大片了，你也知道我一直在西北面对黄土高坡，如果成片不好，你让倪哥别发脾气。"

他身边的经纪人倪多问先皱起眉，锐利的目光在冯嘉芮身上扫了一下。

裴致点了下头，只是说话时微微蹙眉，目光一直落在她身上，声音淡淡："知道了。"

冯嘉芮仰起头，棚内正在调灯光，时明时暗，她眯了下眼，敏锐地发现，裴致的鼻音好像更重了点，还有……他好像情绪不太高。

他跟着工作人员去后台化妆换衣服，倪多问跟在身后，又让助理小Q去买咖啡和茶点，送给全体工作人员吃。

裴致换好第一套衣服出来，跟在冯嘉芮身旁的女孩子差点咬到自己的舌头，嘶嘶啦啦半天还在惊艳他的帅。

是一件宽大的西装，领口开到胸口，里面没有穿任何的衣服，精致的锁骨，薄薄的胸肌，隐隐约约透着最致命的性感。

冯嘉芮刚刚还在嫌弃小姑娘们大惊小怪，等拿起相机，人就在自己眼前时，心跳不由得扑通一下。

她忽然觉得自己不太有出息，裴致的气质比较冷，平日里最多就是面无表情，寡言又冷淡，但偏偏气场强大。

他目光看过来时，眉头微微挑起，眼神有一种莫名的可爱。冯嘉芮手指发紧，下意识地抓拍下这一张。

她忽略着异常的心跳，这种感觉很奇妙，就像是从男孩变成了男人，让你无法忽视他的存在。

这次拍摄的是时尚圈最高冷的杂志之一最重要的九月刊封面照，这

个向来不愿意请男星的杂志，居然将含金量最高的"金九"给了裴致。

不仅如此，还专门迁就裴致的档期，将现场布置成戈壁沙滩。整整六车的沙子，所有工作人员花了三天布置。

旁边的女工作人员，从裴致进棚开始就处于亢奋状态。

"裴裴这也太帅了吧？"

"被他的荷尔蒙压制。"

"从今天开始我也是裴夫人。"

冯嘉芮拿相机的手一抖，下意识地看了那个女孩一眼。

季惜白在隔壁棚拍宣传照，听说裴致在这里，特意跑过来探班，一进来就被这架势震撼到，不免嫉妒地调侃裴致几句。

"你这时尚资源简直虐杀我啊，我什么时候才能有这待遇拍'金九'，听说那个蓝血要签你做全球代言人了？"

裴致正在补妆，第二组是他只穿着白衬衫在沙漠里行走，听到季惜白的话，随意点了下头。

季惜白更是嫉妒到要掐他，两个人有一搭没一搭地闲聊。

季惜白目光乱晃，不知怎的就注意到了人群中的冯嘉芮。

她今天穿着牛仔裤和最简单的衬衫，为了方便，她在衬衫下系了个小小的结，动作大的时候，会露出盈盈一握的腰。

季惜白视线一顿，他平日里绯闻女友多，恋爱经历比起绯闻来更是只多不少，但偏好美丽的笨女人。用他的话来说，女人只需要好看就行，太聪明的话魅力就减少了。

但现在冯嘉芮站在人群中央，手里拿着相机，弯腰看着电脑屏幕里刚刚拍好的照片。她眉头微皱，表情严肃。季惜白也不知被什么附体了，就觉得这女人居然性感到不可思议。

他心痒了几分，拍了下旁边的裴致，凑到他耳边，轻声问："那是这次封面照的摄影师？"

裴致微微抬头，目光不经意地和冯嘉芮的视线相交，见她立马错开，嘴角微翘。

"嗯。"

"熟吗？"季惜白声音更轻，带了点"你懂我懂"的笑意。

裴致放下咖啡杯，侧头看了他一眼。

季惜白没感觉到裴致周身的气压变低，继续说："真的太性感了，你看那背影，你再看那腰，还有她的眼神。哥和你说，女人美在骨不在皮，这种从骨子里散发着性感韵味的最难得了。你既然和她合作，一会儿你帮哥哥我牵个线，认识一下，咱俩谁和谁是不是？"

季惜白越看心越痒："我现在就订饭店，就靠你了哦。"

"不行。"

季惜白用瞧不起的眼神看了眼裴致："怎么你一个人单身还不够，非拉着我一起啊？"

裴致冷声道："不是。"

"什么不是？"

"不是单身。"

（2）

棚内太吵，季惜白心思没在这儿，压根儿没听清裴致说了什么。

他手机响了，于是出去接电话。

裴致看着冯嘉芮放下相机，拿起咖啡在喝，忽然拿起手机给她发了个信息："过来一下。"

冯嘉芮没看见，她现在忙死了。她真的太久没拍时尚杂志了，全天整个人的神经都是绷着的。

过了十分钟，身后来了个工作人员一脸为难地看着她："裴致老师说服装有点问题。"

冯嘉芮下意识地抬头往裴致休息的地方看："有什么问题？"

那个工作人员更是为难:"嘉芮老师您亲自去看看吧,裴老师的团队好像很生气。"

服装难道出了什么大问题,居然能让裴致这么生气?

冯嘉芮疑惑地走过去。

棚里的休息间、服装间都是用简单的木板搭的,十分简易。她走到门口,小Q正一脸苦色,看见她来好像见到了救星。

冯嘉芮心里疑惑更大,据她所知,裴致不是会耍大牌的人,虽然他为人冷淡,但工作上能配合的,几乎都会态度很好地配合。

难道真的是大问题?

她打开门,服装间内只有裴致一个人。他发型刚刚抓过,额前的碎发都吹起来,现在穿着超季的白衬衫,好看得让人移不开眼。

这不挺好的吗?

"哪里出问题了?"

裴致靠在衣架上,没什么精神地看着她,鼻音更重:"门关了吗?"

现场人多眼杂,裴致在里面换衣服,确实应该小心,冯嘉芮为了保险起见,还将门反锁了。

回头就看到他向自己招了招手,冯嘉芮听话地走过去,眼睛一直看着他的衣服。

在还有一步之遥的时候,手腕被他拽住,她失去平衡,再下一秒,整个人被他抱在怀里。

裴致下巴放在她肩膀上,声音很轻,有一下没一下若有似无地蹭着她:"不想拍。"

冯嘉芮大脑空白了一秒,以为发生了什么事,关心地问:"怎么了吗?"

他声音更轻,带了些别扭地指控:"你就这么对你要追的人吗?"

声音被锁在喉咙里,她眨了眨眼睛,耳边又传来裴致的声音:"我生病了。"

他全身每个细胞都在举着哄我的牌子。

冯嘉芮觉得心怦怦跳,又觉得他们俩靠得太紧,心跳声太大,会让裴致发现,还没来得及推开他,手又被他抓住。

"很难受。"他可怜兮兮。

"那怎么办呀?"

裴致凑得更近,声音贴在她耳边:"你亲我一下。"

小Q在门口敲了两下门,应该是有人路过在提醒他们。

"别闹。"

裴致不情愿地松开冯嘉芮,低着头脸色是苍白的:"那亲八下。"

怎么还能涨价呢?

"这样不好,被看到对你影响也不好。"冯嘉芮小声劝他,门口的脚步声和敲门声更是让她的心都悬了起来,"我先走,一会儿拿药给你,休息一下再拍下一组。"

他嗯了一声,似乎被说服了,然后问:"亲吗?"

"我刚刚和你说的你都没听见吗?"

他声音低哑但特别理直气壮:"嗯,我满脑子都想你亲我。"

他想了想还补充道:"你追我一点都不用心。"

下一秒,冯嘉芮将他的下巴捏住,踮起脚凑近时,他下意识别过脸:"不亲嘴,感……"

话还没说完,唇被用力蹭了下。

裴致呆滞了下,耳尖开始冒红。

"嘉芮老师,裴致那边怎么……哎?嘉芮老师您的脸怎么这么红?"

工作人员看着冯嘉芮的脸通红,难道裴致这么难搞吗?听说他铜墙铁壁,特别注意男女之间的距离,难道?

"有感冒药吗?送到裴致的休息室,我们等他休息半小时开始下一组。"

季惜白回来时就看到裴致坐在沙发上傻笑。

"发春啊。"

裴致拿着感冒药的包装盒看了一会儿,拿起手机。

裴致:"还有七次。"

冯嘉芮没回。

裴致手指在桌上敲了几下。

裴致:"那我不吃药了。"

"嗡嗡嗡——"手机振动。

冯嘉芮秒回:"回家补给你,我们裴裴宝宝先乖乖吃药。"

季惜白好奇,坐近了些,想看裴致的手机里到底有什么神秘的。

裴致将手机锁屏,背面朝上放在桌上,手指剥开铝制包装的胶囊。

"她心疼我。"

"谁啊?"

裴致看了季惜白一眼,忽然问:"你这么没眼力见吗?"

"什么?"

"蠢。"

季惜白怒了:"你怎么骂人啊?"

晚上十一点,拍摄终于结束。冯嘉芮抬头,视线里,裴致刚卸完妆,换回自己的衣服,性感魅惑的妖孽又变成了国民男友。

半个小时前,雨停了。现在夜幕深深,空气是湿湿凉凉的。

冯嘉芮看着裴致和自己错身而过,又低下头,很如常地打了招呼,像面对一个普通的工作伙伴。

她心头微动,好像刚刚在服装间里的亲吻是错觉。

手心忽然被抠了下,冯嘉芮抬头,裴致的声音贴过来:"你什么时候能结束?"

她还有很久，要留下来盯着撤场，还要将今天拍摄的照片进行粗选。

"要很晚，你先回去。"

他点了下头，也没作声就走了。

凌晨两点半。

小Q发来消息："嘉芮姐你还有多久结束啊？"

冯嘉芮一只手握着手机，另一只手捏了下眉心，不敢相信地回："你们还没走？"

小Q："我已经走了，但车留给裴裴了，我在手机上看车的位置一直没动，所以……"

小Q："嘉芮姐，我不是催你哈，就是裴裴明天早上六点就要到剧组……"

小Q非常有心机地只发了一半，他老板第一次追女人，只会用这种笨方法，他得多帮老板刷刷存在感。

倪多问看了小Q一眼："发了？"

小Q点头。

倪多问吸了口烟，骂了句脏话："这世上怎么会有这么傻的人。"

一根烟抽完，倪多问对着小Q说："最近多关注点裴致的心理健康，冯嘉芮就是个祸害。"他顿了下，忽然想到什么，"医院那边的结果出来没？"

"还得两天。"

倪多问烦得要死："你说裴致怎么就这么可怜。"

冯嘉芮背着相机和电脑包，从棚里跑出来，找了一圈，终于在后巷的大树下找到了一辆车。

她跑过去，四处看了看，生怕这个点，还有记者和粉丝。

车窗被敲了两下，裴致睡眼迷离地歪过头，迟疑了一秒，才打开车门。

冯嘉芮坐上副驾驶,想了想觉得不对,将手里的东西放进后座:"你过来,我开车。"

裴致半梦半醒,加上感冒嗓子哑得厉害:"为什么?"

她看着裴致被压得翘起来的头发和素颜的脸,心头一软:"我在追你嘛,开车这种事应该我来做。"

眼前的裴致实在太软太可爱,冯嘉芮捏了下他的脸,督促道:"快一点,不然那七个亲亲就作废!"

裴致立刻睁大眼睛,刚要说话,另一边的脸颊被她的唇碰了下,他稀里糊涂地就坐到了副驾驶位。

凌晨车少,冯嘉芮担心裴致睡眠不足,一直让他睡觉:"我车技很好的,你先睡,到家我叫你。"

裴致应了一声,只是每过几分钟他都会睁开眼,看看冯嘉芮,像是在确定她还在不在。

冯嘉芮一开始没发现,在等红绿灯的时候,她习惯性去看一下,每次都可以看见他眼睛睁开。

她心头没由来地忽然很酸。

夜幕里又刮起了小雨,灯光一打细细又密密,她放在腿上的手突然被握住。

裴致应该很没安全感吧,她想。

她明明就在他身边,他还要一遍一遍地确认。

冯嘉芮垂眸看过去,她和裴致认识八年,几乎算得上对他十分了解。他父母早年离异,他跟着忙碌的父亲,几乎一个人度过所有的时光,母亲有新的家庭,对他根本不关心。

仔细看,他眼下青黑一片,人也清瘦了不少,因为鼻塞呼吸有些重。冯嘉芮心疼,将手一转,反客为主地握紧他。

"你什么时候喜欢我的?"

车速不快，一盏一盏的路灯从车窗透过来，照着裴致的眼睛。他不大愿意说："不知道。"

其实追根究底，他也不明白哪个瞬间喜欢上了冯嘉芮。只是觉得，她就应该是他的，也只能属于他。

"那你喜欢我什么呀？"

"不知道。"

冯嘉芮瞪了他一眼："那你知道什么？"

他坐正身体，看着她的目光严肃认真，整个人透着深情："知道喜欢你。"

裴致其实也挺想问冯嘉芮喜欢许庚什么，话到嘴边又吞了下去。车厢狭小，空气里都是她的味道，他没有哪个时刻觉得自己可以和冯嘉芮如此靠近，他舍不得也不敢破坏。

（3）

快天亮的时候，意外接到焦梦玉的电话。

焦梦玉女士被恶劣的天气影响滞留机场，无聊得紧，想起她这个宝贝女儿来，特意打电话来解闷。

聊了十几分钟家长里短，冯嘉芮突然问："妈妈你说什么是爱情？"

焦梦玉是搞艺术的，虽然年纪不小了，但还是很浪漫："爱情就是这么恶劣的天气，你担心他会不会淋雨、会不会感冒、会不会受伤，担心他所有的小事。"

冯嘉芮手指无意识地抓紧床单，眼睛看着天花板，脑海里却浮现出裴致的脸。

"妈妈你为什么会嫁给爸爸啊？"

焦梦玉哈哈一笑："当初人家给我介绍你爸的时候，我也觉得他太严肃，不同意。后来发现这个人严肃归严肃，但对我很好，处处体贴我，让我做自己。不一定要惊天动地，有一个人理解你爱护你，能让你无忧

无虑,全身心信赖他,也是爱情。"

冯嘉芮没说话,焦梦玉似乎感受到她的纠结:"裴致是个好孩子,你好好对他,和他好好过日子。"

"妈……"

"你放下心防去试着接受,你怎么会知道自己真的不喜欢他呢?"

冯嘉芮没说话,电话那边传来广播声,在说飞机即将起飞。

焦梦玉在挂电话之前突然问:"裴致身体怎样了?他真准备捐肾吗?囡囡你劝他再想想。"

冯嘉芮全身的瞌睡虫都被吓醒,整个人僵在那里,脑子里嗡嗡一团乱:"妈,你说什么?什么捐肾?"

"就是裴致那个同母异父的弟弟啊,得了红斑狼什么病,说要捐肾才能救……"焦梦玉上了飞机,一旁的空姐一直温声劝她挂电话,她不好意思地道歉,说还有最后一句话,"他没告诉你吗?"

结论当然是没有,冯嘉芮完全睡不着,在屋子里里里外外找了一圈,才想起裴致今天早上六点就要拍第一场戏。

怀着沉重的心,她拿着手机在搜索网页查了半天,最后自私战胜了她,她真的一点都不想裴致去捐献。

这种事肯定已经发生很久,裴致却一点都没告诉她。

冯嘉芮有点生气,但想起自己这几年的行为,又觉得自己没资格生气。

她吃完裴致做的早饭,给赵田田打了电话。

赵田田听完沉默了一会儿,问她:"裴致应该不想让你担心,他本来就是什么事都藏在心里的人。"

"可这是大事啊!而且他妈妈对他一点都不好,我以前见过,他妈妈只会问他要钱,要不到就打他。当年可是她出轨离婚,后来日子不好还找裴致。她生的孩子生病了,凭什么让裴致负责?"冯嘉芮没发现自己的眼圈已经红了，言语之间已经有呜咽，"裴致他知不知道我们是夫妻，无论做什么，我都是有知晓权的好吗？结婚誓词上都写了，无论顺境还是逆境，无论富有还是贫穷，无论健康还是疾病，无论青春还是年老，我们都风雨同舟，患难与共，同甘共苦。"

"冯嘉芮。"

"嗯？"

"你忘了，你们没有婚礼，没有誓词，而且从头到尾却没把那场婚姻认真对待的人是你。"

今天没有雨，室外温度38摄氏度，刚刚发布了高温预警，阳光刺眼。

冯嘉芮全身发冷，嘴巴张了又闭，不知道要说什么。

赵田田说得对。

她无法反驳。

"你记得当年你明明快要正视你和裴致的感情的时候，许庚又回来找你，说他已经和那个青梅竹马的女孩分手了。你还记得你当时怎么说的吗？"

冯嘉芮没接话。

赵田田说："你说你知道许庚有多渣，也知道他有多少致命的缺点，但你就想要试试。那天我们俩彻底聊了一整晚，你说哪有人没爱过人渣，但浪子回头渣男从良也不是没有。你说或许自己就是特别的那个，没试过怎么知道？"

这确实是冯嘉芮的爱情观，尽人事听天命，只要有一线希望，她就不会放弃。

"那是你第一次拒绝裴致，或许这不算拒绝，因为他没告白你也没说开，你只是忽视掉他的情感，他也配合你一起装傻。"赵田田停顿了几秒，语气变得无比认真，"我是你最好的朋友，你也是我最好最重要

的朋友,嘉芮你真的想清楚对裴致的感情了吗?你们已经结婚三年了,你们互相又有多少年可以这样浪费,你仔细想想。"

他们结婚的过程并不是很美好。

当初在便利店门口的亲吻被一位亲戚看到,一次家庭聚会,三姑六婆闲聊家长,焦梦玉就这么知道了这件事。

当时正值冯嘉芮和许庚分手,全家都以为她和裴致在一起,已经彻底放弃许庚,纷纷看好这段感情,没多久,居然开始试探地问她什么时候和裴致结婚。

都什么和什么。

冯嘉芮将自己关在房间里百口莫辩。

她一边生气许庚的冷酷,辞了工作直接就回了沪城,一边又痛恨自己为什么已经看清了他的面目还不肯死心。

她躺在床上,一边用平板电脑看着剧,一边拿着手机和赵田田聊天。

聊天内容很单调,赵田田单方面疯狂地骂许庚,而她时不时回一下。

夏天真的太容易让人烦躁了,冯嘉芮边看剧边啃西瓜,偶尔拉动进度条,短短几天,居然把今年的几个热门剧都看完了。

正百无聊赖时,房门突然被敲了几下。

她以为是焦梦玉,连忙将脑袋埋进空调被里。

裴致就这么走进来,安静地坐在她身边,也不叫她。

冯嘉芮没躲多久就开始缺氧,悄悄拿开,偷偷看了一眼,四目相对,她松了口气。

也许是少年太没威慑力,也可能是少年也是受害者。

下一秒,她开始掉眼泪,这些天一直假装的坚强、失恋的痛苦、父母的压力,还有一切的一切,都在这一刻宣泄出来。她哑着嗓子,呷咽地说着一些任性又负能量的话。

似乎许庚就是天就是地,现在天地俱毁,她居然不知该怎么办。

少年的白色短袖被少女的泪水浸湿,眼泪仿佛随时都有可能要淹没卧室。

"嘉芮姐。"少年突然倾身而来,用柔软的指腹擦去她的泪水,声音低沉蛊惑,"我帮你报复他,好不好?"

他漆黑的眸子定定地看着她,一字一句道:"你和我结婚,让他抱憾终生。"

那天裴致说完那句话,冯嘉芮太过震惊,可心里某个隐秘的声音又被他叫出来。

她没胆子在第一时间回复他,却在两天后的半夜十二点半,她晕晕乎乎在夜市的摊位上,喝了两瓶啤酒后给他打电话。

"明天上午九点,我们民政局门口见。"说完,冯嘉芮立刻将电话给挂了。

裴致从半梦半醒到完全清醒再到一夜无眠。

酒精的力量无比强大,第二天在民政局门口,看到裴致,冯嘉芮都觉得自己宿醉未醒。等真的拿到那两本红通通的本子时,她才有了点真实感。

裴致那天穿了一件白色的衬衫,严谨地将最上面一颗扣子都扣得严实。站在那儿宣誓的时候,他声音都有些抖。

冯嘉芮无暇关注他,一种荒唐感从她心底蔓延,她连一句客套的话都无法说出。

用落荒而逃都不足以形容她当时的逃跑。

手机在手心振了一遍又一遍。

冯嘉芮看着屏幕上赵田田的来电显示,接起电话抢在赵田田前开口:"我承认我是渣女,我觉得我真的喜欢……"

电话另一边,赵田田大喊:"冯嘉芮快看微博!裴致的剧组出事

了！裴致已经被送去医院急救了！"

"什么？"

裴致的手机无法接通，小Q的手机忙线，倪多问甚至关机了。

冯嘉芮如无头苍蝇一样，在微博上找到了裴致所在的医院，一路飞驰，她握着方向盘的手发抖，一边安慰自己不会有事的，一边又忍不住往最坏的方向想。

一场爆破戏，不知道剧组哪个环节出了问题，伤了好几个人。裴致离需要爆破的车近了一点，当场受伤，传闻满头是血送上了急救车。

网上各种消息都有，有说毁容的，有说重伤的。

好不容易快到医院，车被堵在一个路口，纹丝不动。

冯嘉芮就近将车停好，闷着头跑。

医院门口被记者和粉丝里三层外三层围了个彻底。她站在人群外挤不进去，听着他们对话——

"听说有两个人进重症监护室了，也不知道什么情况。"

"有路人拍到裴致满脸都是血的照片，估计伤得不轻。"

"内娱神颜就这么被毁了？"

"能不能活着都是一回事了，神颜不神颜的哪有命重要。"

冯嘉芮听得心头更惊，无数家媒体挤着，维持秩序的工作人员无法控制他们。

就在她无法突破重围，干着急时，冯嘉芮突然被人拉了下，她回头看过去，小Q偷偷和她打了个招呼。

"嘉芮姐是来看裴裴的吗？"

冯嘉芮点了点头。

小Q看了看四周，将口罩拉好，神神秘秘道："那你和我来。"

跟电影里特工接头一样，两个人躲过众人视线，从另一栋楼进去，然后又从后门出去，弯弯曲曲绕了好久。

两人进入电梯。

"没办法，太多媒体和粉丝了，医院这边已经在抗议了。"小 Q 看着冯嘉芮紧张的表情，"裴裴没什么大事，就是磕破了头和腿扭伤了，都是皮外伤。"

冯嘉芮瞪他，又是头又是腿的，明明都已经遍体鳞伤了，还能不算大事吗？

"剧组多数人都在，一会儿到了，嘉芮姐你稍微注意一下。"小 Q 说完，电梯门打开。

因为受伤的人不少，除了严重的，轻伤患者都在三楼外科等候大厅进行包扎，一是为了不影响住院病人，二是方便控制。

几个受伤的主要演员怕被偷拍，安排他们在一个小病房里。

冯嘉芮从大厅走过，走进病房里，一眼就看到了人群里的裴致，医护人员正按着他额头缝针。他身上还穿着戏里的衣服，白衬衫上都是血迹。

虽然听小 Q 刚刚说裴致伤得不重，但他这满身是血的样子，还是让冯嘉芮受不住。

冯嘉芮快步走过去，皱着一张脸在裴致身前停下。裴致本来因为疼痛眉头皱了起来，见她来了眼睛一亮。

面前的女人还穿着家居服，裙子有点透，黑色的内衣几乎看得清清楚楚。他眉头微皱，刚要说话又牵动伤口，更疼了。

医生按住他："别动，动了我可不能保证不留疤哦。"

冯嘉芮立马紧张起来："会留疤吗？要缝多少针？伤口很深吗？"

裴致是演员，伤口又在脸上，虽然在额角，精心用头发遮一下也能遮得住，但总归有影响。

"七针，会不会留疤看后面怎么修复和体质。"医生是个四十多岁的女士，她目光扫了眼冯嘉芮又看向裴致，不知心里怎么想的，又开口说，"没事，就算有疤也只会更帅。男人有点伤疤才更有味道。"

冯嘉芮："……"

裴致指了指旁边他的外套，眼睛紧紧地盯着冯嘉芮："穿上。"

冯嘉芮刚要说不用，就看见他脸更黑了点。她低头一看自己的打扮，立刻噤声，将他的衣服穿上。

这是裴致今天早上穿出门的运动外套，上面还有他身上的香水味。

裴致的伤看起来很吓人，但仔细看，他脖子上和胳膊上都是小伤口，冯嘉芮心疼得说不出话。

"别哭。"

裴致看着她，声音轻轻带着不可思议的温柔。

"我那么疼都没哭，你要哭的话，我就前功尽弃了。"

（4）

冯嘉芮立马把眼泪逼回去："很疼吗？"

裴致没回答，反而问了个从见到她开始就想问的问题："你怎么来了？"

冯嘉芮没说话。

裴致又问："担心我？"

她点点头，满心满眼都是他，似乎觉得还不够："很担心。"

她看着他，还好没什么大事，如果……她不敢想如果。

他眼里笑意明显，嘴角的笑更是压制不住。

她看到了，心想，怎么明明受伤了，却感觉心情还很好的样子？

"靠脸吃饭的你，现在脸受伤，还高兴什么？"

裴致喉结滚动了下，只觉得心头很痒，只是这四面八方都是目光。他用虎牙用力磨了一下，压制住想要亲她的冲动，目光瞧了她一眼："不告诉你。"

倪多问拿着一个医院封好的文件袋走进病房，看到冯嘉芮，立马看了裴致一眼，又将文件袋放到身后。

他侧身低声问小Q："你带进来的？"

"嗯，在医院门口遇到的。"

倪多问目光多看了冯嘉芮几秒，小Q转过头想问什么，听到倪多问自言自语："难不成真要熬出头了？"

"熬什么？"

倪多问拍了下小Q的肩膀："还能是什么，多年备胎转正呗。"

外头太阳更烈，从窗户看下去，里里外外都是人。剧组已经发布情况说明，但大多数粉丝都不能接受。

裴致亲自发了一条微博安抚，才平息下来。

导演和制片人特意过来看裴致，一群人说的都是客套话。

冯嘉芮谁都不认识，站在角落，在和赵田田发消息。

冯嘉芮："你说我怎么问他捐肾的事情？"

赵田田："直接问。"

冯嘉芮："他现在太可怜了，再问这种不愉快的，感觉他更可怜。"

赵田田："那等他好了再问。"

冯嘉芮："可我马上就想知道。"

赵田田："……"

导演他们也就是来表达下歉意，意思到了，没一会儿就要走。裴致的伤不至于住院，但医院门口现在里三层外三层的人基本都是冲着他来的。

工作室的车，裴致的车，记者手里基本都有资料，想要无声无息地出去根本不可能。

倪多问打了好几个电话，小Q的神色也不大好，在焦虑的气氛里，冯嘉芮开口："我开车来的，我那辆车三年前买的很少开，媒体应该不

知道,就是有点……"

高调。

车是小Q出去开进医院里来的,回来后看冯嘉芮的目光都变了。

"嘉芮姐可以啊,粉色的GT,整个沪城也没几辆吧。"

冯嘉芮看了他一眼,语气里有些无奈:"是吧。"

这是当初结婚时裴步亨送她的新婚礼物,他以为女孩子都喜欢粉色,非常大手笔地买了一辆限量版的GT。她开得极少,一开始觉得太高调,出门回头率百分之百,后来想买都晚了,扔在车库积灰更可惜。

倪多问趁冯嘉芮和小Q闲聊,将手里的文件袋递给裴致。

"结果出来了,不匹配。"

裴致淡淡点了下头,没说话。

倪多问见不得他这副表情,现在病房里没几个人,他先让小Q去他们自己的车里拿一套干净的衣服来,又准备请冯嘉芮暂时出去一下,想和裴致好好聊一下。

裴致拽着冯嘉芮的手,不太愿意她离开。

倪多问无语,这种情况又不好再说什么。

小Q拎着衣服回来,看到倪多问站在走廊上。他往病房里看,透过门上的玻璃,看到冯嘉芮就坐在裴致的病床边,两个人不知道在说什么。

他多嘴一问:"倪哥,裴裴是不是在追嘉芮姐啊?"

倪多问拿着手机打字的动作一顿:"知道就行,别多话。"

四个人偷偷摸摸地到了冯嘉芮的车旁,倪多问和小Q没上车。出了这么大事,还有更多事等着他们。

倪多问看了冯嘉芮好几眼:"剧组放了裴裴几天假,这几天就麻烦你好好照顾他了。"

不知是不是冯嘉芮的错觉,她总觉得倪多问对她不是很放心。

路过医院大门时,这么显眼的车,吸引了不少人的目光。好在这车的风格和裴致实在天壤之别,没引起记者和粉丝的注意。

一路艰难,终于到了家。

冯嘉芮走得太急,家里的灯都没有关。她看着裴致头上还有干掉的血迹,连忙让他去浴室。

"伤口千万别沾到水,还有胳膊……"

裴致垂眸看着她,有点委屈:"我想洗头。"

她为难地看着裴致,如果让他自己洗的话,那一定会弄湿伤口;可如果不洗的话,上面还有血迹,他这种洁癖的人肯定受不了。

"你等我一下。"

冯嘉芮跑进卫生间,装了一盆温水端出来,又跑进去将洗发露、毛巾、浴巾都拿了出来。

"你去沙发上仰躺着。"

裴致看着她不出声。

冯嘉芮有点紧张,还是催他:"快去呀。"

他盯着她思考了一会儿,终于乖乖走了过去。

眼前的情况,和冯嘉芮脑子里所想的有些区别,她怕裴致的头悬在空中不舒服,于是用手轻轻托住他的头,又让他的颈椎抵在她膝盖上。

等一切准备就绪,她才用湿毛巾轻轻将他的头发弄湿,动作很轻,神情专注,就怕自己稍不当心弄到他的伤口。

她拇指的指甲有些长,不注意戳了下他的额头,他下意识地皱了下眉头。

冯嘉芮指尖一麻,连忙道歉:"对不起对不起,疼不疼?"

本来两人间的距离就很近，她怕伤到他，靠得更近了些，温热的呼吸就打在他皮肤上。

裴致睁着眼睛，看着她，呼吸屏住，说不出话。

她更急了点："是不是碰到伤口了？"

半晌，他声音比平日低哑了许多："没有。"

冯嘉芮松了口气："那我给你抹洗发露了哦。"

她的声音像哄小朋友那么温柔，手指在他的发间轻轻摩擦，他耳边就是她的心跳，一下又一下，在有规律地变快。

他的眼睛被她垂下的发丝挡住，视觉不清晰起来，听觉却越发灵敏。他手指抠了抠掌心，终于忍不住开口道："别跳了。"

"啊？"

她停下动作看向他。

就在这一秒眼前恢复光亮，女人的眼睛比所有的星星都亮，他忍耐了两秒，在想现在亲她，她被吓到的概率是多少。

还没等算出来，他便直接行动，伸手按下她的脑袋，用力地咬了下她的唇。

冯嘉芮心跳得更快，却怎么也不敢动，她怕稍微一动就牵到他的伤口。

兵荒马乱间，她胡乱地想，他怎么这么爱亲人呀？

手下的电吹风呼呼地吹，冯嘉芮的一只手一直挡在裴致的额前，避免热风吹到他的脸上。冯嘉芮今天才知道原来裴致的头发这么软，这么好摸。

折腾了半小时才将头发洗好，冯嘉芮觉得简直比自己洗十个头还累。

她放下电吹风，犹豫再犹豫还是问出了口："你妈妈是不是找过你？"

裴致没说话，乖乖地坐在沙发上。

"你同意了吗？"

他不说话，冯嘉芮开始着急："虽然说身体发肤受之父母，你妈妈有权要求你捐献，但我就是不允许！"

……

房间里安静得要命。

裴致仍然低着头，安静地握住冯嘉芮的手，轻轻捏揉她的手指。

冯嘉芮的心还悬着，等待他的回答。

"裴致。"她认真严肃地叫他的名字。

他忽然伸手，将她捞进怀里，手臂用力，她下意识地阻拦："你的腿受伤了。"

"又没断。"

裴致将冯嘉芮抱坐到自己腿上。

冯嘉芮很少和他这么亲密接触，顿时浑身僵硬。

她紧张的时候总喜欢皱着眉，眼珠子转来转去，裴致将下巴抵在她肩膀上。

他很喜欢和她肌肤接触，捏捏她的手，碰碰她的脸，哪怕只是两人的衣服摩擦，都能让他心安。

"你知道了？"他低低出声。

他的声音太近了，清冷音混着体温，让她分不清是温柔还是温暖。

冯嘉芮嗯了一声："我妈给我打电话跟我说了一下，还以为我知道。"她停顿了下，"裴裴你真的要捐吗？"

他稍稍抬起头，目光看向她，发现她眉头皱在一起，他心底突然一片柔软。

"我不知道。"他话里有些苦恼。

冯嘉芮大概能猜到他怎么想的，主动抱紧他，给他力量和依靠："要不就做回没良心的，你这么多年明里暗里补贴她的还不够吗？"

"我……"

她觉得没说服他,连忙打断他,补充一句:"反正你有我就够了。"

裴致愣了几秒而后笑出声,揉了下她的脑袋,然后低头,与她抵着额头,四目相对,而他终于将那句被打断的话说出来——

"我的检测报告出来了,不符合捐助条件。"

冯嘉芮沉默了两秒,脸噌地红了起来,为刚刚自己说过的话感到害臊。

"我确实不介意自己没良心。"

"……"

"毕竟我有你就够了。"

他含笑的声音还要继续说,冯嘉芮抵了下他胸口:"裴致!"

"不是裴裴宝宝吗?"他问。

冯嘉芮的心怦怦跳,分不清到底为什么跳,只觉得如果是只小鹿的话,现在一定超速要死亡了。

"冯嘉芮。"他忽然叫她的名字。

冯嘉芮故意没好气道:"叫我干吗?"

"你现在喜欢我吗?"他问完,没等她回答,便紧接着说,"算了,我喜欢你就好。"

一时间,冯嘉芮心头无比酸涩,她抓着他,在张口之前,他又亲了下来,一下一下,唇贴着唇,又轻又烫。喘息中,他贴在她耳边似蛊惑又祈求道——

"你肯定喜欢我。"

(5)

第二天,冯嘉芮是被雷声吵醒的。

窗外电闪雷鸣,大雨如瀑。她拿过手机,发现已经上午十点了,她打着哈欠,刚打开门,迎面就撞上了裴致。

已经习惯了每天起床他不在家,今天突然看到,她还有些蒙。

裴致目光一低，冯嘉芮疑惑了一秒，随后猛地将胸口捂住转身关上门。

等呼吸平息，冯嘉芮觉得自己有点刻意，不就是没穿内衣嘛。

五分钟后，冯嘉芮淡定地出现在餐厅，挨着裴致坐了下来。

桌上已经放着做好的早餐，她咬了口三明治，悄悄看了裴致一眼，突然觉得他哪里不太一样。

他今天戴了一副黑框眼镜，黑发很软凌乱地趴在额前。从她的角度看，总觉得他下颌线凌厉，有着一种让人无法接近的距离感，可偏偏他穿了一件全棉的黑色短袖，又让整个人软了下来。

裴致喝了口牛奶，目光移过来，冯嘉芮下意识又咬了口三明治，问道："今天休息你有什么打算吗？"

"在家看电影。"

冯嘉芮点点头。

气氛又安静了下来，正不知说什么时，他突然站了起来。

她仰起头，口齿不清地问："你吃完了吗？"

裴致因为脚扭了，走路有些变扭，一只手扶在她的椅背上，俯身过来，遮住头顶所有的光，在她还没搞清楚他要做什么时，唇上一热。

只轻轻一碰就移开。

冯嘉芮顿时呛得咳嗽起来，他说话时鼻音有些重，可语气理所当然："早安吻。"

惊心动魄地吃完早饭，冯嘉芮洗完碗，发现裴致已经换了一件灰色的运动服慢吞吞地走了出来。

看见她在水池边，他眉头微皱："以后放在那儿，我来洗。"

"那怎么行，家务我们也要一起分担。"见他一副运动的打扮，她有些担心，"要健身吗？"

裴致看着她点了下头。

冯嘉芮有点心疼："一天不健身腹肌又不会跑，我们就放纵一天，

虚度时光也很美好的。"

裴致居然就这么被她说服。

冯嘉芮让他乖乖在沙发上坐好，跑去将窗帘全部拉上，房里顿时黑漆漆的。

"你就坐在那儿不许动啊。"

冯嘉芮跑回房间，拿出两根香熏蜡烛回来，伸手向裴致要打火机。

"这样是不是超级有氛围。"蜡烛放好，她靠着裴致坐下来。

烛光摇曳，忽明忽暗中，见她下意识地靠近自己，裴致嘴角翘了翘。

"你想看什么电影？"

裴致很早以前就有收藏碟片的习惯，所以后来他真的去做了演员，冯嘉芮也没那么惊讶。

"都可以。"他本来就是陪她看的。

冯嘉芮走到架子前，找了找，忽然眼睛一亮。她回头看向裴致，扬了扬手里的碟片："就这个吧，你的处女作。"

浓郁的雨天拉开序幕。

乌沉沉的天空下，海浪拍打岸边。裴致穿着校服出现在空无一人的街道上，背着书包，撑着一把黑色的伞走进学校……

拍这部片子的时候裴致入二，那个导演磨了他一年，他才同意。拍完后因种种原因，电影被压了两年，到裴致入四时才放映。那个时候裴致还没有做演员明星的打算，一如既往地过着和普通学生一样的生活，除了关注度比以往多了许多。

女主角是个比裴致大很多的女人，鬈发红唇，总穿着红裙和高跟鞋，在这座小城市里游荡，她的美丽不属于这个保守静谧的地方，可她偏偏爱上了那个寡言安静的少年。

带着疯狂和飞蛾扑火的气势，她的爱惊天动地，终于感动了少年。

后来被少年的父母发现，舆论哗然，她被贴上了很多不堪的标签，最后终于抵抗不住，决定远走他乡。她走的时候少年来送她，问她不是她主动的，先说爱的吗，为什么他还没放弃，她就要走了。

女人未说一语，只是上前重重地亲了下少年，红唇印留在了少年的嘴角。

电影结束，电视屏幕里在放片尾曲。

裴致看着冯嘉芮捧着冰激凌，咬着勺子，眼睛盯着屏幕久久没说话。

"怎么了？"

"早知道就不看了。"

她声音很小，裴致靠得很近才听清。

冯嘉芮侧过脸，明亮的眼眸盯住他："那是初吻吗？"

"嗯。"

"真的是啊。"她似乎叹息了一声。

裴致低头看着她。

她放下勺子，将腿上的冰激凌放到桌子上，不满意地将脑袋转到另一边。

"好烦啊。"

裴致从背后抱住她："不开心吗？"

她重重点了下头："对。"

冯嘉芮用指尖戳了下他的胸口，酸酸涩涩地吃醋道："你不是说喜欢我的吗？怎么能让别人亲你？"

"那是拍戏。"

"拍戏就可以亲别的女人吗？"

裴致沉默几秒。

冯嘉芮没听到他的声音，仰头看过来，眼睛突然被捂住，眼前一片漆黑，她整个人又被笼罩在他怀抱里。

她身后是柔软的沙发，身前是他的体温，嘴唇被轻轻咬了一下。

"你能吃醋我很开心。"他声音烫得像带着火苗,"我也很讨厌亲密戏、感情戏,但我是演员,以后我亲别人一下,就亲你一百下好不好?"

他亲了她一下:"一……"又亲了一下,"二……"这次亲在她的下唇,牙齿轻咬了一口,咬完又安抚地舔了一下,"三……"

"裴致……"冯嘉芮好不容易找回声音,"裴……"

"四……"

……

……

亲到第二十七下的时候,冯嘉芮的手机响了。

是Elly,她对冯嘉芮拍的封面非常满意,在电话那头夸了冯嘉芮五分钟。

冯嘉芮握着手机,裴致还是将她的眼睛捂着,整个人半侧,脑袋埋在她颈窝里,唇一下又一下碰着她耳后和脖子:"二十八,二十九……"

冯嘉芮全身发软,心口烫得要命,好半天才有力气推了他一下:"别闹了。"

Elly:"什么?"

裴致亲完耳朵,说了句"三十",终于放过了她。

冯嘉芮拿起手机坐得离裴致远了一些:"不是和你说的,是我……猫。"

Elly也没多想:"你之前说要找地方做工作室,找到了吗?"

"还没,房子真的太难找了。"

"我这里有个地方不错,我下午有空,带你去看看?"

冯嘉芮一口答应:"好啊,那一会儿见。"

冯嘉芮换好衣服准备出门,这时,裴致慢吞吞地从沙发那边走到门口。好看的人看着你,就算什么都不说,自己都可以脑补一出大戏。

冯嘉芮心软地摸了下他软乎乎的头发,像摸小奶猫一样:"人家催我了。你乖乖在家，等我回来给你带好吃的。"

裴致垂下眸子，抿了下唇，明明表情委委屈屈，可还是无比乖地点头，嘱咐她道："那一定要小心。"

他站在那儿直勾勾地盯着她，她疑惑地看着他。

他又抿了下唇，目光瞥向旁边，过了两三秒才问："不需要goodbye kiss 吗？"

冯嘉芮脸一红，磨磨蹭蹭地走过去，心里别扭得要命，觉得奇怪，可心跳又非常快。

"你闭眼。"

裴致乖乖听话，闭上眼睛。

冯嘉芮飞快地踮起脚，在他左脸颊亲了下。

他开心地揉了下她的头发，终于肯放她走了。

大雨哗哗哗地下着，冯嘉芮撑着伞，跑进车里，看见裴致拉开窗帘一直在落地窗前看着她。

她嘴角翘翘，又摸了下他刚刚摸过的头发。

"这里怎么样？"

Elly 介绍的地方离冯嘉芮家不远，开车半小时就到。她挺满意的，老房子上下两层，面积也正好，特别适合她这种小作坊式的工作室。

"挺好的，我很喜欢。"

她拍了几张照片，发到工作群里，想了想，又给裴致发了一遍。

她发完觉得自己这个行为太像热恋里的小情侣会做的事，便欲盖弥彰地将手机收起来，故意不看消息。

Elly 是老朋友，一眼就看出了她的小心思："你不会谈恋爱了吧？"

冯嘉芮没否认："怎么说？"

"就觉得你比之前看起来开心很多，整个人也柔和了许多。这些改变，除了爱情的力量还能是什么？"

Elly挽住冯嘉芮的胳膊，八卦地问那个人是谁？

冯嘉芮摇了摇头："秘密。"

房子看得很顺利，冯嘉芮当天就把合约签了。回去的时候，路过商场还买了个小蛋糕，准备晚上一边喝红酒一边吃。

她买完又去花店抱了一大束花，还在想晚餐是吃牛排还是吃烤羊排，还是清蒸鱼，索性都买了，反正裴致都会做。

买着买着，居然双手都拿不下了，后备厢塞得满满的，冯嘉芮开开心心回家了。

刚打开门，看到门口有一双不属于自己的女鞋。

她心一顿，换上拖鞋，刚走进一步，还没看见人，就听见一个刺耳的女声——

"怎么生病的不是你？"

（6）

冯嘉芮第一次看到居听芙时，是在高三寒假的某天晚上。

她和赵田田逛完街回来，突然看到马路对面有一个熟悉的身影，他身边还站了一位四十岁左右的女人。

两人似乎在说话，女人的情绪很激动。

突然，那个女人伸手用力打了裴致一巴掌。

冯嘉芮睁大眼睛，下意识就跑了过去。

女人瞪了裴致一眼，丢下一句"你和你父亲一个样"就离开了。

裴致站在原地，脸上没有任何表情。

冯嘉芮冲到他面前，看着他："疼不疼，快给我看看。"

裴致一眨不眨地看着她，总是毫无表情的脸上，居然多了几分明晃晃的脆弱。

冯嘉芮踮起脚，努力想看清他左脸的伤势。

"你怎么不躲啊？你怎么能就这么让人打你呢？"冯嘉芮看他怎么都不说话，急得叫他的名字，"裴致！"

"她是我妈。"

居听芙是一个恋爱大于一切的女人，裴步亨给她的一切对她来说是灾难，连带着对裴致这个儿子也不待见。

现在这个老公虽然经济能力差了点，但对她百依百顺，让她每天都沉浸在爱里。小儿子是他们爱情的结晶，怎么可以生病，要生病也是裴致这个不被祝福的。

此刻居听芙手里拿着检测报告，情绪失控。

冯嘉芮从玄关走进去，这是她第二次见居听芙，时隔几年，对方容貌上没什么变化。

虽然居听芙现任老公收入一般，但裴致每个月都会给她一大笔生活费，她还是保持着贵夫人的派头。

裴致坐在沙发上，神情冷淡地看着居听芙。

"为什么不是我？"他低声重复了她的问句。

居听芙手里拿着报告，眼圈是红的，听到裴致的话后，眼睛里闪过一丝慌乱："裴裴，妈妈不是这个意思。"

她虽然对裴致没什么感情，但……

"我只是……"

"你只是不够爱他。"冯嘉芮走到裴致身前，将他护在自己身后。

她说完看向裴致，轻声对他说："我买了好多东西，就在玄关，你要不要去看看？如果可以的话，麻烦你拖着病躯帮我拿进来，好不好？"

裴致看了看冯嘉芮又看了眼居听芙，冯嘉芮催他："你不要恃病而骄啊。"

裴致站起来，路过居听芙的时候，她出声想叫住裴致，冯嘉芮抢在她之前，开口："居阿姨，您手里拿的那份报告已经说明了裴致完全没有捐献的可能性。据我所知，您小儿子现在所有的医疗费，包括您全家的生活费都是裴致在负担。我觉得作为儿子，他已经付出得特别多了。裴致刚刚在剧组出现意外，您作为母亲不关心就算了，上门责怪是为什么？同样是儿子，难道在你心里还有高低贵贱、亲疏远近之分吗？"

居听芙脸色变得难看，她和冯嘉芮不熟悉，只听过冯嘉芮的一些事，当初裴致和冯嘉芮结婚，她就不同意。

"这是我和裴致的家务事。"

冯嘉芮笑了下："我和裴致是夫妻，有什么事是我不能参与的？您小儿子的病情我们都了解，在没有找到肾源前，我们会支付保守治疗的费用，找到后，我们也会支付手术和后续的费用。"

"这本来就是应该的！"居听芙强调，"他们是亲兄弟！"

"没有什么是应该的。一个从未生活在一起的同母异父的弟弟，一个抛弃自己没有负过赡养责任的母亲，说一句裴致有妈生没妈养不过分吧。希望您也不要借着母亲的身份和我们的善良，就得寸进尺。"

冯嘉芮每个字都说得不客气，她比居听芙高，面无表情、居高临下，这份气势真把居听芙镇住了。

裴致一直站在玄关静静地听着不出声。

居听芙气势上就输了一大半，本来就不占理，可她不甘心："这件事你们如果处理不好，我们就媒体上见。裴致现在可是公众人物，他这样对自己的亲人是要遭网友和大众谴责的。"

冯嘉芮真的被气笑了："好啊，那到时候我们法庭上见。"

居听芙气势汹汹地走了，走之前还不忘狠狠瞪了裴致一眼。

冯嘉芮连忙走到玄关，从背后抱住裴致。她作为外人面对这样的状况都要难过死了，更何况当事人呢。

"你要哭就哭吧，男人哭吧哭吧不是罪。"

冯嘉芮将脸靠在裴致的背上,在想有没有见过裴致哭过,想完一圈,发现裴致真的从来都没哭过。

她将裴致抱得更紧了些,开始进行心理辅导:"其实哭是一种发泄方式,男人哭的话也很帅很有魅力的。"

裴致将手里的东西放下,抓住冯嘉芮放在他腰上的手:"冯嘉芮。"

他本来想说他不难过,这种事他早就习惯了。

冯嘉芮却打岔道:"你为什么总叫我名字或者嘉芮姐,这样我很有压力。"

他微微挑眉:"有什么压力?"

冯嘉芮才不想承认,裴致每次叫自己名字都像是上学时候被老师课上点名一样紧张呢。

"你就没什么可爱的昵称送给我吗?比如'嘉芮''芮芮''宝贝'什么的?"

她忽然想起什么,松开他往自己的卧室跑,拿起早就买好放在袋子里一直没拿出来的领带。

她将包装好的购物袋递给裴致。

裴致打算接过,却被她拦住,她踮起脚凑到他耳边,悄声道:"我买了条领带。"

"嗯?"

"给裴致的。"

裴致动作一顿,手掌收紧,压下疯狂跳动的心。

冯嘉芮第一次正经送礼物,也有点难为情,她勉强控制着自己:"我只买了一件,是只送给裴致独一份的。"

冯嘉芮期待地看着他。

裴致只是点了下头,冯嘉芮失望地嘟囔了一句:"什么嘛。"

下一秒,她就被裴致抱进怀里,他行动不便,站着有些费力,她心跳得飞快还分心关心他的腿。

"这个礼物可以让你叫我一声芮芮吗?"

"冯嘉芮。"

"你怎么……"

冯嘉芮不满刚要反驳,他打断了她的话。

"你完了。"

什么完了?

他抱得更紧,像是对待来之不易的宝贝。

就算你后悔,想要逃跑,都来不及了。

这辈子都逃不开了。

Chapter4.
从喜欢你到特别喜欢你

▼

（1）

裴致在家休息了一周，就回剧组拍戏了，早上走的时候天还没亮。冯嘉芮起床没找到裴致，才知道他去拍戏了。

开工第一天，剧组上下状态都不对劲，一条简单的戏，因为各种不在状态NG了十几条。

导演无可奈何，让全体休息一会儿。

裴致拿着手机转了几圈，给冯嘉芮发消息。

冯嘉芮没回，估计在睡觉。

季惜白的信息发过来："那个摄影师你到底帮我约了没？"

裴致："？"

季惜白秒回："冯嘉芮？是叫这个名字吧，你那个杂志封面的摄影师啊。"

裴致不高兴回了。

季惜白居然还穷追不舍："你就这么想让所有人都陪你单身吗？"

裴致手指敲了两下桌子，表情带着隐隐的怒气："她结婚了。"

季惜白："真的假？"

季惜白："其实我也不介意的。"

这天是聊不下去了。

裴致将手机扔到一边,拿起剧本看了两眼,看不进去。

他又给季惜白发了一句:"她的丈夫是我。"

发完这句,季惜白那头安静了。

倪多问上车,正好看见裴致笼罩在低气压里,两眼紧盯着手机。

"怎么了?"他将手里的咖啡递给裴致。

裴致抬起头认真地问倪多问:"你手里有季惜白的黑料吗,放给营销号。"

倪多问一愣:"他抢我们资源了?"想了想,"没收到消息啊。"

裴致摇摇头:"比这还严重。"

倪多问吓一跳,连忙拿出手机,看微博热搜榜上风平浪静:"究竟发生什么了?"

裴致抿着唇,不说话。

倪多问突然想到什么:"你妈找过我,这事你不用担心,只是……"

"嗯?"

"恋情公开预案是不是应该做起来了?"

裴致微愣,反问:"为什么不是结婚公开的预案?"

倪多问:"我是不是顺便把离婚曝光的预案也做了?"

裴致冷冷地看了他一眼。

倪多问拍了拍裴致的肩膀:"开玩笑,你那么紧张干吗?我真替你开心,七八年了终于要熬出头了,别的不说,你还真的忍得住。"

手心的咖啡杯杯壁上都是水珠,裴致没说话,看着吸管,想起冯嘉芮不管喝什么都要吸管,每次还将吸管咬得扁扁的。

裴致下意识地捏了下吸管,倪多问不知道,他早就忍不住了。

还好,一切都在变好。

房车的门被敲了两下,倪多问看了裴致一眼,转身去开门。

小 Q 拎着一个饭盒,开开心心地冲着裴致说:"刚刚在片场门口,看到嘉芮姐了，她就将这个饭盒给了我。"

倪多问观察着裴致的表情问："她人呢？"

"走啦。"小Q说得理所当然，说完才发现裴致的脸色好像突然变了，"呃……嘉芮姐说片场人多眼杂，她进来不方便，所以……"

冯嘉芮起了个大早，特意起来给裴致做早餐，没想到他居然这么早就去剧组，思前想后，决定还是送饭给他。

她没做过饭，为了这次特意下载了好几个做菜APP，手忙脚乱也只煮了个粥，炒了个很简单的地三鲜。

开了一个小时车到了片场，看着片场周围的粉丝，冯嘉芮又不敢进去，还好看到了小Q。

然后，冯嘉芮跟其他粉丝一样，坐在马路旁边的石礅上，一边和赵田田发信息闲聊，一边听着粉丝交流的八卦——

"那个周杳好讨厌，今天又上装装的房车，每天都去找裴裴，想和我家炒CP的心不要太明显哦。"

"唉，感觉裴裴就是唐僧，所有人都想去吃他。"

冯嘉芮打字的手一抖，正好这个瞬间手机铃声响了。

是"唐僧"本人。

"在哪儿？"

"你别出声！"

冯嘉芮激动的声音有些大，旁边的小姑娘都看了过来。

她侧过头捂住手机。

裴致沉默了一会儿，问："你还在片场附近？"

"不在不在。"

她刚说完，就听见裴致低声让小Q出来接她。

她嘟囔："这样不太好。"

"怎么不好？"

冯嘉芮心里有一套说辞,却没办法说出口。

"待在那儿别动。"

裴致说完就将通话断了。

冯嘉芮也不好走,回味他刚刚说的话,忍不住笑了笑。

冯嘉芮往隐蔽的地方走了走,拍了个显眼的标志物发给小Q,还叮嘱他一定要低调。

过了三四分钟,走过来一个人,撑着伞,戴着口罩,身上还穿着剧里的警服。

冯嘉芮没注意到他。

对方走到她面前,敲了敲她的脑袋。他手指修长,每个关节都精致好看,随意的一个动作都像在拍海报。

冯嘉芮抬头一看,正好撞进那双冷淡的眼睛里。

裴致眉头微皱:"走。"

他还想再说什么,就被冯嘉芮捂住了嘴巴。

"你别说话。"

裴致习惯性地皱了皱眉。

她连忙向四周看了看,生怕这"唐僧"被人发现。

还好剧组的保密措施做得不错,粉丝和媒体都在警戒线外,冯嘉芮这才稍稍松口气。

裴致没开口,又把目光移到冯嘉芮脸上,看着她一边捂着脸,一边紧张地念叨。

什么"为什么是你出来不是小Q""你知不知道万一被拍到影响有多大""你明白你的女友粉有多恐怖吗"……

裴致没有表情地打断她:"你为什么走?"

冯嘉芮抬眸看了眼,抿着唇:"这是重点吗?"

"对。"

冯嘉芮觉得奇怪,不太明白裴致酸酸涩涩的心理。

这时,手机振动了一下。

小Q:"裴裴亲自去接你啦。"

小Q:"今天裴裴心情好差,NG了好多次,嘉芮姐你能不能哄哄他?"

哄裴致吗?冯嘉芮停顿了一秒,声音软下来和他说话:"那是我不对。"

他脚步突然停住。

气氛陡然冷了下来。

一方阴影下,看着她天真的表情,裴致有些无力,刚刚见到她的欣喜此刻不见了,心情变得比恶劣的天气还要糟糕。

太任性了,他知道这样不好,可他就是患得患失,在乎她所有的行为,忍不住多想。

冯嘉芮敏感地觉得裴致的心情不太好。

他低低咳了两声,胸腔微微震动,整张脸闷在口罩里,显得更虚弱了。

冯嘉芮担心地问:"之前感冒不是好了吗?"

裴致别过脸闷声道:"好了。"

什么啊,怎么气鼓鼓的?

冯嘉芮突然靠近,踮起脚,用手背摸了下裴致的额头,好像有点低烧。

"吃过药了吗?"她问。

他不自然地偏过头,冯嘉芮太了解他了。

那就是没有。

也不知道他都这么大了,为什么还是那么抵触吃药?

正要念他,就听见他叫自己的名字。

"冯嘉芮。"

冯嘉芮随意地嗯了一声，在想他是什么时候感冒的，他这体质也太差了。

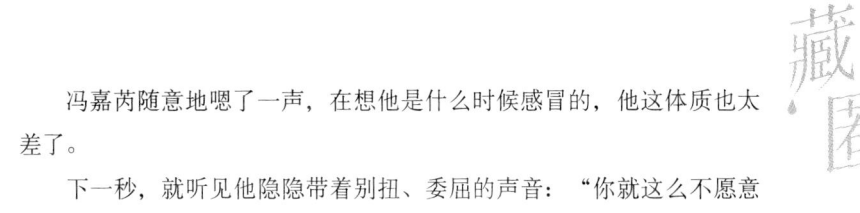

下一秒，就听见他隐隐带着别扭、委屈的声音："你就这么不愿意和我扯上关系吗？"

啊？

冯嘉芮这才明白他的脾气从何而来。

此时，裴致眼角垂着，像只受了委屈的猫。

"我不想你受影响。"

裴致立马回："这对我没什么影响。"说完立马补充，"你如果这样的话，永远都追不到我的。"

冯嘉芮瞪了他一眼。

她跟着他上了房车，问小Q要了感冒药。

这位少爷还在闹脾气。

冯嘉芮接过小Q手里的感冒药，将药片从铝纸包装里抠出来，又将热水抵到裴致唇边。

看着他喝了一口水，她速度极快地将药片塞进他嘴里。

看到裴致脸色不大好地吞下药片，她松了一口气，开始展示自己的菜。

裴致问："你做的？"

冯嘉芮点点头，紧张地摸了下鼻尖："我第一次做，也不知道好不好吃，卖相是稍微差了点，但……"

她目光看见剧组的盒饭也放在桌上，居然是四餐一汤，那卖相让她都想吃了。

冯嘉芮立刻觉得自己做的饭菜不香了。

"呃……你要是不想吃的话……"

裴致什么都没说，低头喝了一口粥。

冯嘉芮屏住呼吸。

裴致向来表情少,又夹了一筷子她炒的小菜。

"好吃吗?"她轻声问。

"难吃。"

"……"

气氛忽然变得尴尬。

做好饭菜后,她明明都尝了一遍,就算不惊艳也不至于难吃吧?难道她在西北待久了,连口味都变了?

她正在想怎么办时,对面的人突然笑了下,抬头对上她的眼睛。

他说——

"我骗你的。"

面前的女人表情变得欣喜起来。

她今天特意打扮了一下,穿了条白色裙子。

裴致将她所有的表情变化尽收眼底,得知自己能影响她的情绪,手心发痒,握紧了筷子。

他安静地又评价了一句:

"挺好的。"

其实真的不算好吃,冯嘉芮在厨艺上实在没什么天赋。

粥太烂,菜太咸。

裴致不动声色地将所有东西一扫而空,冯嘉芮眼睛亮亮的,自信心爆棚,脸上的笑更加灿烂。

"看来我很有厨艺天赋啊。"

裴致点头,今天的冯嘉芮让他有些受宠若惊,她从来没有主动来探过班,更别说亲自下厨做饭给他吃。忽然间,他心跳加速,嘴角勾起不易察觉的笑。

"腌笃鲜。"

"啊?"冯嘉芮没反应过来。

裴致用温柔的声音蛊惑她:"下次给我做腌笃鲜好不好?"

这样的情况下,冯嘉芮怎么可能不答应。

吃完饭,冯嘉芮坐在那儿啃着苹果,她今天起得太早了,现在啃个苹果都能睡着。

裴致洗完饭盒,用纸巾将手上的水擦干,俯身将冯嘉芮手里的苹果拿下来,再将自己的空调毯盖在她身上。

他就势坐在冯嘉芮身边,一边吃她啃剩下的苹果,一边看下一场的剧本。

小Q就待在不到一米远的地方,看到这一幕,心都要从嘴里跳出来,他努力将自己的呼吸放轻,稀释自己的存在感。

突然,有人敲了敲车门,小Q跑过去看了看,是同剧组的女主角周杳。

周杳在剧中演的是裴致带的实习生,实际年龄只比裴致小一岁。

"你好,请问裴老师在吗?"周杳抱着剧本,礼貌地询问,"下一场是动作戏,因为还是有一定危险性的,我想问一下裴老师有没有空,我们对一下,既能降低危险性,也方便拍摄。"

她去年演的校园剧大火,清纯形象深入人心,此刻笑颜亲切让小Q简直摸不着北。

冯嘉芮听到声音就醒了,她毫无形象地打了个哈欠,睁开眼,眼睛还有些红。

裴致从剧本里抬头,淡淡地看着她:"还要睡吗?"

冯嘉芮摇摇头,看着他嘴里的苹果,撇了下嘴。

裴致问:"我再给你削一个?"

冯嘉芮犹豫了两秒:"不吃了。"

她回头往车外看去。

周杳还站在那儿，基于冯嘉芮在，小Q有点怵，不敢过来询问。

"你不去看看吗？"她刚刚听到下一场是动作戏有点担心，又想到自己待在这里有点招摇，"我先回去还是在这里等你？"

裴致嗯了一声，还在咳，瓮声瓮气的，看起来可怜兮兮。

下车之前他又回头看她，总觉得在怪她。

"裴致。"冯嘉芮跑过去，不管不顾，直接拽着他领子往下，用力亲了一下。

"我在感冒。"

"嗯？"

"会传染。"

"那就传染给我好了，反正不管怎么样，不能让我的追求对象难受。"

冯嘉芮刚说完，裴致就笑了。

(2)

冯嘉芮再怎么也知道她一个异性在裴致的房车里影响有多不好。

她趁裴致在拍戏，偷偷跑了，跑了还给裴致发了个微信。

冯嘉芮："我都这么努力追你了，你到底什么时候给我转正啊？"

冯嘉芮："那个叫周杳的，你不会是因为她才吊着我吧？"

冯嘉芮没回家直接去了工作室，今天朱玉他们回来，正好一起收拾一下，手机就放在包里没关注。

她看见工作室门口的箱子，愣了一下。朱玉从里面出来，大嗓门道："老板，这个地方真不错！"

冯嘉芮皱着眉："你怎么把这些带回来了？"

朱玉面露难色："里面都是许老师的东西，我怕处理得不好，再引起麻烦，所以就带回来了。"

冯嘉芮拧着眉头，她之前和许庚、苏檬的事情闹得满城风雨，如果处理不好确实很容易再引起不必要的麻烦。

只是这许庚怎么这么阴魂不散?

她不愿意想这个人,说:"拿去放在杂物间吧。"

朱玉点头,她看冯嘉芮整个人比在西北那段时间开心了许多。她想,是谁让冯嘉芮走出那个叫许庚的阴霾,不管是谁,一定是个很美好的人。

冯嘉芮、朱玉还有男助理何朝鼎,在工作室打扫了一下午的卫生。

等到夜幕低垂,小小工作室里灯火通明,冯嘉芮直了直酸痛的腰,才想起已经很久没看手机了。

她习惯性将手机静音,打开发现居然有十几通未接来电,微信消息和语音视频通话也有很多。

这些都来自同一个人——裴致。

裴裴宝宝:"吃醋了?"

裴裴宝宝:"好没耐心。"

过了半小时。

裴裴宝宝:"真生气了吗?"

裴裴宝宝:"我没有……你真的不知道吗?"

又过了半小时。

裴裴宝宝:"芮芮。"

裴裴宝宝:"芮芮。"

裴裴宝宝:"我这么喜欢你,怎么可能还会想别的,现在的日子是我梦里都不敢想的。"

朱玉看冯嘉芮在发呆,问:"老板,你不会是舍不得请我们吃日料吧,这个表情?"

冯嘉芮回头瞪他们:"就你们我还是请得起的,放开吃!"

她边走边给裴致打了几个电话,没想到传来的是冰冷公式化的女声。

朱玉他们选的日料店不大，但口碑很好，提前订才有位置。

冯嘉芮一边喝着青梅酒，一边关注手机情况。她犹豫了一会儿，给小Q发了微信。

小Q："今天剧组聚餐，裴裴的手机可能没电了。"

小Q："就感觉他气压低，发生什么了吗？"

冯嘉芮："没事没事。"

忽然，身旁的包间热闹起来，隐隐约约听到裴致的声音。

冯嘉芮一愣，心想不会这么巧吧？难道剧组聚餐这么和她心有灵犀。

更巧的还在后面，结账时，冯嘉芮迎面和大学同学路岐碰上。

他们是一个班的，当年裴致几乎天天和冯嘉芮在一起，因为这个还被调侃过不实传闻。

如果再被路岐看见……

电影学院圈子小，大家又都在一个圈子里，最容易互通八卦。裴致现在当红，万一又被误会什么，那岂不是……

冯嘉芮往后看了眼，看着裴致所在包间的门紧闭，稍稍松了口气。

谁知路岐一开口就不一般："你还和裴致在一起呢？"

"没没没。"

路岐理解地笑笑："我明白，地下情，你们还真够长情的。"

日料店不大，狭小的空间里来来往往不知有没有剧组的工作人员。她余光里看到小Q的身影，再下一秒，裴致不知什么时候出现在她的身侧。

他身上有淡淡的酒味。

冯嘉芮下意识地皱起眉："你感冒了怎么还喝酒？"

裴致一愣，随后眉宇舒展，唇畔浅笑："拒绝不了。"

冯嘉芮哼了一声，表示不满。

路岐受不了他们俩眉来眼去腻腻歪歪："行了行了，我可不是来吃狗粮的。"

"真不是。"冯嘉芮下意识就否认，担心来来回回被有心之人听去。

剧组的人一窝蜂出来，冯嘉芮夹在一群人当中格外醒目。有几个眼尖的认出冯嘉芮就是下午在裴致车上的女人，交头接耳，小声交换信息。

路岐显然喝大了，站不稳地一把抱住他们俩。冯嘉芮神经紧张地看着他，生怕他口出惊人。

"你们一定要好好的，如果哪天你们都分手了，我就再也不相信爱情了。"

所幸路岐声音不大，只有他们三人听到。

但冯嘉芮的心还悬着。

裴致特有的声音，在昏暗的灯光下转了几圈，钻到她耳朵里。

"不会，我对她至死不渝。"

这是什么狗血琼瑶式告白。

路岐惊了。

冯嘉芮也惊了。

路岐拍了拍裴致的肩膀，用无比佩服的语气说："真男人。"

"……"

有剧组的工作人员从门口进来，目光在他们三个身上停留了一秒，然后对着后面那群大明星说："外面有记者，分开走吧。"

冯嘉芮还有朱玉和何鼎朝，当然不可能和裴致一起走。

周杳和几个女演员在后面小声议论：

"那女的看起来有点眼熟。"

"刚刚他们说是大学同学，估计也是圈内的吧？"

"今天就是她来找裴致的？"

"不会是倒贴吧？"

周杳一直没说话，跟着经纪人从日料店后门走出来。黑漆漆的雨幕里，她看到裴致和小Q站在屋檐下，在等保姆车开过来。

裴致戴着黑色的鸭舌帽一身黑，衣服被风吹得鼓鼓的，手指间有零星的红光，过了一会儿将烟咬在嘴里吸了一口。吞吐之间，白雾弥漫，男人被黑夜浸染得多了几分清冷的落寞。

周杳的心跳声更大了点，不受控制地走了过去，静悄悄地站在他身旁。

她是因为这部戏才第一次见到裴致。他和圈内的男明星很不同，他身上没有那些骄傲和挫败，更没有油腻和自恋，就好像没有被烟火气破坏。

她知道他名声很好，别说桃色绯闻了，连正常的营业都没有。

越是这样的人，越让人想据为己有。

前方的红绿灯变化莫测，雨刮器快速工作，扫不清眼前的朦胧水汽。

周杳鼓足勇气："裴致，你是不是喜欢今天那个人？"

裴致愣了下，目光居高临下地看过来，下一秒烟灰散落，他好像笑了。

周杳的心七上八下，终于听到了他的回答。

"那么明显吗？"

"什么？"

"你都发现了，她怎么否认得下去？"

保姆车响了下喇叭，小Q撑起伞举过来，裴致没要，将卫衣的帽子戴起来，冲进雨幕里。

周杳的经纪人见她在原地愣了许久，不放心地问："怎么了吗？"

周杳摇摇头，然后抿了下唇："失恋罢了。"

（3）

"裴裴，刚刚嘉芮姐问我，你是不是不高兴？"小Q看着裴致的脸色，"你们吵架了吗？"

裴致没说话，他比冯嘉芮先到家，也不进门，就站在门口的屋檐下抽烟。

过了半小时，看着冯嘉芮摇摇晃晃从远处走来，仰着头用那种很需要安慰的目光看他。

裴致没立场地走近，将冯嘉芮手里的包接过，见她脸色不大好，其中一只高跟鞋的鞋跟还断了。

她明明比自己早走，这情况，显然是在路上遇到了什么事情。

"怎么了吗？"他打开门，弯腰将冯嘉芮的鞋脱掉，拿出拖鞋递给她。

"代驾居然不会看导航！太过分了！带着我们绕了大半个沪城，最后油箱告急还去加了个油。加完油，还说自己的公里数到了，就跑了！我和朱玉他们就在加油站等了半个小时，才等来了第二个代驾！"

"那鞋跟怎么回事？"

这双鞋是Jimmy Choo的经典款起码八千块，现在像个破烂被扔在一边，亮闪闪的施华洛世奇水晶都被污渍染得毫无光泽。

冯嘉芮看着那双鞋，肩膀更委屈地塌了下来："被水泡的。"

长发缠着，白色的裙子被雨水染成昏黄，还好出门时只涂了口红，不然只会更惨。

她像犯了错的小朋友一样蹲在地板上，实在太可怜了。她就用这种可怜兮兮的眼神看向裴致："裴裴宝宝，我今天在工作室打扫卫生，所以没看到你的消息，后来再联系你，已经联系不上，对……"

"对不起。"

裴致抢先一步，先说了道歉，随后从身后将她抱起来。

他身上干净整洁，除了淡淡的酒味，其他和脏兮兮的冯嘉芮有着天壤之别。

冯嘉芮下意识地挣扎了一下："脏。"

裴致不作声地换个动作，本来他是从身后抱着，现在变成面对面……

"你还生气吗？"他问。

冯嘉芮奇怪地看着他："我不生气啊。"

"是我不好，不应该发那么多信息打那么多电话，更不应该让你觉得有危机感。"裴致的声音很小，说话时低着头，呼吸就打在冯嘉芮脸上。

冯嘉芮听得心头更酸。本来今天的事情就是她不对，她不应该乱开玩笑，让裴致当真不说，还没接到他电话。她特别能理解裴致的心情，他本来就敏感没安全感，有些怪他为什么要道歉，他不需要做到这个地步，更怪自己。

"裴致。"她认真地叫着他的名字。

裴致此刻低头看着冯嘉芮的脸，家里的灯有些亮，冯嘉芮仰着头下意识地想遮一下眼睛。

"别动。"

他温热的声音带着热烘烘的体温往她耳朵里钻。

更痒了。

她听话，胳膊用力地抱紧他的脖子，脑袋靠在他耳边："我觉得我是世界上最幸福的人。"

"什么？"

"因为我找到了世界上最好的老公。"

"……"

裴致将冯嘉芮抱进浴室，随后还贴心地将她的睡衣送过来。

浴室里雾气还没散，她坐在梳洗台上，发呆了好半天，后知后觉地想起刚刚裴致的表情。

"什么嘛，闷骚。"

明明脸都红了，偏偏还不说话，开心就开心呗。

浴巾裹着头发，冯嘉芮累得不想吹干，躺倒在床上。

房间门被敲了两下，裴致打开房门，手里拿着一盒药膏和创可贴。

他低着头，从她的视线看过去，他的头发很软，像只很好摸的猫。

裴致绕到床的另一边坐下，将她被鞋子磨出水疱的那只脚放到他腿上。

水疱已经被磨破，血肉模糊看起来有点恶心，裴致用酒精棉球碰了下，她疼得下意识地想收脚，却被他抓住。

"可以了，你别涂那么多药膏。"冯嘉芮不吃疼，特别是这种皮外伤，碰到磕到就娇气地大叫。

裴致手下的动作更轻了些，给她贴好创可贴，站起身。

他弯腰捡起她掉在地上的浴巾，手掌摸了下她的头发，已经干得差不多了。

他实在找不到可以做的事情了。

安静的房间里，冯嘉芮突然开口问："要一起睡觉吗？"

……

"什么？"他错愕地看着她。

冯嘉芮连忙解释："我……""我"了半天，然后自暴自弃地瞪大眼睛看着他，"你不是问我什么时候履行夫妻义务吗？"

世界安静了……

一秒两秒，冯嘉芮眼睛眨巴眨巴，就是不见他的表情变化。可清晰地感觉到，他周身的气压变了。

不知是不是她的错觉，他刚刚还沉暗的眸子，突然变得深邃起来，像深夜的大海，有着万种让人探索的欲望。

"还是说你不愿——"

"我没说。"

他皱着眉，打断她的话。

"那你不说话不就是默认不愿意吗？"

"我喝多了。"

冯嘉芮疑惑地看着他。

"是醉了。"裴致快步走过来,居高临下地看着她,"一时反应不过来。"

裴致看着她,刚刚用过的酒精棉球被他攥在手心已经发烫。

他喉结有些痒,有点忍不住,想亲她了。

他原本想劝自己等等,再等等,这么多年都等过来了。

可她却说这样的话。

……

回来已经快两个月了,窗外的树从绿变黄,风一吹,唰唰落了一地。

冯嘉芮撑着下巴,对着树木发呆,脑子里都是昨晚的一幕幕。

裴致体温很高,但指尖很冰;他嘴角很凉,但牙齿锋利。

不仅爱亲人,也爱咬人。

等回过神,已经夜幕低垂,冯嘉芮觉得自己真的完蛋了,居然想他想了一整天。

(4)

赵田田:"你家裴致上热搜了。"

赵田田:"和别的女人。"

冯嘉芮收到信息的时候,正在裴致的公司谈下部纪录片的合作。

电梯到达19楼,冯嘉芮跟着工作人员进了一间会议室。

对方是个四十岁左右的副总名叫黎秩,十分干练,对冯嘉芮说话的语气也十分客气:"嘉芮老师是吗?我看了您的作品十分喜欢,如果可以的话,希望您能和我们合作拍摄下个选题。"

黎秩很有诚意地拿出几个方案包括团队配合和资金支持,正谈得十分投缘时,玻璃门被人敲了两下。

进来的人年纪不大,十分慌张地打开一个直播网址进行回放,投影幕布上的画面就变成裴致。

黎秩皱眉不满助理的慌张:"怎么了?"

"您继续看。"

今天是裴致去年杀青电影的首映仪式,他穿着一身某蓝血的高定西装,头发全都梳了上去,一米八七的身高在一众主创里非常扎眼。红毯两侧都是他的粉丝,举着手幅喊得惊天动地,连拿着话筒的主持人的声音都快要被盖住。

冯嘉芮觉得挺有意思的,她一直对裴致是明星没什么实质感。现在无数的闪光灯亮起,那个男人嘴角要笑不笑,目光冷淡,一身的禁欲矜持,周身气场却无比强大,连一边站着的影帝都被压了下去。

黎秩看着裴致,脸色好了一点。

这是一部爱情剧,但演男主角的裴致却没有感情戏,主持人调侃:"是因为裴裴不配拥有爱情吗?"

几个主创哈哈大笑——

"裴裴太冷淡了,我爆料,连他身边的工作人员都是男的,女朋友啊,爱情啊,离他实在太远了。"

"我们在国外取景,有女孩过来搭讪,裴裴连一个眼神都不给人家,转身就走。"

"哈哈哈哈哈,裴裴还小,没开窍吧。"

有人突然话锋一转:"不对吧,我之前还看到有偷拍到裴致和周杳的照片。"

"对对,我上台前还看到裴致和周杳的名字挂在热搜上呢。"

镜头给了裴致一个特写,裴致目光低垂,一直任由别人开玩笑。

冯嘉芮回想,似乎裴致这几年在娱乐圈确实是零绯闻,还有个十分难聊的称号。

而和周杳这个绯闻,还是他开天辟地头一遭。

主持人在叫裴致的名字，问他是不是要打破"注孤身"人设了，谁知这个问题刚落音，他眼睛轻眨。

冯嘉芮心莫名悬了起来，她太熟悉裴致了，就像有一种特殊的超能力……

果然，下一秒，裴致直视着镜头："我和周杳只是普通同事关系，那天是剧组聚餐，所有人员都在。"

主持人刚要调侃他，干啥啥不行，澄清绯闻第一名。

没想到裴致下一句扔下一个惊天巨雷："我已经结婚三年了。"

他语气很平静，甚至连表情都没变。

台上台下一片寂静，一群老戏骨的脸色都不知如何变化，更别说需要控场的主持人了。

会议室内更安静，小助理屏住呼吸看着黎秩。

公司现在乱套了，自家一哥自曝隐婚，这威力简直堪比原子弹爆炸啊。

而制造混乱的人还在说话："我不拍感情戏，是因为……"

裴致想了两秒，很认真道："怕她误会。"

现场更静，没过几秒，现场直播信号就被掐断。

会议室里的空气都变得紧张，黎秩脸黑了个彻底，无法再和冯嘉芮洽谈下去。

冯嘉芮脑子里也乱糟糟的，心怦怦跳，走路双腿都发软。

她站在电梯口，看着电梯从 39 层一层一层地往下，在第 22 层的时候，手机响了。

裴致。

冯嘉芮犹豫着接起来，电梯正好到了，电梯里挤满了人，闹哄哄的，

三言两语间都在讨论刚刚的事情。

微博瘫痪，论坛崩溃，粉圈爆炸。

冯嘉芮走进电梯，那个让全世界都混乱的人的声音在她耳畔响起："你在哪儿？"

"你公司。"

他沉默了一秒："你去那儿干吗？"

"谈合作。"

裴致那边显然很忙，应该是倪多问的声音，他一直不停地在说些什么。

冯嘉芮捂着耳朵，莫名感觉他声音更近了些，像贴在耳边一样。

"十分钟后，地下车库二层等我。"

冯嘉芮等裴致的时候，刷了一下微博，但断断续续总是刷新不了。只能退而求其次刷了下朋友圈，果然朋友圈也乱套了。

只有赵田田偷偷私聊她："裴致公开了，冯嘉芮你知道吗！我们研究所刚刚都震惊了，好多女同事崩溃大哭，你现在可是全世界少女最羡慕的女人！"

最幸福的女人现在毫无形象地蹲在地上，远处有一辆车打着近光灯，距离她还有一米的时候按了下喇叭。

冯嘉芮下意识地抬头，她没见过这辆车，站起身往后让了让。

刚走一步，车窗摇下，戴着棒球帽的裴致露出脑袋。

冯嘉芮连话都没让他说，速度比当年跑八百米还快，打开车门，坐上副驾驶。

裴致疑惑地看了她一眼。

冯嘉芮系好安全带，车开了半小时，她心跳都还没恢复正常。

等红绿灯的间隙，冯嘉芮指尖捏着手心，努力让自己心跳平稳："你为什么要说那样的话？"

裴致皱了下眉头，奇怪地看着她："你不想负责？"

冯嘉芮被他看得莫名紧张，手在中控台上抠来抠去，把车内广播打开了……

"顶级流量演员裴致刚刚在电影首映会现场自曝已婚三年，此举引起轩然大波，但据采访到的裴致的好友、与他合作过的朋友，纷纷都说裴致身边没有异性……"

"裴致的结婚对象至今还是个谜，到底是何方神圣这么有魅力，能够降服这位娱乐圈著名的性冷淡。"

……

冯嘉芮换了几个台，每个台都在说裴致，好像全世界都在讨论他。

180秒的红灯还没结束，倒数计时器慢得要命。

冯嘉芮心跳如雷，侧头对上裴致的目光："这样对你的事业会有影响吗？"

"我是演员，结婚三年都没有公开本来就是我的过错，但如果在你我已经发生实质性进展，我还不公开，我不仅对不起你，更对不起粉丝。他们有知情权和选择权，事业滑坡或者低谷都是我必须要承担的后果。"

他说每个字时都很认真和严肃，冯嘉芮突然意识到首映会的举动，或许不是他的突然袭击而是深思熟虑。

"冯嘉芮，你要不要对我负责？"裴致又问了一遍。

她的心跳终于平静下来。

红灯跳到绿灯的那一瞬间，她说："负责的。"

全世界都在找裴致，外头一团乱，家里却非常温馨。冯嘉芮非要自己做菜，却不小心将自己的手烫到，还好不严重，简单处理下就好。

裴致却用看小朋友的目光看着她，一副离了她就没办法生活的模样。

十分紧张和在意。

深夜，11点20分。

裴致在厨房里洗碗，一分钟前他热了杯牛奶放到茶几上，怕冯嘉芮喝着不方便，还给她插了根吸管。

冯嘉芮垂眸看着还冒着热气的牛奶，咬着吸管，小口吸了下，温度适中。

她支着下巴，看着厨房方向，忽然在想，好像很久以前也是这样。

裴致背脊挺拔，薄薄的家居服贴在他身上，让他的身材若隐若现地暴露在空气中。

水珠似乎溅到了眼睛里，他条件反射般地眯了下眼睛，随后试图用沾满泡沫的手揉一下。

时间就在这一瞬间停了下。

他忽然看向她。

"冯嘉芮。"他声音莫名有些烫。

空气都惊了。

冯嘉芮下意识地坐直，像偷看他被他抓个正着的小姑娘，烧红了耳根。

他说："过来帮我下。"

冯嘉芮被他目光蛊惑，乖乖地跑了过去。

她有些不知所措："怎么帮？"

裴致笑了下，微微弯腰，靠近她："有一滴水滴进我眼里了。"他声音有些轻，但每说出一个字热气都扑在她脸上。

她心尖然跳得很快。

下一秒，冯嘉芮踮起脚，在他的眼睛上亲了下。

不知道为什么，就是很想亲他。

水龙头还在哗哗放着水，手上的泡沫和衣服混在了一起。

他偏着脑袋，就这么咬上了她的唇。

他身上也好烫，唇舌一遍一遍在描绘她的唇，极其有耐心地吻着她。

他握着她腰的那只掌心又紧又热,逼迫她向他靠近。发丝缠绕,灯光刺眼,她闭上了眼睛,感受亲吻的美妙。

"冯嘉芮,等我两分钟。"

啊?等什么?

冯嘉芮迷糊地看着他。

裴致将碗洗完,将她带到卫生间。

他目光认真地看着她:"帮你洗澡。"

冯嘉芮心猛地跳了一下,就要拒绝:"我伤得不严重,还是可以自理的。"

他将她半搂到怀里,另一只手从她的衣服里伸了进去。

只是肌肤的触碰,就让冯嘉芮手脚冰凉的身体,从指尖开始发麻。

她眸子像蒙了层水,看着他。

裴致被看得喉头一紧:"我不会欺负伤患的。"他环住她的腰,一只手有余,"好细。"

她刚想说些什么,上衣就被拉到了脑袋那么高,身体和肌肤毫无遮挡地暴露在空气里。

浴室里亮到晃眼的暖灯,更是让她无处可逃。

衣服彻底被丢进了衣筐里。

她这时候才想起来自己今天穿的是黑色的内衣,莹白的肌肤,那被包裹着的起伏,像是装了一汪水,性感又甜美。冯嘉芮下意识想抱住裴致,借着他的身体遮住自己。

她没想到自己这样的举动,给了裴致多大的诱惑。

他没说话,突然将冯嘉芮抱坐到洗漱台上。

冯嘉芮还没反应过来,就看见他在拉自己裤子的拉链。

她慌张地用手捂住,捂完又觉得不对,连忙放下。

裴致抬眸看着她,不知为何,她觉得裴致比她还紧张。他那只手,似乎也在微微颤抖。

她忽然轻松了些，趁着他不注意，想捉弄他，凭什么都是他掌握了主权。

明明以前，逗他的可是自己。

她这么想着，亲了下他早就红透了的耳尖。

他惊讶地又看了过来，面前的女人身上只剩下一套黑色的内衣。

鬼知道，他光看着都需要有多大的自制力。可这女人偏偏不自知，还不要命地来诱惑他。

他快速地将自己的上衣和裤子脱了，而后指腹钩到她身后的内衣扣子那儿，她这下真的慌了。

拒绝的话被他的吻盖住。他身上的气息和温度，永远让她放弃思考。

啪嗒一声，扣子被解开。

她身体轻颤了下，背脊微微绷直，他另一只手将她一下子抱起来，像抱小孩儿那种抱法。

淋浴间的水龙头已经被打开，在等待热水。

冯嘉芮的余光看见镜子里的她和裴致。

水雾弥漫，镜子有些模糊，但她还是无比清晰地看见自己缠绕着男人，有点像藤蔓，这种感觉好奇妙。

她心里又麻又酸又软又甜，无法用语言形容，却又很和谐，好像天生就该如此。

准备收回目光的那一秒，视线被他捉住。

他黑眸如漆，习惯性地眯着。下一秒，他歪了下脑袋，用舌尖舔了下她，最暧昧的那种。

冯嘉芮全身都颤抖了起来，她没有受伤的那只手用力地抱着他的脖颈。

他的那个眼神，好像下一秒，她就要被他占有了。

水终于热了。

可淋浴间的热气，热得让冯嘉芮窒息。

他表情认真得好像真的只是要给她洗澡，无比小心地拿着花洒避开伤口。

她努力让自己看起来很自然，目光四处飘忽，不知何时停留在了他黑色的内裤上。

棉质的布料吸了水，在泛着水光。

"在看什么？"裴致忽然问。

冯嘉芮绕开视线，选了个最有可能的说："腹肌……"

她说得很轻，话里都透着红晕。

他像是笑了，眸里都带着笑意："几块？"

她瞪大眼睛，像女流氓一样，认真数起来："一，二，三……六，六块。"

话音刚落，她的左手就被他抓住，下一秒，她的手心贴上他的肌肤，他声音就在耳边，带着致命的热气："再数一下。"

热水从上而下，狭小浴室内，她和他几乎全裸。

裴致似乎又靠近了些，两人的肌肤好像都贴在了一起。她的脸烧得厉害，目光飘忽，指尖却还在他的腰腹上。

"一，二，三……"他的唇若有似无地碰到她的耳尖，她的手被他抓着继续往下，指腹突然碰到……

冯嘉芮下意识地想收回手，想要往后退一步，却不小心踩到了他的脚，重心不稳的她瞬间被他抱住。

冯嘉芮急了："裴致。"

他似笑非笑，大掌滑过她的腰窝，黑眸幽深，里面是她看不懂的情绪："芮芮，还满意吗？"

冯嘉芮整个人快熟了，偏偏不服输："就一般……"

他却抢先一步，将她轻推到身后的墙上，而后身体紧贴，他细碎的吻就这么铺天盖地地袭来。

他低下头,鼻尖停在她耳侧。她的发丝无风自乱,微微颤着。他看不清她的神情,鼻翼被细碎的发丝探得发痒。她的颤抖也越发剧烈起来,像是海底的水藻,在无风的水波中摇曳、松动,融入浪里、浮向水面。

冯嘉芮的眼角红了起来,她喘不过气来,身体又烫又软似乎不是自己的,眼前的人像是要将她吃得连骨头都不剩。雷声般的心跳被水声掩盖,却骗不了自己,她渐渐配合他,一起沦陷在这场疯狂里。

"我能不能收回之前的话?"裴致呼吸不稳,看她的目光都像要冒出火。

冯嘉芮被他抱着,下巴抵在他颈窝,因为害怕掉下去,她一直紧紧抱住他。

在她看不见的地方,她的一切都在和他亲密地接触,心底最深处的痒都滋生出来。

冯嘉芮说不出话来,只能大口地呼吸。

"什么?"

"欺负病患。"

她嘟囔着呢喃:"那就欺负呀。"

话音一落,浴室里更烫,他发狠地亲了她一下。

"你说的。"

(5)

"你现在是全世界女性的公敌。"赵田田调侃冯嘉芮,"所有人都在猜裴致的老婆到底是谁,你不打算公开自己吗?"

冯嘉芮没仔细听,她正在和裴致聊天。

惹了那么大新闻的裴致,第二天像没事人一样回剧组拍戏,早上起来还闹起床气,抱着她亲了好几下才不情不愿地出门。

赵田田半天没等到冯嘉芮的声音。

"你还在吗?"

冯嘉芮嗯了一声:"在啊,你刚刚说什么?"

赵田田尖叫:"啊,你知道吗?就算你什么都没说,我离你这么远都能感受到你身上恋爱的酸腐味!"

"老板,这花又送来了,已经送一周了。"朱玉捧着花束走过来,"卡片上还是没写是谁送的。"

冯嘉芮将手机放到一边,看着这束白色的郁金香,难道是裴致送的?

不会,裴致不会做这种事。

那会是谁?

"也没说送谁的,随便插着吧。"

冯嘉芮看着时间差不多,拿着包往外走,还有半个多月就是裴致的生日。

前几天她在裴致车上,发现车前放着的装饰摆件有点眼熟。

那是好多年前她很喜欢的一部动画片的乐高摆件。当初她拼到一半就没了耐心,转手就送给了裴致,还美其名曰生日礼物。

当时裴致看着这少女心十足的南瓜马车面无表情,她正奇怪怎么还放着时,耳边传来他的声音。

"这是你送我的第一个生日礼物,也是唯一一个。"

冯嘉芮只是听着都觉得自己过分,她内疚了许久,盯着这南瓜马车有点出神。

等到了家还在发呆,她拽住要下车的裴致,实在过意不去地说:"我今年给你补一份大的生日礼物。"

黑色棒球帽下,裴致的表情不太清晰,但冯嘉芮还是能感受到他的目光。

"不行。"

"那怎么办?"

她有点着急。

"要二十五份。"

她刚要说你这是坐地起价,就触碰到他的目光,又莫名地怂了。

行吧,谁让她先不做人在先,人家收点利息也是正常。

裴致的车刚开到冯嘉芮的工作室楼下,就看见冯嘉芮上了她自己的车,还没来得及叫她,她就开车走了。

裴致跟在她的车后面,发现她开进了一家商场的地下车库。

工作日下午,商场的人并不多,裴致戴着棒球帽和口罩像个变态跟踪狂一样跟在冯嘉芮身后。

她先给自己买了个冰激凌,裴致在她走后,也在那家店买了一样的海盐焦糖口味的冰激凌。

他学着她的样子小口小口地吃,看着她满足得将眼睛微微眯起来,他也情不自禁地勾起嘴角,嘴里这甜甜咸咸奇怪的味道也变得美好起来。

二十五份礼物实在是个大工程,裴致今年二十五岁,是从他出生起开始补。冯嘉芮已经在手机里做好一部分功课了,她还没彻底想好,所以出来找找灵感。

裴致与冯嘉芮保持着不远不近的距离,看着她从一家家男装店出来,看着她皱着眉头纠结,和店员比画,然后不满意地摇头。

裴致指尖抠着手心,心软得一塌糊涂。

他从没如此幸福过。她买每一样东西的时候,都要在脑海中想象适不适合他,这种感觉特别好。就像是被人放在心尖上,被人在意着。

这么多年,他苦涩、酸甜、炽热的感情仿佛得到了回馈。

冯嘉芮从店里出来,商场里正好在放裴致的歌,那是他给一部电影唱的主题曲。

冯嘉芮笑嘻嘻的，拿出手机，偷偷录了一段。

没一会儿，裴致的手机振动了下。

芮芮："我在商场听到你的歌了！裴裴宝宝你好棒！"

裴致手指摩挲着屏幕，忍不住笑出声。他看着冯嘉芮的背影，在想，如果现在上前抱住她，她会不会被吓到。

肯定会，然后，她会仰头瞪他。

这么一想，裴致心里更痒。

他往她的方向走近一步，余光忽然看到一个人，他脚步一顿，有一瞬间的慌神，下一秒连忙看向她。

冯嘉芮手里拎着购物袋，已经走进电梯。等到电梯门关上，裴致悬着的心才放下来，他们俩都没看见对方。

只是许庚怎么出现在这里，他不应该在北京吗？

裴致没想太多，也不敢细想，快步从电梯旁边的安全楼梯往地下车库跑。

冯嘉芮前脚刚出电梯，裴致后脚就打开安全门跑了出来。

冯嘉芮打开车门，刚坐进去，还没来得及关门，副驾驶的车门突然被打开，一个人影钻了进来。

她下意识地转头，还没看清是谁，整个人就被抱住，脑袋被桎梏，昏天暗地里就被狠狠咬住唇。

冯嘉芮吓了一跳，如果不是鼻息间铺天盖地的属于裴致的熟悉味道，她手里的包就要控制不住往对方头上砸了。

裴致亲得又急又凶，像是在确认她还在不在身边。

亲的时间太久，冯嘉芮喘不过气来，用手轻轻推了下他。下一秒，手腕又被他抓住，她睁开眼，这才发现，他正一眨不眨地看着她，眼底似乎暗藏着火和让人心惊的占有欲。

冯嘉芮心跳得很快，睫毛颤了颤而后低垂。四周仿佛有一张无形的网，她被困在这张网里逃不开了。

"怎么了？"她问。

"想你。"他声音又轻又哑。

她眨了下眼，抬眸看他，不是早上出门时才见过吗？

车内空间狭窄，也不知道怎么转的，裴致将她抱到腿上，让她陷入他的怀里。他的手放在她的腰上，又说："想你。"

似乎只有这样抱着她，裴致才能保证她就在身边，刚刚看到许庚生出的恐慌和害怕，终于缓解了一点。

裴致心跳异常，如果刚刚冯嘉芮和许庚见面了，他该怎么办？思考了无数种结果，无论是哪一种他都无法接受。

如果可以，能不能将冯嘉芮捆在身边，让她的眼里、她的心里只有他一个人。

冯嘉芮心口怦怦跳，她被勒得喘不过气来，不明白裴致突然而来的情绪因为什么。

她心疼他，轻轻地用脸颊蹭了下他的脸，她想用这种行为来安抚他。

"我在呀。"

裴致嗯了一声，还是说："真的好想你。"

他的声音又低又哑，有点委屈，有点压抑，更多的是爱恋和温柔，像奶猫在撒娇。

冯嘉芮听到这五个字，心火一路烧到了后背。

这样的裴致太过罕见。

仿佛将他的爱热烈又直接地告诉她，他身体滚烫，赤裸裸地告知着情和欲。

她被烧得头晕目眩意识还没清醒，就被他又亲了下来。

他一只手托着她的头，另一只手抱着她的腰，吻得细腻又温柔。

一丝一丝，把他的体温和气息传给她。

让她堕落在他的世界里。

不远处的隐蔽处,一只手快速按下快门。

"是裴致吧?"

"是裴致。"

"太劲爆了!"

"车内激吻神秘女,大新闻!"

车内的中控屏,显示时间 19:10。

冯嘉芮揉了下裴致的头发,一下一下像撸小猫咪一样:"你怎么突然在这里呀?"

裴致抓住她作乱的手,低着头不说话,就像是别扭的小宝宝。

冯嘉芮也不生气,笑着捏了下他脸颊:"你怎么来的?"

裴致别过脸:"开车。"

"那车呢?"冯嘉芮四处看看。

裴致沉默了几秒,望着她,无比认真道:"不见了。"

"什么叫不见了?"

"就是不见了。"

冯嘉芮打开车门要下去找车。

裴致抓住她,不给走,眼睛看着她,声音软了下来:"你不能带我回家吗?"

自然是能的。

"可……"

冯嘉芮败在裴致的眼神里:"好,姐姐带裴裴小宝贝回家家。"

冯嘉芮明显感觉到,最近这段时间的裴致黏人程度大大提高。

比如每天早上出门一定要黏黏糊糊要个早安吻才肯走,走了后还时不时发个微信来,如果在拍戏休息空当还一定要发来视频通话。

朱玉看见过好几次冯嘉芮偷接电话，总是偷笑，问她到底和哪个小奶狗谈恋爱了。

冯嘉芮哪能真把裴致说出来，如果她没记错的话，朱玉就是裴致的女友粉。

裴致刚公开恋情那几天，朱玉念念叨叨难过了许久。

冯嘉芮知道裴致没有安全感，她正在和赵田田这个狗头军师取经。

说着说着，她忽然想起以前的一件小事。

那个夏天冯嘉芮跑过来给裴致送饭。裴致家客厅的茶几上放着一瓶罐装的冰可乐，电视里正在放电影，她没看过。

她将饭盒打开，放在餐桌上，随意问："看的什么呀？"

"《辛德勒名单》。"

"主要讲什么的？"

"拯救一个人，就是拯救整个世界。"

他靠在墙边没骨头一样，黑色衣服将他露在外面的肌肤衬得更加白，是那种没有经阳光照射过的病态的白。此刻他神情专注看着她打开保温饭盒，又看着她放好碗筷，每个小细节都不放过。

也许是他说话时声音太过冷淡，语调毫无起伏，冯嘉芮莫名觉得不对劲，回头看他。

视线相交，过了几秒，裴致说："你想拯救全世界吗？"

"我没那么伟大。"

"嗯。"他点点头，"拯救我就够了。"这六个字很轻。

冯嘉芮的思绪被电话那头的赵田田叫回笼。

"你怎么不出声？"

冯嘉芮手指一圈一圈无意识地抠着咖啡杯的隔热套，说："感觉自己是超人。"

"什么？"

"拯救了全世界。"

"你在看电影吗，什么乱七八糟的？"

"田田。"冯嘉芮收回手，"我决定了，我要和裴致过一辈子。"

这时，门口走进来一个人。

他穿着和这一屋凌乱格格不入的得体西装。

见到来人，冯嘉芮脸色一变，语气不善，如进入战斗状态："你来做什么？"

她又问："你怎么知道这个地方？"

许庚似乎什么都没听见，全心全意地看着冯嘉芮好一会儿，在她发火的前一秒，露出如当年一样的笑容。

"我离婚了。"

没有什么比现在更糟糕的了。

为什么这个人可以毫无负罪感，心安理得地出现在她眼前。

冯嘉芮自十七岁就撞得头破血流到二十五岁才幡然醒悟，人生有多少个八年能从头再来。她却用人生最宝贵的八年，认清一个渣男。

Chapter5.
我费尽心机和满腔努力

(1)

工作室旁的咖啡厅。

冯嘉芮面无表情地看着面前的许庚,她在想,这个人怎么就能毫无负担地过来说这种不要脸的话。

"郁金香你送的?"

许庚一身西装,戴着金丝边框的眼镜。他比冯嘉芮大八岁,正是男人最有味道的年纪。

他笑了下,眼神柔和,目光里似有千万种深情:"你喜欢吗?"

"不喜欢。"冯嘉芮语带讽刺。

"嘉芮,我已经离婚了,我想和……"

冯嘉芮冷声打断:"以后你别送了,会给我和我先生造成困扰。"

……

雨来得莫名其妙。

裴致的车就停在咖啡厅外的马路旁,他降下点窗户,点了一根烟。

苦涩的烟味入喉,白雾缭绕,裴致看着落地窗内的两个人。副驾驶的座位上,还放着他刚刚买的网红蛋糕。排队时全副武装,却还是被眼尖的粉丝认出来,他不好意思给对方签了名后,才拜托对方不要发上网。

他脑子很乱,这几天一直在极度没有安全感里度过。夹着烟的手不太稳,草草抽完,他深吸一口气,拿起手机给冯嘉芮打电话。

电话通了。

响了两声,裴致看着冯嘉芮看了眼手机屏幕,然后按掉了。

裴致笑了下,将手机扔在一旁,点了第二根烟。

雨哗哗地下,天色昏暗,远处有朵云移开,将最后那一点亮光遮住。裴致忽然觉得心也暗了。

"我结婚了,我非常爱我的先生。我和你不一样,请你以后别再来打扰我的生活。"冯嘉芮说完就站起来,她冷着脸,快步想要离开。

许庚笑容里有些宠溺的纵容,伸手抓住冯嘉芮的手:"嘉芮,我希望你幸福。"

"只要你不出现,我就很幸福了。"

咖啡厅门口有一个喷泉,冯嘉芮出来时,喷泉正好升到最高处。水花四溅,裴致隔着重重水雾,一直看着她。她今天穿了一件红色的长裙,黑发飘扬,在这样的闷热潮湿的雨天格外打眼。他还看见了她红红的眼眶和紧绷的身体,但她没看见他。

就像很久以前那样,她没看见他。

那是领完结婚证的第七天。

冯嘉芮借着酒精麻痹自己,每次清醒过来都万分痛苦,结婚证似乎就是证明她愚蠢的铁证。

度日如年的那几天,偶然遇到了许庚的同事,对方看她的目光和往日不同。

在聊天中,才获知,是她的父亲去找了许庚。

脑中所有的不清晰都串了起来,突然的分手,许庚的绝情和冷漠。

一种被背叛和失望的感觉撕裂着她，她不管不顾冲进书房找到父亲，怀着满腔怒火与他大吵一架。

"你是不是看不起许庚是个穷学生？"

"我的爱情你为什么要插手？"

"是你女儿跟在后面求着人家，眼巴巴想要和他在一起。"

"你以为这样就能拆散我们吗？"

……

书房的门被大力地拉开，又被重重地关上，女人紧抿着唇，眼底似乎有火也好像有泪。

裴致站在书房门口，听完他们父女俩所有的对话，然后就站到客厅无比显眼的位置。

冯嘉芮看都没看他一眼，似乎根本就没看见他，带着决绝离开了家。

那一刻，裴致觉得很难挨，他刚和自己的初恋，喜欢且唯一喜欢的女人结婚，对方眼里却没有他。

冯嘉芮回到工作室，将所有的郁金香都收起来扔进垃圾桶。

朱玉看着她的表情，不敢吱声。

冯嘉芮不后悔自己曾经爱过渣男，但她恨自己认人不清，被渣男耍得团团转，还伤害了身边真正关心自己的人。

和父亲大吵之后，她当天就买了机票奔向许庚，当时许庚在一所高校里做辅导员。她并不知道，当时他已经和他导师的女儿在一起，还满腔深情地和他说了自己所有的感情。

许庚那时候也用今天这样温柔又纵容的眼神看着她，以一种不远不近的距离和她保持着摸不清的暧昧关系。她头昏脑热地栽了进去，后来在微博被撕，舆论爆炸，她用最糟糕的方式知道了他有女朋友。

她第一时间跑去质问许庚，却在他办公室里看到了那个叫苏檬的女人。

事实就在眼前,她所做的一切都像个小丑。

那天的雨也下得很大。

从北京到沪城,两个小时的航班,沪城的雨更大。

她坐在航站楼里,看着来来往往的人推着行李箱,脚步匆忙。在北京那么久,焦梦玉给她打过几次电话,每次都说爸爸和爷爷被她气得不轻。

这样狼狈的结果,让她更加胆怯,不敢回家。

就在她准备在机场过一夜,明天再说明天的事情时,手机铃声骤然响起。

裴致的声音急急地传来:"你在哪儿?"

"浦东机场。"

"就在那儿别动,我去接你。"

这天寒流来袭,气温只有零度,她穿着厚重的羽绒服,鼻音很重,停顿了好几秒,才呜咽出声:"裴致……"

他似乎能感觉到她此刻的无助,声音更加柔软:"等我。"

挂了电话,她也不知道怎么想的,从开着暖气的温暖室内走了出来,就站在很显眼的屋檐下。她被冻得鼻子都红了,眼睛睁得大大的,不放过任何一辆来往的车辆。

她心里知道如果从市区过来,最起码要一个半小时车程,但她就是不愿意待在机场大厅里。

从来没有哪个时刻,喜欢这种等待的感觉,好像自己还有存在感。

裴致在一个小时后出现,他将车停在路边,快步穿过马路,将自己身上的羽绒服外套脱下披在她身上,一手拿起她的行李箱,一手半搂着她。

机场的交通 24 小时繁忙,暴雨如注,雨刮器繁忙工作,前后都是鸣笛声,路灯晃眼。她每一步都走得跌跌撞撞,只是有个人一直抱着她,给她力量。

车内暖气醉人,她侧过头不由自主地看向裴致。

不知裴致从哪里来的,羽绒服里只穿了件衬衫,头发被雨水打湿,脸色阴沉,整个人看起来比她离开时清瘦了不少。

冯嘉芮想起来了,焦梦玉说他签了一家经纪公司,现在在拍戏。

"回家吗?"等红绿灯时,裴致的视线对上她。

"不回。"她说得太急,说完露出一个有点尴尬的笑容。

忽然,她想起眼前的人是自己刚刚结婚没多久的法定老公,莫名的羞愧感又盈满心头。

"太晚了,现在回去会打扰……"

这理由很站不住脚,好在裴致没再追问。

裴致将车开进机场附近一家酒店,要了两间房。进房间前,冯嘉芮感激地看了他一眼。

裴致看着冯嘉芮走进房间后,才打开自己房间的门。手机在口袋里振动了无数遍,倪多问都快疯了。

裴致靠在门上,沉默了一会儿,才将手机拿出来。

"喂。"

"你去哪里了?外面暴雨,今天杀青宴,赞助商、投资方、导演、制片都在,你去哪里了?"

今天晚上裴致在剧组拍完戏,刷了下微博,意外看到了冯嘉芮被挂上了热搜。他来不及想别的,便连忙切到冯嘉芮的小号,正好看到她刚发的微博。得知她已经回到沪城,就在机场,他这才稍稍松了口气。也不管杀青宴,从剧组朋友那儿借了一辆车,拼命赶了过来。

倪多问不知道这些,只知道杀青宴上,只少了他家艺人。

裴致想到什么,问:"有事。"

"你有什么事?裴致你是个上升期的新人演员,你到底知不知道自己什么身份?"

裴致嗯了一声："真有事。我晚点回去，有什么事再说。"

他按掉通话，翻了翻外卖软件，恶劣天气因素，送餐的店很少，他选了附近送餐快的砂锅粥店。

点完后，他给冯嘉芮打了电话，打了三通都没人接。

裴致开始着急。

一分钟后。

"嘉芮，冯嘉芮。"

裴致在敲冯嘉芮房间的门，他心里默数，数到第一百下，他就去找前台要房卡。

在敲第九十八下的时候，门开了。

冯嘉芮红着眼睛，仰着头，脆弱毫不遮掩，声音哽咽还带着对他的指控："你怎么一直敲一直敲，我不开门，你就得有眼力见地离开，怎么能一直敲一直敲……"

裴致推门进来，又反手将门关上，下一秒直接将她抱进怀里。

他力度很轻，一只手轻轻地拍着她后背，像在安抚她。

他的气息温暖又熟悉，一下将冯嘉芮的悲伤戳开，她从低声啜泣到号啕大哭，大颗大颗的眼泪将他的衣服染湿。

"你为什么喜欢许庚？"裴致忽然问。

这问题有些难，细究起来，冯嘉芮自己都没认真思考过。

"可能是年纪小遇到个成熟的男人，就被蒙住眼。我当时真的觉得他又帅又聪明，上进且温柔……"

裴致觉得心尖被刺了一下，眼底的酸意快要压不下。他认识冯嘉芮之后常听她在耳边说那位楼下寄住的许庚哥哥有多好，叽叽喳喳都是赞美之词。他一开始只觉得胸闷，后来才知道一个词叫嫉妒。他向来清心寡欲，能让他体会到如此心情的，从头到尾只有冯嘉芮一个。

冯嘉芮哭完觉得不好意思，看着裴致半威胁似的说："今晚的事你不准说出去。"

　　裴致的手机响了,是外卖,他没接话转身开门拿了外卖,又放到桌上。

　　他将冯嘉芮拉过来坐在小沙发上,将她的衣服袖子卷起,再将一次性餐具用消毒湿纸巾擦好递给她。

　　"先吃饭。"

　　冯嘉芮的表情有些傻,目光一直盯着他。

　　裴致看她不动,又将勺子拿回来,舀了口粥,喂到她嘴边:"我不会说出去的。"

　　"真的?"

　　"真的。"

　　"那你有没有在心里嘲笑我,笑我识人不清,还企图让渣男浪子回头。"冯嘉芮越说越沮丧,嘴里香甜的粥变得无味。

　　裴致专心给她喂粥:"没有。"

　　冯嘉芮怀疑地看了他一眼:"真的吗?"

　　"真的。"

　　暴雨下了一整夜,城市的排水系统告急,路面上有大人小小的水洼。冯嘉芮一夜无眠,清晨六点时雨停了,太阳升起,风轻云淡,连气温都回暖了几度。

　　她没由来地一下子敞亮起来,转头看向在开车的裴致,趁着红绿灯时,给他塞了一颗巧克力。

　　"谢谢啦,送我去机场吧,我知道我要去哪里了。"

　　(2)

　　凌晨四点,季惜白从法国拍完广告刚下飞机,追赶着夜幕就来了。

　　店里已经没几个人,他一眼就找到角落里那个散发着生人勿近的身影。

"我就去了法国一周,你就失恋啦?谁这么厉害,能把我们裴裴搞得这么狼狈啊?"

暗色中,裴致点了根烟夹在指间一直没抽。他不太喝酒,但今天放在桌上的杯子已经空了一半。

季惜白奇了,他真没见过裴致这个模样。

"你不会真的失恋了吧?和你结婚三年的老婆?"

裴致拿起酒杯一口灌下,季惜白吓了一跳,连忙将酒杯抢走:"干吗啊?想把自己喝进医院啊?"

裴致没说话,季惜白的手机亮了起来,是微博推送——

裴致车内激吻神秘女?!

季惜白眼皮一跳,连忙划开,不仅有多张高清照片,还有视频。

让人震惊的是,平日里公众形象中禁欲感十足的裴致居然会这样亲一个女人。

季惜白看了两遍发现了奇怪的地方,他将手机推到裴致眼前:"你和你老婆被拍了?"

季惜白上次收到裴致的短信后,就恨不得打爆自己狗头。他居然当着裴致的面三番五次地说要追人家老婆,好在是好兄弟,留了他一条小命。

"你不会刚公开就打算离婚吧?"

裴致的目光像冰刀一样,剜了季惜白一眼。

季惜白给自己也倒了一杯酒,拿出情感顾问该有的排面:"有什么问题,你得告诉我,我才能帮你分析啊。"

"她前男友回来了。"

"所以?"

季惜白等了半天也没等到下文,惊讶地看着裴致:"你这也太尿了吧?不就一个前男友吗?怕个屁啊!"

裴致靠在沙发上,将烟点着,吞吐烟雾的颓废劲,季惜白都觉得他帅。

"你不懂。"裴致说。

季惜白用眼神鄙视裴致："这种事你才不懂。"

他真的好奇,问裴致："你当初到底怎么追她的,追了那么多年都没追到啊？"

"也没怎么追。"裴致含糊了一下,"记不清了。"

"骗鬼。"

清吧在放轻缓的桑巴,裴致又给自己倒了一杯酒,头顶上灯光迷离,烟雾弥漫,他看着烟圈,眯了下眼睛,忽然笑了……

"这题又错了！裴致你到底有没有专心听？"

裴致的目光从少女拿笔的手上移开,虽然表情浮动不大,但对方还是感觉到他的无辜。

果然,冯嘉芮叹了口气,摸了摸他的脑袋,语重心长道："我们裴裴宝宝,本来好聪明的,现在怎么变笨了？"

裴致不说话,只是跟着她的动作,目光移到了少女的脸上。他分心地在想,她睫毛卷翘的弧度,她笑时露几颗牙齿,天气热的话是会梳马尾还是绑双马尾。

胡乱地想了一遭,他突然起身,从冰箱里拿出早就准备好的水果和果汁,还有一堆零食,都是冯嘉芮喜欢的。

冯嘉芮吃着蜂蜜味的薯片,用十分上道的目光看向他。

裴致还没坐下来,他伸手在书架上找些什么。衣摆过大,抬起的瞬间,少年结实的腰腹就露了出来。

冯嘉芮嚼着薯片的动作一顿,目光像是粘在那里一样。下一秒,他找到要找的东西了,坐了下来。

也不知道是不是动作太大,还是领口设计的问题,衣服滑到肩膀,他的锁骨和脖颈完全暴露在外,甚至还能看到他薄薄的胸肌。

冯嘉芮控制不住目光,又被引诱过去,看了太久被抓住,才爽朗一笑。

"裴裴真是天下第一美色。"

冯嘉芮走后,裴致下楼扔垃圾在楼梯口遇到焦梦玉,两人打了个招呼。

焦梦玉回家后,看到冯嘉芮若有所思的模样,问:"今天补课怎么样?"

冯嘉芮喝了一杯冰柠檬水,疑惑地问:"最近裴致爸爸是不是都没给他买衣服啊,我都看到他好几天穿不合身的衣服了,不是小了就是大了。"

焦梦玉回想了下刚刚在楼梯里的裴致,说:"没有吧?"

冯嘉芮肯定地道:"有的有的,妈不爱爹不疼,连个合身的衣服都没有,真是个小可怜。"

第二天焦梦玉出门上班,又碰到了刚刚跑步回来的裴致,这次她特意关注了一下。

合身的知名品牌运动套装,到底哪里不合适了?

就这样度过了两个月,冯嘉芮开学走了,裴致觉得这个城市都冷清清的。

当时许庚想要在北京发展,所以冯嘉芮报了北京的学校。可她刚来北京没几个月,许庚又回到沪城,在沪城一家教育机构里做老师。

冯嘉芮为此和许庚生了好久的气,但后来还是妥协,一有时间就回沪城。

可许庚工作很忙,很多时候都无法和她在一起。她无所事事,有空没空就去关心下裴致的学习。

高三学业繁忙,枯燥又烦闷,裴致却觉得是他无比幸福的一年。

夏夜星灿,两个人一人拿着一瓶冰可乐,坐在小区楼下的长椅上。

"你想考哪个学校?"

头顶树影攒动，广玉兰花香淡淡，裴致偷偷在看身旁的人。

"看成绩。"

冯嘉芮哈哈一笑，爽快地喝了一大口可乐，看着天上的月亮："听说今天是满月，月亮真的好漂亮啊。"

"嗯，好看。"

冯嘉芮突然转过头，正好抓住少年的目光，但她没发现他一闪而过的慌张。冯嘉芮举起可乐，和他干杯。

"听说在满月下许愿很灵的，那就祝你考上想上的学校。"

也不知道是不是夜色太好，抑或是可乐也会喝醉，冯嘉芮闹着性子要吃赤豆冰棍。

裴致去小区外的超市买回来时，冯嘉芮正瘫在长椅上傻笑。

一楼那户人家开着窗户正在放热播的偶像剧，冯嘉芮最喜欢看这种没有营养又甜又腻的剧情，专心致志地听着。忽然她侧头逼问他喜欢善良但平平无奇的女主，还是美艳却不讨喜的女配。

"都不喜欢。"

冯嘉芮正小口小口地咬着赤豆冰棍，不高兴地斜了裴致一眼："你都高考结束了，是大宝宝了，实话实说，我又不会笑话你。"

见裴致不理她，她穿着拖鞋，用没穿袜子的脚尖，轻踢了下他的脚。

"和你说话呢。"

他目光终于从正对自己的那株广玉兰花朵上移开，停留在她秀气的脚上。他穿着黑色拖鞋，男士的42码，和她的一对比，像是能将她完完全全包裹住。

裴致小树林似的睫毛扇了扇，不知留意到了什么，又看向冯嘉芮的眼睛。

碎花的连衣裙揉皱，嘴角还有残留的汁液，那双清澈见底的眼睛睁得很大，就那么直直地看着他。

裴致慢吞吞地收回脚，目光又回到花上。在冯嘉芮不依不饶想要继续问时,他敷衍地说:"好看的。"

冯嘉芮得意地笑,像是早就猜到他的答案:"我就知道,你们男人呀,都不注重内在。"

裴致也在笑,是啊,他怎么就被她吸引,还被抓得死死的。

(3)

那年大一新生开学,裴致跟谁都没说,不声不响地报了冯嘉芮的学校。

大二开学比大一早,更何况冯嘉芮根本不关心新生,只想在宿舍里好好睡觉。

室友杭念是新生开学典礼的主持,非拖着冯嘉芮一起去。

大礼堂那一年还没翻修,老旧的空调呼呼在头顶吹了半天也没半丝凉意。刚从高中校园走出来的小屁孩,像鸭子一样吵。

冯嘉芮起床气严重,半眯着眼看着舞台上那盏坏掉的灯,自己和自己生气。

杭念读着稿子:"让我们欢迎新生代表导演系的新生裴致。"

冯嘉芮一愣,不敢相信。

骗人吧?是她认识的那个裴致吗?

观众席吵吵闹闹,杭念又念了一遍名字,一直无人应答。

倒数第二排的一个男生看了眼旁边一直在睡觉的少年,又看了眼他放在一旁的名牌。

"兄弟,别睡了,叫你呢!"

裴致是被摇醒的,他眨了眨眼睛,意识才慢慢清明,他冷淡淡地看着肇事者,表情不太友好。

对方立马指了指舞台:"新生代表,要上台发言了!"

顿了半天,裴致歪了下头,似乎记起有这么个事。

耽误的时间太久,所有人都在交头接耳,就在这种嘈杂的环境中,裴致突然站了起来。

会场的大门没有关，今天高温预警，下午两点正是日光最刺眼的时候。闷热潮湿到让人心浮气躁的空气里，忽然有束光绚烂地照进来，少年的模样被笼罩住，整个人变得不真实起来。

冯嘉芮瞪大眼睛，还以为自己在做梦。

她旁边的女生更激动，刻意压着嗓子，都快控制不住尖叫声——

"校草了吧！绝对校草了吧！神颜啊！"

"我的天，这么帅居然是导演系的，暴殄天物啊！"

裴致越走越近，他身上的白色短袖领口有些大，歪歪斜斜的，正好露出一点锁骨。黑发冷白皮，瘦高的身材，寡淡的气质，每一步都像踩在在场所有少女的心上。

果然，身边的吸气声更重了点——

"就是这种禁欲感，让人更有欲望……"

"主持人刚刚说他叫什么来着？"

冯嘉芮收回目光，好心地回答她："裴致。"

"对对对，裴致，连名字都这么好听。"

……

接下来就是裴致的个人表演时间，他是这一届榜首入学，仅仅露面，就已经坐到了校草的位置。

杭念给裴致指了指位置，他慢吞吞地走到演讲台前。话筒的质量很不好，嘈嘈杂杂被音响无限放大。

他低头黑发遮住眼睛，只说了四个字："我是裴致。"

安静了几秒，身旁的女生惊叹："天哪……声音也好好听。"

"……"

裴致的声音也清冷，尾音有些轻，听起来像清凉的气泡音。

冯嘉芮打开手机，第一时间给焦梦玉发信息："裴致来我学校了，

你知道吗?"

焦梦玉秒回:"知道的呀,你见到了吗?"

冯嘉芮:"见到了。"

焦梦玉:"本来想告诉你的,但你一个暑假都不在家,后来就忘了。以后多多照顾裴致知道吗?"

这个暑假,冯嘉芮先去找许庚碰了一鼻子灰,一狠心就跟着同学去大西北环线旅游。

她不赞同地撇了下嘴,就算她人不在,也能用别的方式告诉她啊。

焦梦玉:"哎,听说他还是以第一名的成绩入学的,裴致这么厉害啊。"

冯嘉芮不再回,毋庸置疑,裴致的魅力能秒杀各个年龄层的女性。

新生典礼结束,冯嘉芮和杭念说有事要先走,其实早早就在门口堵裴致。

可和她抱着同一目的的女生太多,裴致一出来,就被热情的少女们团团围住。

冯嘉芮看着裴致在人群里蹙眉,幸灾乐祸地笑出声。他好像有所感应似的看过来。

四目相对,冯嘉芮耸耸肩,然后才大发善心地上前解救他。

冯嘉芮带着裴致去了校门口的炒冰店,等冰的时候,旁边的女孩子纷纷注目。

"喜欢你的人怎么这么多?"冯嘉芮小声嘟囔。

裴致眼睛一亮,垂眸看向她。

下一秒,她老气横秋地开口,教他社会人才懂的道理:"她们都是见色起意,你要好好分辨,人心险恶知道吗?"

裴致并不买账,接过炒冰就回头大步往宿舍走。

冯嘉芮跟在他身侧:"我认真和你说的,大学校园的女孩子都可是会吃人的。"

有个穿着西装的男人一直在校门口,看到裴致后快步上前,递上一张名片。

"我是ME公司的老总杨满,我觉得你很有潜质。"

对方一直将目光停留在裴致脸上,光是这颜,他已经想好了十几种营销手段,保证一炮走红。

谁知,裴致的声音冷清地从头顶飘来:"不感兴趣。"

杨满不敢置信地看着他:"我是ME的老总,现在国内最大的娱乐公司的老总。"

裴致这次连话都不说了,冷淡地离开。

冯嘉芮回头看了眼杨满,脸上笑意更大,扯了扯裴致的衣袖:"要不你去试试?万一爆红呢!那以后我可是巨星的姐姐!"

对面有学生正骑着自行车过来,速度很快,冯嘉芮没看见。

裴致突然攥住她的手腕,她停下脚步,不明白地看着他。他一把将她扯到内侧,刚站稳,自行车呼啸而过,刮到了他的衣袖。

"这么细心呀。"冯嘉芮冲他笑,随后她感觉了腕被重重地握了下,她眼神疑惑,只一瞬,他就松开了。

冯嘉芮粗神经,没察觉有什么不对劲,反而问:"你不想做明星你来电影学院做什么呀?"

等走到女生宿舍楼下时,都还没听到裴致的回答。

冯嘉芮以为他不会说了。

她单手捧着炒冰和奶茶,另一只手和裴致挥了挥说再见。

他突然开口:"不想被别人看到。"

"啊?"冯嘉芮没听清。

裴致对上她的目光,脸上的笑漫不经心起来:"我这么好看,舍不得给别人看。"

"……"

裴致一战成名，校内论坛天天都在刷他。时间一长，大家发现这位导演系的大帅哥脑子里只有学习。不仅上自己的课，还跑去隔壁摄影系蹭课。

冯嘉芮又在教室里看到了裴致的身影，这个人怎么回事，居然比她还来得早？

她拉着杭念坐到裴致身边，盯着他："裴裴，你这样学容易成傻子的。"

裴致抬眸看了冯嘉芮一眼，没说话。

教室里空调凉，他将自己的外套递给冯嘉芮。

冯嘉芮自然地接过，放在腿上盖着。她爱美总喜欢穿裙子，坐下来时腿露在外面，空调一吹就腿疼。

旁边的杭念看到笑了下，小声地跟冯嘉芮咬耳朵："他是你男朋友呀？"

冯嘉芮立刻否认："不是，裴裴还是个宝宝呢，怎么能谈恋爱？"

裴致听到这话，本来拿在手里的笔，突然放下。

这节课是枯燥的摄影理论，台上的老教授语速极慢，又是早上第一节课，教室里浑浑噩噩睡过去一大半。

裴致手里的书是冯嘉芮的，她和杭念共看一本，他写完笔记抬头看过去。今天早上的阳光特别好，他们坐在靠窗的这边，光线透过玻璃，暖暖地照在冯嘉芮的脸上。

她打着瞌睡，脑袋时不时点着。被晒得发热，她皱起眉头，连鼻头都在皱。裴致的目光仔细地从她的额头、眼睫毛、嘴巴上扫过，连脸颊上的痣都不肯放过。等看见她的新的小表情时，他又忍不住微笑。

教室里是有遮光窗帘的，只是北方的冬日来得早，这样的太阳又太过难得，没人愿意动手。

他想起身去拉,却被教授叫住:"对,就是那个男生,请你回答下这个问题。"

满教室好不容易找到个认真学习的,老教授怎么可能放过。裴致回忆了下问题,轻启唇说出标准答案。

她的余光看到冯嘉芮醒了,弯着眼睛,冲着他笑,等他坐下来,看到书上密密麻麻的笔记,轻声惊呼:"我的天啊,你还是那个学渣吗?"

他当然不是。

大学的期末考试周都难熬,特别对于上课根本不用心的人来说。图书馆早就爆满,冯嘉芮能有位置都靠裴致早起占座。她捧着书瘫倒在那儿,绝望地说:"原来以为高中努力完,到大学能够轻松一点,没想到还是这么让人窒息。"

其实她书上有很多裴致记的笔记,只是大一课多,裴致再有空也只能上个三分之一。而这三分之一来辅导冯嘉芮已经绰绰有余了。

裴致的声音很轻,嗓子很哑,冯嘉芮这才发现他整个人在轻微颤抖,脸色白得吓人。

冯嘉芮吓一跳,连忙摸了下他的额头,发现他不发烧,问:"怎么了?"

话音刚落,裴致就倒在了她身上。

这天北京在下雪,外面冰天雪地的,冯嘉芮打了120,急得要命便跟上车。

到了医院一检查,才说他胃病犯了。医生问了冯嘉芮一些情况,她一问三不知。那一晚上,冯嘉芮都在极度自责中,明明这个人和自己朝夕相处,自己怎么对他的情况一点都不知道呢。

裴致的室友也赶了过来,冯嘉芮这才知道他白天上课复习,晚上还得去打工。

第二天雪更大,整座城市都披上一层冬装。裴致睁开眼,就对上了冯嘉芮的眼睛。

"你交代下，你这么需要钱做什么？要多少和我说。"

裴致张了张嘴，声音发出时，才发觉嗓子更哑。冯嘉芮扶起他，将温水抵在他唇边。

"你明知道自己胃不好，干吗还要熬夜，为什么还要饮食不规律？你知不知道这次多严重，你都晕倒了，医生说再不好好保护恶化的话，后果不堪设想！"她一夜没睡，整个人气色也差到极点，没忍住一边掉眼泪一边数落他。

她抱着裴致，好一会儿才平息下来。

裴致看着冯嘉芮湿漉漉的眼睛问："我今天可以出院吗？"

"不行。"冯嘉芮瞪着他，"你不会还想去打工吧？还有几天就考试了，到底什么事这么急必须赶在这几天去打工啊？"

裴致垂下眸子，过了一会儿又问："不行吗？"

"不行，你想都别想，我今天会一直看着你。"

"可以。今天是你生日，我不想让你在医院。"他抬眸看着她无比认真地说。

冯嘉芮一愣，后知后觉地看了看手机屏幕上的日期："啊……你不说我都忘了。"

突然有个荒诞的想法从冯嘉芮脑子里闪过，她睁大眼睛："不会吧？"

裴致问："我随身带着的背包你拿了吗？"

冯嘉芮从柜子里拿出来，递给他。

他抓着背包的手一紧，能够明显感觉到他的停顿："本来想晚一点给你。"

拉链拉开，他从背包里拿出很大一个盒子，冯嘉芮认识这个牌子的口红，又贵又高级。她接过，打开，居然有三层，她惊讶地道："五十支？"

"我不知道送你什么礼物,网上说送这个女孩都会开心。"他手上还挂着点滴,说话时低着头想看她表情又微微抬起,从她的角度看过去,觉得他小心翼翼地期待她的夸奖。

五十支口红啊。

这两年,口红之风确实刮得猛烈,但她对彩妆类产品也没太在意。

不过,哪有女孩面对这份礼物能不感动。

她看着裴致:"你就是因为这个去打工的?"

裴步亨生意做得越来越大,给裴致的生活费不会少,就算这个价值不菲,但对于裴致来说也不会困难。

他微不可见地点了下头:"我不想用他的钱给你买生日礼物。"

这是他成年后第一次给冯嘉芮送生日礼物,他想用自己赚的钱买。

他问:"喜欢吗?"

冯嘉芮点点头:"喜欢。你是今年第一个给我送礼物的人,我准备回礼。"

"什么?"

"你等我一下。"

冯嘉芮穿着羽绒服跑出去,在医院门口,找了一家蛋糕店,买了一个小蛋糕,又飞快地跑回病房里。

她跑得急,呼吸不匀,头上还有雪花,将病床上的小桌板拉起来,把蛋糕放在上面。

蜡烛点上,暖黄色的烛光下,冯嘉芮忽然开口:"我决定把生日愿望当作回礼送给你,快许愿。"

裴致看着她,心猛地跳了下。

"看我干吗呀,快闭上眼,不然蜡烛都要燃完了。"

医院里都是消毒水的味道,人挤人,同一个病房里还有几个不认识的人。裴致本来觉得这一切糟糕透了,他为了这个生日礼物,一边打工一边帮人写作业,还得出现在冯嘉芮的视野里,保持正常。

明明一切都很好，突然在最后的时候，出差错了。

他压下心底的悸动，闭上眼，在心里说："希望冯嘉芮每个生日都有我。"

裴致其实思考过为什么喜欢冯嘉芮这件事，她是第一个对他直接表露善意的人，无论是送伞还是送愿望。

虽然多数时间里都处在自我折磨中，可就算只有这一份喜欢，都能让他十分满足。

冬夜寒冷，离校前的最后一个晚上，男生宿舍里的话题绕来绕去也绕不开女生。

他们是电影学院，占尽优势，分析着校花是哪一个，院花又是哪一个。

裴致一直没出声，盯着天花板，脑袋有些放空。

突然有人叫他："裴裴你是不是和摄影系的冯嘉芮很熟啊？她是摄影系系花哎。"

"哦。"

室友不满："哦是什么意思啊！对了，大家既然都这么熟了，我有个疑惑一直想问你，你长了这么张脸，为啥要来导演系和我们抢饭碗？"

裴致忽然问："这张脸怎么了？"

"直女斩啊，上至九十九下至刚会走，你去学校里随便拉个女生问问，谁不爱你。"

"假的。"裴致嘴角勾了个自嘲的笑。

寒假，裴致和冯嘉芮是一起回去过年的，裴步亨在国外回不来，给他转了一笔很大金额的红包当作补偿。

裴致看了眼放下手机，继续和焦梦玉一起包饺子。冯嘉芮包得不好，坐在沙发上抱着手机在玩。

屋子里暖气十足，电视机里正在放春晚，裴致突然觉得裴步亨不回来也没什么，反正他贪图的那份温暖，已经有人给他了。

快到深夜十二点的时候，冯嘉芮的手机响了。

裴致就坐在她旁边，两眼无神地看着电视机里无聊的小品，余光扫到来电显示的名字，他身体僵直起来。

冯嘉芮开心地接起电话，嗯嗯了两声后，眼睛一亮："真的吗？"

"那你等我。"她外套都来不及拿，穿上鞋就往外跑。

焦梦玉和冯温韦已经去睡了，只有他留下来在陪她守岁。

裴致下意识地拿起外套出门追冯嘉芮。

那一年，沪城还没开始实施烟花禁放条例，耳边都是鞭炮声，头顶上是五光十色的烟花。

他一眼就看到了冯嘉芮和许庚。

裴致就在那株广玉兰树后看着他们，许庚是来送新年礼物的，下班后，好不容易赶在零点前。

冯嘉芮心疼得不得了，眼睛里的爱意是裴致从来没见过的。

也许，他注定只能是她人生的配角，突然出现又突然消失，占着不大的篇幅，回想起来不痛不痒。

只过了十分钟，冯嘉芮就回来了，裴致将刚热好的牛奶递给她。

冯嘉芮被冻得缓了好半天才缓过来，仰着头看着裴致："哇，裴裴好贴心，果然长大了一岁就是不一样了。"

裴致看着她将热牛奶喝完，露出满足的笑容。

是啊。

零点到了。

春天来了。

他的爱情什么时候可以发芽呢？

（4）

"你这也太卑微了吧。"季惜白听得津津有味，忽然想起什么问，"那你后来怎么想开的？"

"什么？"

"做明星。"

"我觉得当演员、明星啊这种公众人物有个好处，时不时就会出现在各种媒体上。我想不管她怎么样总得打开电脑、手机、电视机吧，实在不行逛街也得面对广告牌，开车也会听广播，就算她想把我忘了，抛在脑后，这些所有的都会提醒她，有裴致这个人。"

时间已是清晨六点半，天已经亮了。裴致喝了一整晚，站起来时身体摇晃了下。

季惜白也喝了半醉："你去哪儿？你的激吻视频刚公开，全世界媒体都在找你，我让我助理来接我们吧？"

"芮芮想吃的一家灌汤包就在附近，我去买了然后回家。"裴致走路都不太稳，说的话却非常清晰。

季惜白简直服了，拽住他："你不是因为她和前男友见面生气吗？干吗给她买汤包？"

裴致甩了甩手，因为酒精烧脑，他难得地多了几分情绪外露："我并没有听到他们说了什么，芮芮也许并没有心软，我要做的就是相信芮芮。而且那是芮芮的初恋，谁对初恋没滤镜？"

这段话说得有理有据，简直把季惜白都绕进去了。

过了几秒他才发现不对，裴致已经走到门口，他连忙追过去。

好在清晨六点半，街道上人还很少，灌汤包的店里，零星几个客人还都是附近的老人，裴致的八卦根本就不在他们关心的范畴内。

两人买完灌汤包，季惜白的助理差不多也到了。

"裴致，"将裴致送到家后，季惜白没忍住叫他，"有付出总会有回报的。"

他其实更想说，你的爱肯定不会被辜负，但实在太矫情了，他犹豫了一路，还是没说出口。

裴致轻手轻脚地打开门，换好鞋，刚走进客厅，脚步停了下来。

冯嘉芮躺在沙发上，听见声响，迷糊地睁开眼，看清是裴致，不满地嘟囔一句："怎么才回来？"

她太困了，整个人还在半梦半醒的阶段，摇摇晃晃地走过去，闻到他身上的烟酒味，眉头皱得更深。

裴致以为她要发脾气，没想到，她踮起脚，脑袋凑近他，他下意识地偏开头。

"怎么还不给亲？"

冯嘉芮还偏不如他意："我要检查一下。"

裴致刚要问她检查什么，嘴就被她亲到。

"不仅抽烟和喝酒，你还夜不归宿，是不是有别人了？"

裴致一愣，呆呆地看着冯嘉芮。

冯嘉芮扑哧笑出声，看到他手里拎着的袋了："富春的？"

裴致点点头。

"看在你夜不归宿还带了早饭回来，我就不和你计较了。"

有了吃的，冯嘉芮也不困了，在餐桌上打开包装盒，看着一个个诱人的灌汤包，露出心满意足的笑容。

她早就馋这个了，连吞了两个，裴致不作声地坐在她身旁。

桌上放着的手机振动了起来，朱玉的大嗓门自带扩音器："老板！你上热搜了！"

冯嘉芮一紧张，她对这种社交媒体有阴影，连忙打开，正好看见自己和裴致的激吻视频……

……

饭桌上安静下来，视频还在播放，简直用各个角度都放了一遍。

冯嘉芮脸皮再厚也开始泛红，瞪了裴致一眼："都是你……反正怪你。"

裴致点头："怪我。"

本来还在嘲笑裴致单身久了出现幻觉的网友们，一下子伤心太平洋，微博上哭倒一片。

网友八卦的力量非常强大，没几个小时就将冯嘉芮的身份调查得一清二楚。

光裴致和冯嘉芮的相遇到相爱就在各个论坛上被编写了八百个版本。

冯嘉芮一边看着自己的八卦，一边把灌汤包全部吃掉了，抱着电脑准备出门上班。

裴致堵在门口，盯着她看，也不说话，别扭的样子，像是在看守自己最喜欢的玩具。

"你要陪我一起去吗？"冯嘉芮看着他眼睛问。

裴致立马点头，看了看自己，又看向她。

冯嘉芮忍着笑，真的觉得眼前的裴致特别可爱。

"给你半小时洗澡换衣服。"

朱玉看着冯嘉芮和裴致一起进来，惊得眼珠都快掉到地板上了。她努力控制着自己，不让自己失控尖叫。天知道她看到微博上的激吻视频时有多惊讶，一个是自家老板，一个是自家偶像，真的是吃瓜吃到自家头上，两栋豪宅崩塌。

冯嘉芮看着颤抖的朱玉，对裴致介绍道："这是你粉丝。"

朱玉涨红了脸，连忙接话："可以要签名吗？"

裴致顿了下，乖乖地点了点头，不仅签了名，还拍了合照。

然后他随便拖了一把椅子坐到冯嘉芮的办公桌旁边，很乖地玩着手机，时不时抬头看着冯嘉芮工作。

朱玉在一边心都要跳出来了，她偷偷地问何鼎朝："你们男孩子谈恋爱都这么软萌的吗？"

何鼎朝用看傻子的眼神看她。

朱玉根本不管何鼎朝的反应，继续双手捧心："我家宝宝就算谈恋爱都这么有魅力，在外是冷面小狼狗，在家是软萌小奶狗，我的天，这是什么神仙。"

何鼎朝："……"

从半夜开始，倪多问和小Q的手机就被打爆了，所幸今天裴致没有活动，不用直接面对媒体。

倪多问给裴致打电话被挂断，他不信邪，又打了一个。

裴致在微信上找他："芮芮工作呢，你别老打扰。"

倪多问："？"

倪多问："祖宗，你现在在冯嘉芮的工作室？"

裴致："对。"

倪多问："……"

倪多问："行吧。"

倪多问："我们现在是不是应该发声明公开冯嘉芮的身份？各大论坛社交媒介都被刷爆了，公司和工作室的所有联系方式也被打爆了。"

裴致想了想："我一会儿写个声明，你看看，可以的话就发出去。"

倪多问："好。"

裴致是个公私很分明的人，特别是他的私生活被保护得很好。入行这么多年，虽然他粉丝众多且彪悍，却从来没有出过私生和疯狂的事情。这也和他所倡导的大家是互相成就，保持距离有关系。虽然听起来有点冷漠，但这也是相互负责。他在事业上努力拼搏珍惜每个机会，因为自己的角色和努力甚至个人魅力让大家喜欢。而粉丝，只需支持他的作品就可以，不接机、不跟车、不送礼物，如果遇到更好的人，离开也没有关系。

他起身找来一张纸和一支笔，思考许久后，开始写——

大家好，我是裴致。

最近发生了许多事情，我有一些话想和粉丝说。熟悉我的人，都知道我是个很怕麻烦而且不爱说的人，所以决定用这样的方式来和大家交流也是思考了很久。

作为演员，我出道的年份不算长，承蒙运气有了几个还算拿得出手的角色，也有了一群喜欢我的人。虽然我很少说出喜爱的话，但也会在闲暇的时间，看大家的评论。因为收到的爱太多，所以在说出结婚已经三年的时候，有了一些羞愧的心情。

我是个有很多不足的人，和你们所想象的差距很大，成长的很多时刻，都觉得自己是个多余的存在。她是个很好的人，自十六岁相识到今天已经八年多了，她陪我走过我漫长又孤独的青春期。在她的眼睛里，我才发现自己存在的价值。我在不多的采访里有提过一段晦涩的暗恋时光，主角就是她。少年时的梦，后来因为种种原因，我很幸运和她结婚，如今又很幸运能够和她心意相通。不知大家有没有这种感受，想到一个人能够感到幸福，情不自禁地会笑。

希望看到文章的你也能收获爱情。

配图是一张两个人在路灯下的影子图。

裴致刚发完，评论就噌噌噌往上涨——
【看完全部，我真的好羡慕她。】

【好真挚,感受到了满满的深情,希望我的男孩永远幸福!】

【裴裴的字真的好好看,写得也好棒,呜呜呜呜,我嫉妒又羡慕,但只能祝福,裴裴你一定要幸福!】

……

冯嘉芮没在第一时间看到,她当时在楼下咖啡厅,正在和平台合作方见面。是对面的人看到推送,羡慕地看了她一眼,然后将链接推给她。

"让现在最红的顶流男演员在自己事业的最高峰公开恋情是什么感觉?"

冯嘉芮还在看,对方又说:"字里行间都在维护你,怕你被他的粉丝欺负吧。真没想到裴致是这种类型,好体贴哦。"

冯嘉芮笑了笑。

忽然,手机响了起来,朱玉打来电话。

"嘉芮姐,那个……裴致现在在杂物间。"

"在杂物间怎么了?"

朱玉明显停顿了下:"工作室有盏灯,之前装修时就没弄好,裴致说他来我没拦住,然后他就去杂物间找工具。然后……许庚老师的那个箱子在杂物间。"

"……"

"裴致……好像看见了。"

完了。

朱玉急得要命,刚刚去杂物间找裴致,就看见他正低着头在看那个箱子。她脑袋立马炸了,连声音都不敢出,在微信上给同一个办公室的何鼎朝发了无数信息,问他怎么办。

何鼎朝更是不会处理这种问题,最后朱玉没办法,只能打电话告知自己老板。

她双手合十，举在头上："都是我的错，我在西北一把火烧了多好，我'爱豆'刚发了告白信，就发现这种事，我真的是罪人……"

冯嘉芮心慌得要命，一路忐忑，到了工作室，朱玉给她指了指方向。她脚步更轻了点，心跳声却越大。杂物间的门打开的那瞬间，她看到裴致正半蹲在那儿。

她没遇过这种情况，只觉得心酸又心慌，一时间连裴致的眼睛都不敢直视。

她从头到尾都没看过那个箱子里具体装了什么，不知道逃避还是真的想开了，觉得那些和许庚相关的东西都不重要。

但……

眼下，裴致正微微弯腰看着眼前的箱子，也不知道寄回来时是哪家快递公司暴力运输的，胶带已经坏了大半，里面的信封就暴露在外。

冯嘉芮不知道裴致现在的心情。

裴致伸手随意拿起来一封，他只看到了信封上的名字——许庚。

杂物间里物品摆放杂乱，连灯都是要亮不亮的。裴致看见他们互诉甜蜜，就像是在进行一场慢性凌迟。他真的太酸了，从心底到血液，甚至连呼出的气都是带着醋酸的。

那些他努力粉饰的所有美好，忽然都成了镜花水月。

冯嘉芮稍稍往里走了一步。

裴致终于从那个名字里回神，抬头看她。

今天有大雨预警，但室外温度高到可怕，工作室里的新风系统不起作用。

冯嘉芮抿了下唇，掌心后背都是汗，总感觉满身是嘴都说不清。

裴致将手里的信放回箱子里,一言未发。

这种沉默让冯嘉芮难熬起来。

这几天好不容易营造的美好,好像在这一刻化为乌有。冯嘉芮注视着裴致的侧脸,心头有些酸。她向他走近了几步,在还有一步之遥的时候停了下来。

"以后不会有他了,这次是意外,我现在就扔了,你相信我吗?"

她也不知心虚什么,就是看不得裴致露出这种表情。

或许从第一次见面开始,她就会对他无底线地心软。

裴致紧抿着唇,下颌线绷紧,黑发贴在耳边,连脖颈的动脉都清晰可见。

冯嘉芮轻轻碰了他一下,又道:"你说话呀。"

裴致终于动了下,喉结滚动,过了好几秒——

"疼。"

"哪里疼?"

哪里都疼,从里到外。

安静了几秒。

"要不你罚我吧?"冯嘉芮蹲在裴致身边,看着他侧脸轻轻地说。

裴致头一侧,她继续说,声音更小:"休罚也行。"

这是冯嘉芮示弱的信号,从前她惹他生气时,总用这一招。

偏偏他又吃她这一套。

可这次,冯嘉芮紧张地盯着裴致,因为太紧张了,连呼吸都屏住了。

"我看到你发的微博了,我转发了……"

裴致狠狠皱了下眉,打断她:"你收着这些东西是不是在等他?不对,他现在回来了,你是不是要跟他一起走?冯嘉芮你是不是还喜欢他?

你为什么不喜欢我？"

冯嘉芮连忙否认："我不喜欢他了，我喜欢你啊。"

说完，她看见裴致露出了一个很苦涩的笑，她下意识觉得不大好。

果然，他眼圈发红，似乎有泪在忍着，然后说："我不信。"

她一愣，手上被烫了下，是眼泪。

冯嘉芮心里更难受，在这一刻她自己也讨厌自己，明明说要好好对他，为什么连自己的爱都没让他感受到？

"裴致……"

泪水从眼眶跌落，鼻尖通红，他站起身偏过头不让她看见。

大雨猛地倾盆，轰隆的雨声，连在屋里都听得清清楚楚。

狭窄的空间压抑得人喘不过气来，他的声音从头顶砸下："我不知道该怎么信。"

他就是懦弱自卑……那些所谓的自信都是强装出来遮人耳目的。

(5)

冯嘉芮只是愣了一会儿，等反应过来去追裴致，已经不见他的踪影。她在雨里淋了好一会儿，脑子里都是他的那句"我不信"。

朱玉撑着伞追出来，费了好大力气才把冯嘉芮拉回工作室。

朱玉慌张地看着冯嘉芮，她虽然一直都在门外，但并没有怎么听到他们里面的对话。

只是看到裴致脸色苍白地走了出去，然后过了一两分钟，冯嘉芮飞快地追了出去。

"老板，裴致他……"她口中的话在看到冯嘉芮惨白的脸时立马消音。

冯嘉芮擦了两下脸，就连忙往家里跑。

到了家，发现家里空荡荡的，裴致根本没回来。

电话打不通，消息不回，冯嘉芮急得团团转。

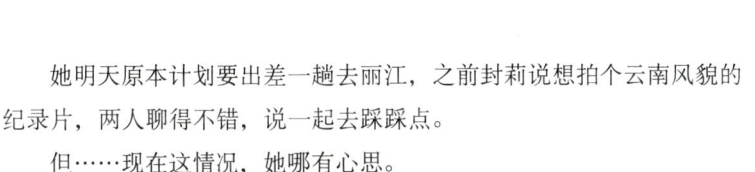

她明天原本计划要出差一趟去丽江,之前封莉说想拍个云南风貌的纪录片,两人聊得不错,说一起去踩踩点。

但……现在这情况,她哪有心思。

第二天暴雨依旧不停,机场的航班取消了一大半。

冯嘉芮深夜两点才抱着手机勉强睡着,今早八点的航班,她喉咙沙哑,昨天淋雨的后遗症,她似乎开始发低烧。

一上飞机,她就将帽子戴上,倒在那昏昏欲睡,睡到一半的时候,迷迷糊糊间听到有人在提她的名字。

"你们看到裴致那个声明没,绝了,绝世好男人。"

"我真的太羡慕冯嘉芮了,简直拯救了全宇宙。"

"如果我能得到裴致,一定把他捧在手心,天天宠着。"

封莉看了那几个人一眼,向空姐要了杯热水,小声叫冯嘉芮:"你脸色怎么这么差?"

冯嘉芮撑起身子来,将口罩拿了下来,感激地看向封莉:"淋了雨感冒了。"

舷窗外一片漆黑,他们应该还在积雨云里。冯嘉芮低低在咳嗽,一次性水杯里的热水里好像加了什么,苦苦的。

但没她的心苦。

她给裴致发了好多消息,上飞机前还打了电话但没打通,又发微信告诉他,她要去丽江出差。

对方没回。

到丽江时已经是下午两点。

冯嘉芮撑着精神,封莉在和当地地陪对接。这里的天气比起沪城来好了许多,阳光明媚到刺眼。

坐上商务车,封莉抱怨了一句:"真不是人干的,外面的人都以为我们光鲜靓丽从事着高端影视文化传播工作呢，结果呢，收入少得可怜，还风餐露宿。"

冯嘉芮咳嗽了两声，又笑出声："晚上我请你吃好吃的，听说这边有一家火锅很好吃。"

封莉面无表情地看了她一眼，很是怨恨。

冯嘉芮没在意，因为她手机振动了一下。

裴裴宝宝："我去云南拍戏了。"

冯嘉芮连忙回："去多久呀？"

裴裴宝宝："半个月。"

芮芮："那我能去找你吗？"

对方又不回了。

冯嘉芮咬着指甲，心里分析能回消息，他应该也没那么气了吧？

"要在云南拍半个月戏啊……"冯嘉芮忽然想到什么，打开日历，自言自语，"那岂不是他生日也要在云南过了吗？"

二十五份生日礼物，她已经准备好了。

冯嘉芮打开自己的备忘录，看了看最近的工作安排，又给朱玉发了个消息："如果我消失半个月的话，工作室不会倒闭吧？"

朱玉："不会……我们手上的项目后期已经完成就等审核了，新项目您还没谈好。"

冯嘉芮："那行，你帮我查一下裴致在云南哪里拍戏，帮我在同一间酒店订房。然后去一趟我家，我一会儿把电子密码发你，你把我房间的那个行李箱邮寄到酒店。"

晚上在酒店房间里，封莉捧着水杯和冯嘉芮闲聊。

"你觉得怎么样？"

"还行。"

封莉看着她忽然笑了下："怎么心不在焉的？因为裴致？"

冯嘉芮抿了下唇，又咳嗽了几声，没说话。

第二天，一行人又去了香格里拉的一个藏区，这强大的工作强度下，封莉觉得冯嘉芮随时都可能晕倒。

"你不行的话，就在酒店休息，那个什么雪山我去就好。"

冯嘉芮摇头，不太放心："一起去吧，人生地不熟也算有个照应。"

这个季节正值雨季，毛毛细雨不停歇，山路也难走。冯嘉芮和封莉跟着当地的对接公司和地陪，一行七八个人，越走越偏，天气更加恶劣，手机逐渐收不到信号。

地陪说："附近有个村子也很有特色，要不我们去看看？"

封莉有些犹豫，看着冯嘉芮的脸色，没有选择地点点头。

封莉挽着冯嘉芮的胳膊，看了眼四周和面前的那几个人，担忧地小声在她耳边说："你撑着点，我害怕，你看只有我们两个女的，他们人那么多……夜深人静还是荒郊野外……不怕一万，就怕万一。"

冯嘉芮看了她一眼，努力将自己撑住。

深夜一点，终于到达那个村子，村子里一片宁静，人生地不熟的，封莉不由得有些恐惧。

"我心里慌。"

冯嘉芮哑着嗓子："我也慌。"

"要不我们走吧？"封莉的声音都变了。

"怎么走，车也在人家手里，我们什么都没有。"冯嘉芮低低咳嗽两声，"我还是个病患。"

封莉不死心："你在云南有认识的人吗？"

冯嘉芮脑子里出现一个人影："就算认识，云南那么大，过来也得要七八个小时啊。"

小村落里，他们住在一个老乡家。冯嘉芮没安全感地裹紧外套，感觉自己的头更烫了点。封莉走来走去，满脸都是害怕。她坐在木板床上，看着窗外，这样的雨夜确实滋长恐惧。

"肯定是多想了。"她道。

封莉斩钉截铁："不怕一万就怕万一！"

时间一分一秒地过去，是不是有狗的叫声，狗每叫一声都让人心跳一下。封莉忽然想到什么："裴致不是在云南拍戏吗？他肯定有办法过来，保护下我们。"

冯嘉芮握着手机承受不了封莉的目光，最后还是给小Q发了微信。

很快，手机振动起来。

一秒、两秒、三秒……来电显示是裴致的手机号。

她攥着指尖，手心有一层虚汗。她莫名地有点想哭，明明他们在闹矛盾，他居然还能主动打电话过来。

"喂？"他声音很哑，听起来有些疲惫。

她的心好像悬在半空，嗓子哑着，声音很小："我是冯嘉芮。"

"我知道。"对方停顿了两秒，声音更为冷淡，"你在丽江？"

"现在在香格里拉，有件事又要麻烦你，我现在在梅里这边一个偏僻的村子踩点，随行的只有我和封莉。封莉很害怕……"她停顿了下，"我也很害怕，怕万一出什么事，所以想问你，能不能让小Q或者倪多问过来一趟……"

他身边好像很吵，他说了句："等会儿。"

"啊？"

他好像在和身边的人说什么，背景音太吵了，冯嘉芮没听清，难道这么晚还在拍戏吗？

下一秒，只听见裴致说："定位发我。"

然后，他就把电话挂了。

封莉见冯嘉芮打完电话凑过来，问："怎么样，裴致答应让人来护花吗？"

冯嘉芮的心怦怦跳："应该来吧。"

漫长的等待里,黑暗的窗户上似乎有强光扫过。

紧接着,冯嘉芮的手机振动了起来,是一条信息:"出来。"

凌晨三点五十,雪山下的神秘村落,突然多了三辆车,冯嘉芮和封莉出去,看到裴致、倪多问、小Q都在,还有几个不认识的壮汉,看起来像是请来的保镖。

封莉起伏了一整夜的心终于放了下来。

裴致走到冯嘉芮身边,低头看了看她:"没事吧?"

冯嘉芮还是不敢相信,问:"你怎么来得这么快?"

倪多问让他们赶紧上车:"你们俩运气好,这两天我们正好在香格里拉拍戏,过两天回昆明,哪怕想护你们都没那能力。"

冯嘉芮眼睛睁得很大,还是感觉不真实,直到裴致的手覆在她额头上。

"发烧了?"他外套淋满雨,冷冰冰的,手也冷冰冰的。

冯嘉芮嗯了一声,想立刻就解释之前的事情。裴致伸手轻拉住了她,对一边的封莉说:"你坐后面那辆车可以吗?"

封莉当然没意见。

冯嘉芮就被裴致扶着腰,迷迷糊糊,坐上车的时候,才想起来问:"你还在生我的气吗?"

她嗓子哑,因为发烧脸上有些不正常的红。

裴致忙着给她关车门,不知听没听清她的话,但他眼神认真,俯身系安全带的时候,传来很重的烟味。

冯嘉芮心里还在想着裴致那句话,不知道这一车的烟味是不是为了她抽的。她又想,他胃不好,烟真的不能这么抽。

车里暖气打了起来,风吹在她脸上,有些干。她忍不住转头看向他问:"你是不是在吃醋?"

裴致没有说话。

她声音更哑，有点委屈："我也不是故意的，我也不知道许庚会回来，更不知道他为什么要把那些寄给我。"

下一秒，裴致猛地踩住刹车，右手箍住她脑袋，横冲直撞地在她脖子上狠狠咬了一口。

冯嘉芮吓了一跳，脖子又疼，想推开他，又舍不得，手掌和身体被他带进怀里。后面的车吓了一跳，以为发生了什么事，好在裴致只咬了一下就放开她。

车在黑暗中行驶，漫长的安静后，裴致说："我想好了。"

"什么？"她提着心问。

裴致说："他离婚了，还喜欢你。"

冯嘉芮第六感很不好，屏住呼吸看着他。

裴致笑了下，舌尖舔过牙齿，上面有她的味道。

"我是不是应该识相地放你自由。"

冯嘉芮僵住，不明白这话的意思，抬头看着裴致。

他脸色很白还带着遮掩不了的疲惫，眉头微皱，语气是他特有的清冷："冯嘉芮，我累了。"

她愣了许久，才慢吞吞地找回自己的声音说："可是我已经……"

喜欢你了。

Chapter6.
哄我的时候我觉得你特别爱我

(1)

裴致把她们送回酒店,扔了一包药就回剧组拍戏了。

冯嘉芮站在窗边看着裴致的车离开,过了好久,等车尾灯都看不见了,才去卫生间。她看着镜子里的自己,摸了摸脖子上的咬痕,眼泪突然就掉了下来。

眼泪掉得越凶,心里就越难受,脑子里都是前段时间的一幕幕。那些甜蜜和温馨是她从没体会过的,她以为那样的日子会是永远,谁知道,突然就变了。

冯嘉芮也不管现在几点,任性地给赵田田打了电话。

"裴致要和我离婚。"

赵田田被吓醒,声音都变形了:"他疯了吧?"

冯嘉芮哭声更大,哽咽着问:"真的,赵田田。如果裴致不要我了,怎么办?"

赵田田想了想:"嘉芮,你现在什么感觉?"

冯嘉芮感觉天都要塌了:"超级难过,我感觉快要死了。"

"那你就去追他呀,就像你之前那样。"

"可是他不相信我会喜欢他。"冯嘉芮从来没想过有一天裴致会离开她,哪怕她回来后说要追他,也是在知道他喜欢自己的前提下。而现

在，她真的很害怕。好像那个无条件在她身后，爱着她、纵容她的人不见了。

眼泪好像掉不完，冯嘉芮哽咽着说了好多话。赵田田不厌其烦地开解着她，等天都亮了时，问她："那你要放弃了吗？"

冯嘉芮看着久违的日出，心里突然满是光亮，就像裴致。

"不，裴致他这辈子只能是我的。"

封莉一整晚备受惊吓，根本没睡好，清晨六七点的时候接到地陪的电话，东拉西扯一会儿，然后决定立刻买机票飞回沪城。

"我买机票了啊？也不知道对方底细，我们又贸然跑回来，这地不能待了。"

冯嘉芮犹豫了会儿："我不回沪城。"

"啊？"封莉笑了下秒懂，"你打算去找裴致？"

冯嘉芮点点头。

她想了很久，不就是不信她会喜欢他吗？她每天和他说一百遍，就算洗脑也要给他洗信了。

也不知道是不是体质太好，冯嘉芮今天也不发烧了，身体也好得差不多了。

倪多问那天说他们要回昆明拍戏，冯嘉芮给自己订了张飞昆明的机票，又打电话让之前寄放行李的酒店将东西寄到付到昆明。

她偷偷找小Q问了他们在昆明所住酒店的地址，并让他保密别告诉裴致。

冯嘉芮收拾完行李，打车到机场，候机的时候，看到赵田田发给她一个链接——揭秘渣女冯嘉芮，裴致你睁开眼好不好！！！

帖子开头用词就非常犀利，先放了一系列冯嘉芮的照片，然后点评道：

从照片上来看，冯嘉芮是个长相不输女明星的大美女，不仅如此，还是位非常有才华的纪录片导演兼摄影师。

我们先谈谈颜值，自从被公开后，冯嘉芮的高中同学大学同学纷纷出来认领，说她在校期间就是校花，有许多追求者。这样看来，这张脸应该是真的。

那我们谈谈才华，楼主特意去看了，冯嘉芮的作品……呃，怎么说呢，也算是有自己的风格。

下面，我们重点谈谈人品这方面。能让顶级流量苦恋八年求而不得，她到底有什么样的魅力呢？

年轻的朋友或许不知道，这位冯嘉芮小姐两年前可是在网上引起一场轩然大波，被那个网红苏檬骂过勾引自己老公，可是个人人喊打的小三。

按照时间线来说，那时候冯嘉芮已经和裴致结婚了。既然结婚了，为什么她还缠着人家老公呢？还被别人老婆在微博上点名道姓地骂呢？

裴致显然是知道这一切的，还甘愿做接盘侠，还一副幸福开心得不得了的样子。

楼主真是佩服冯嘉芮，有机会能不能出一本"钓男宝典"，让姐姐妹妹都学着点。

冯嘉芮平静地看完，往下划了几条评论——
【果然男人都爱这种女孩。】
【哥哥哥哥，你擦亮眼！！！】
【她要是没本事能让裴致这样的帅哥放在心上八年？】
……

这些话冯嘉芮两年前就看过了，从公开结婚的那天起，她就知道这件事肯定会被翻出来。

赵田田:"你没事吧?"

冯嘉芮:"没事。"

冯嘉芮:"我心脏强大得很。"

冯嘉芮想了想,把这个帖子给朱玉发过去。

朱玉:"要我删帖吗?"

冯嘉芮:"不用,我一会儿要上飞机,你注意一下舆论方向,骂我没事,别牵扯到裴致。"

朱玉:"……"

朱玉:"好。"

冯嘉芮上飞机的几个小时里,苏檬早就在微博上兴风作浪,早前在裴致面前受的气全部撒了出来,恨不得将冯嘉芮踩到尘埃里。

冯嘉芮刚下飞机,手机一开机,朱玉的电话就进来了。

她一边等行李,一边听着朱玉的话:"那个苏檬真的脑子坏了,两年前就乱泼脏水,两年后还不长记性。老板,我们上次就忍了,这次不能再忍了!"

冯嘉芮翻了下微博,看热搜上只有自己的名字,稍微松了一口气。

"咱们手里有水军吗?"

朱玉一愣:"可以买,我去问问?"

冯嘉芮看到自己的行李箱:"嗯,问问,还是那句话,骂我可以,骂裴致就让水军成百上千地骂回去。"

朱玉瞬间充满鸡血:"好的!明白!"

城市的另一边,裴致比冯嘉芮坐了更早的航班到昆明,此刻正在拍戏。

小 Q 正在和倪多问通话:"裴裴现在还不知道,他下了飞机就在拍戏,场次排得特别多,根本没空看手机。"

小 Q 一直跟在裴致身边,还是大概能知道他们俩的情况:"裴裴好像在和嘉芮姐吵架,如果是平时早就一休息就打视频通话过去了,这次……"

而且冯嘉芮还偷偷摸摸让他做卧底,他真的只是一个小助理啊……

倪多问也在时刻盯着风向,自从冯嘉芮回来,他感觉自己每天都心力交瘁,骂了句脏话,叫小 Q:"还是得告诉他,这种事瞒不了。"

裴致刚下戏,就见小 Q 脸色凝重,给他递水时都心事重重。

"裴裴……你老婆上热搜了。"

裴致一怔,脸色一下子就变了。

小 Q 心惊肉跳地递上手机,看着裴致的脸色越来越差。

"那个苏檬,律师函已经发过去了,律师材料也准备得差不多了。"

"那不起诉,留着她干吗?"裴致语气冰冷,眼神更冷,似乎在说"你看,这就是你纵容的结果"。

"我马上联系律师。"小 Q 斟酌着语气,"裴裴你别生气,网上这些话多数都是假的,捕风捉影罢了,嘉芮姐肯定不是这样的人。"

裴致皱着眉立马回:"她当然不是这样的人。"

小 Q 本来想再劝裴致两句,没想到裴致压根儿没往那方面想。

"裴裴,你这么相信嘉芮姐吗?"

问完,他就被死亡眼神警告了。

"……"

好在,他非常有眼力见地把那句"你们不是在吵架吗"吞回了肚子里。

冯嘉芮一路打车到裴致所在剧组所住的酒店。

酒店附近有不少粉丝和记者,冯嘉芮戴着帽子和口罩,推着行李箱在前台开了一个房间。

身份证递过来时,她明显感觉到前台的工作人员多看了她一眼。

冯嘉芮签完字,工作人员是个小姑娘,看了看周围,突然小声说:"你是专门来探班的吗?裴裴的房间就在你右边。加油哦,网上那些话都是嫉妒你的!"

小姑娘还冲着她做了个加油的手势。

冯嘉芮友好地笑了笑:"谢谢。"

右边啊……

冯嘉芮躲在房间里,一边偷窥网上裴致的粉丝发的路透图,一边看小Q发来的拍摄行程,一边从猫眼里偷偷看外面。

电梯在左边,裴致要回来的话,一定要路过她门前。

说实在的,她感情史并不丰富,和许庚分分合合虽然牵扯多年,但在一起的时间满打满算也不过一年。许庚的性格和裴致更是天壤之别,如何哄生气的男人,对她来说真是个难题。

晚上十点,剧组收工,电梯门打开,小Q跟着裴致从里面走出来。

裴致穿着一件灰色的帽衫,戴着帽子,低着头拿着手机在看网上的情况。

"处理得怎么样了?"

"倪哥那边已经让熟悉的媒体和营销号下场公关了。苏檬那边法院还在走程序,需要让律师过去沟通吗?"

"不用,让她闹,闹得越大赔得越多。"

身后第二个电梯的门也打开,周杳和助理也走了出来。

周杳在和裴致打招呼,裴致冷淡地点了下头,走到房间门口时,脚步突然一顿。

小Q看着门口的礼物盒:"不会是私生送的吧?"

最近新闻太多,特殊时期,小Q更敏感了些:"不会是黑粉吧?"

他越想越觉得有可能,走上前,准备检查一下,刚将盒子拿到手,却被裴致拿了过去。

小Q一愣。

周杳也走了过来,看了一眼礼物盒:"发生什么事了吗?"

裴致没出声,刷了门卡,将礼物盒搬了进去。

小Q尴尬一笑,对周杳说:"没事没事,周杳老师也赶紧休息吧,拍了一天很辛苦了。"

小Q进门时,看见裴致在拆开包装。

"香水?"

裴致拿着香水瓶沉默。

小Q忍不住说:"真是粉丝送的呀?连你平时用什么牌子什么香型都知道呢。"

(2)

第二天裴致的房间门口依旧放了一个礼物盒。

里面装的是手机壳,奇怪的是,并不是裴致的手机款式。

正疑惑着,第三天就收到了手机。

第四天似乎开始赶进度了,送了三样——水杯、钥匙扣和睡衣。

小Q觉得这事很奇怪,更奇怪的是裴致的态度,他不收粉丝礼物可是出了名的。

这次却照单全收。

他要去查监控,看看到底是谁送的,裴致说不用。

"送礼物的人是打算将你身上所有的东西都换成她送的呀?送的可都是情侣款。"

小Q合理怀疑裴致是不是被哪个富婆看上了,甚至还给冯嘉芮偷偷打小报告。

只是，冯嘉芮居然还不生气?

第五天送来了——电动牙刷、手表，甚至行李箱……

小 Q："绝对是个富婆！"

裴致嘴角翘了下，又立马抿住。这几天他的手机可是每天都能收到冯嘉芮的百分百告白。

每天还变着花样，一开始很朴素——

芮芮宝贝："我喜欢你，我喜欢你，我喜欢你。"

芮芮宝贝："我超级超级超级喜欢你。"

芮芮宝贝："我怎么能这么喜欢你呢！！！"

后来就成了彩虹屁——

芮芮宝贝："今天裴裴的美貌也在认真营业呢，看着裴裴这雕刻般的侧颜，好想在裴裴的鼻梁上滑滑梯。"

芮芮宝贝："今天天气太热啦，但裴裴流的不是汗水，而是妖精的露水。"

芮芮宝贝："剧组保密工作怎么做得这么好，今天都没有看到裴裴宝宝的脸，但是哪怕只看到了一双脚，我都能感受到震撼内心的美貌。"

再后来就成了变态——

芮芮宝贝："也不知道什么时候才有机会，你能穿着你身上的制服和我睡一觉，想想就很激动。"

裴致正在喝水，猛地被呛住。

这天拍的是一场雨中枪战，枪战完男主的战友牺牲，还有一场情绪爆发的戏。

洒水车早就在一旁停着，裴致将手机锁屏递给小 Q，专心看着剧本。

他越看眉头皱得越紧，对手戏的演员在一旁明显感觉到了裴致的气压变低，还以为他紧张。

"裴哥你看我这样演……裴哥?"

视线里，对方正用疑惑的眼神看着他，裴致点点头，努力将状态找回来。

他深吸一口气，在倾盆的雨水里，开始了第一场。

冯嘉芮就在不远处，看着裴致脸色不太好。她只知道这是场重头戏，一开始还以为他压力大，等正式开拍时，她看到剧情，才明白他脸色这么差的原因。

剧里所牺牲的那个人是他同父异母的弟弟，两人没怎么见面，后来一起考入警校做了好兄弟，最后才揭晓两人是亲兄弟。

剧里的亲弟弟死在自己的面前，现实生活中的亲弟弟还躺在病床上。

冯嘉芮觉得裴致是代入了自己的实际情况。

这条 NG 了九次，裴致在雨里已经淋了两个多小时，情绪还是不对。

冯嘉芮开始着急了，再这么淋下去怎么可能不生病。

又 NG 了一次，导演让所有人休息一下。小 Q 拿着大浴巾上来披在裴致身上，他转身上了车。

现在拍戏不比以前，粉丝、记者将所有能蹲点的地方围得密不透风，稍微有点什么都传得全网都是。

冯嘉芮叫的下午茶到了，她让小 Q 出来拿，自己偷偷摸摸地上了裴致的车。

车里烟味熏人，她一上车就被呛到咳嗽。

裴致听见声音抬头看了冯嘉芮一眼，没什么表情，似乎根本不意外她会出现在这里。

冯嘉芮笑了笑，坐到他旁边。这里的条件不比沪城，只是普通的商务车。裴致全身湿透，发丝还在滴着水，浴巾披在身上，嘴里咬着烟，满足颓废。

她静静地看着他抽完一根烟，在他准备点第二根的时候，抢过那根烟，说："我陪你一起抽。"

烟草呛喉，让她剧烈咳了起来，她感冒还没好透，这几天到处跑，瘦了不少。

裴致垂下眸子，掩饰掉眼底的情绪，脸色依旧冰冷："你来做什么？"

冯嘉芮咳了一阵才缓过来，直视着他："死缠烂打啊，你看不出来吗？"

烟实在太难抽，冯嘉芮忍耐着又吸了一口，在吸第三口时，嘴里的烟被裴致抽走。

他目光冷飕飕的，冯嘉芮笑着往他身边凑近了一点："反正全世界都知道我是你老婆了，就算我在车里对你为所欲为也不会有人说什么。"

他别过脸，避开她的目光。

冯嘉芮不在意他的冷漠，继续说："很多事情不是人能决定的，不管是剧中的人还是现实中，更多的情况是自己不放过自己。"

裴致一愣，这才明白冯嘉芮在开解他。

"兄弟呀，母子啊，亲情啊，本来就是一场缘分。缘分有深有浅，我们只要做到无愧于心就好，太强求自己反而得不偿失。"

她话刚说完，裴致又重复了她上车后的第一句话——

"你来做什么？"

冯嘉芮粲然一笑，女流氓一样，偷亲了他一下："喜欢你啊，所以想来看看你。"

"那些礼物是你送的？"他擦了下嘴角，看见手指上的口红印，又瞥了她一眼。

冯嘉芮笑得更灿烂了："喜欢吗？我计算好了，正好到你生日那天就送最后一个大礼，你做好心理准备哦，千万别被我感动哭。"

裴致沉默了几秒，然后送了她两个字：

"下车。"

冯嘉芮叹了口气，他还软硬不吃！

最后这场重头戏拍到晚上十点才收工,裴致四处看了看,被小Q抓到。

"嘉芮姐走了。"

裴致一愣,表情看起来没变化,但小Q明显地察觉到他不开心了。

于是小Q犹豫再三,问:"裴裴,你们是不是在吵架呀?"

裴致冷冷的视线扫过来,小Q望着天,说出真心话:"我就觉得你好像只别扭的小猫咪啊。"

(3)

冯嘉芮被赶下车就接到朱玉的电话。

朱玉和她汇报了下网上的情况,然后说封莉的公司发了个新想法过来,问她有没有兴趣。

这次的主题是都市小资风。

片场信号不好,她先回酒店和封莉通了一会儿话,然后将自己的想法写了个提案,发了过去。

忙完,冯嘉芮叫的外卖也到了。她趁着裴致还没回来,跑去前台拿外卖。刚上电梯就碰到这部剧的女主角,裴致的前绯闻女友周杳,以及她的助理。

"冯嘉芮?之前在网上看过你的照片,不过你本人比照片好看。"周杳看着冯嘉芮。

冯嘉芮的脸很小,整个人有种很特别的生机感。她穿得很随便,宽大T恤、运动裤,像极了刚毕业的女大学生。

这几天"冯嘉芮"三个字简直火得不得了,周杳很好奇她究竟是个什么样的人。

"你和我想象中有点不同。"

冯嘉芮没明白她俩对话的意义,但她能感受到周杳的敌意,于是问:"有什么不同?"

"我以为你是个心机很深还很有手段的女人,不然怎么有办法把裴致迷得团团转。"

冯嘉芮笑了下,明白了。原来绯闻并非空穴来风,眼前这个人,真的对裴致有不一样的想法。

烦死了,裴致的魅力也太大了吧。

"不管我是什么样的人,我都是裴致的妻子。"

到了楼层,冯嘉芮先从电梯里走了出去。

周杳的助理在身后小声问:"杳杳,你干吗跟她说这些?"

周杳沉默了几秒,脑子里闪现这几天明显状态不对的裴致,叹息:"有的人不懂得珍惜,得让她有点危机感。"

第二天进度不太赶,剧组见缝插针地安排了记者探班的活动。

记者探班很简单,针对几个主创问几个官方的问题,因为最近裴致的热度高,所以基本上都围着他转。

有个记者问:"如果在剧中几个女性角色里选,裴裴你本人的理想型是哪一种?"

裴致皱着眉不是很配合:"我私人的喜好不重要,剧中的他喜欢就可以了。"

他向来不爱谈隐私,记者见他不松口,就将这个话题抛给了其他主创,周杳抢着回答:"当然是裴致啊,拍戏这段时间,我发现他私下比剧中角色的人设还要'苏',简直就是我的理想型。"

整个片场都安静下来,记者们露出笑容,几个主创交换眼神。

"杳杳一直是裴致老师的粉丝,这次能合作算是追星成功了。"

"杳杳的意思是想成为裴致老师这样优秀的人。"导演和制片连忙打圆场,好在气氛没有尴尬。

结束后,身旁相熟的朋友问周杳:"杳杳,你真的喜欢裴致啊?"

周杳点点头,目光往裴致的方向望去,见对方面无表情地走过,连停都没有停一秒。

周杳一怔,下一秒又释然地笑了下。

那个朋友继续说:"可是裴致结婚了,你刚刚和记者们说那些话会不会不好啊?"

周杳摇摇头:"不会的,我又不是去破坏他的感情,我比任何人都希望裴致可以幸福。"

晚上剧组聚餐,也顺便给过几天过生日的裴致提前庆生。裴致平时最不爱交际,怕他不同意,制片专门和他说。

聚餐地点在一家野生菌火锅店,包厢很大,可以容下三桌。周杳抢着坐到了裴致身边,喝了点酒,撑着下巴一直盯着他看。

小Q心头警铃大作,连忙联系冯嘉芮。

半小时后,冯嘉芮进来就看见裴致面前放了一杯酒,现在已经空了一半。她回想了下小Q刚刚给她打电话的内容,在裴致的身边坐了下来。

他皱着眉看着她:"你怎么来了?"

冯嘉芮没说是小Q找她来捉奸,只问:"我不能来吗?"

裴致又不说话了。

冯嘉芮很低调,素着一张脸,戴着大大的帽子,不知道的还以为她是裴致的助理。

但周杳认得出来,嘴角翘了翘。

"杳杳,发生什么事了,这么开心啊?"有朋友问。

"感觉自己是爱神丘比特。"

中途冯嘉芮去了趟卫生间,回来的时候看到裴致在回包厢的必经之路上打电话。

他穿着最基础的黑色帽衫,只是站在那儿,都熠熠发光。冯嘉芮突然就想到了周杳。他这样的人,不管是周杳、张杳、李杳,总会有漂亮姑娘喜欢的。

裴致拿着电话,似乎看都没看她。

错身而过的时候,冯嘉芮突然出声叫住他:"裴致。"

裴致步伐加快,手腕却突然被冯嘉芮抓住。

冯嘉芮抬头,目光直直地看着他。

她这种眼神让裴致无法拒绝。他轻叹了口气,最后妥协地站在那儿,对电话那头的人说:"挂了。"

终于挂了,冯嘉芮抓着他的手更紧,小声问:"后天去北京?为了生日粉丝见面会?"

裴致皱着眉点点头,目光看着被她拉着的手:"你能放开我吗?"

冯嘉芮突然笑出声,觉得好像两人互换身份了一样:"你现在这么有骨气了?"

"什么?"

"现在连拉你手你都不愿意了?"

冯嘉芮的话没头没尾,裴致的脸却一下子变了。他下意识地挣扎,手腕却被抓得更紧了。

周杳从包厢里出来找裴致,正好看到这一幕。

裴致冷声道:"放开。"

冯嘉芮挑了下眉,目光看向周杳,不高兴地问:"你知道她喜欢你吗?"

"……"

冯嘉芮松开裴致,观察起周杳。

能当上一线小花,各方面条件自然不差。冯嘉芮话里多了几分不易察觉的酸气:"你就那么喜欢他啊?"

周杳刚好听到这句话,脚步停留在原地,目光一直看着裴致。

裴致还是不说话。

"呵。"冯嘉芮简直快被酸死了,口无遮拦地对周杳说,"你这样没用的,裴致就喜欢我这样对他坏的,你还不够坏。"

周杳下意识地想反驳,可发现这里并没有她说话的余地。他们俩只是站在那里,就让人觉得融不进去。

"冯嘉芮。"裴致出声。

"我说得不对吗?难道你不喜欢我吗?"

裴致脸色更加难看起来。

周杳看不得裴致这样,刚想出声解围,下一秒,裴致面无表情地看了冯嘉芮一眼,声音像千年寒冰——

"是啊,你不就是仗着我还喜欢你吗?"

说完,他转身冷漠地离开。

周杳看了冯嘉芮一眼:"我不知道你们俩之间发生了什么,但是作践一个人的喜欢来证明自己,你不觉得这种做法太伤人了吗?"

冯嘉芮一愣,张了张嘴,心口苦涩,她就是昏了头,嫉妒疯了。

包厢里,导演和制片们喝红了脸,从国内影视现状聊到国外,从文化产业现状聊到金融发展,现在更是扯到了感情经历。

气氛正好,包厢门被猛地推开,裴致冷着脸,拿了外套就往外走。

"裴致怎么了?"

里面的人不明所以。

冯嘉芮就在包厢门口,看着他离开。

小 Q 急得要死,问冯嘉芮也问不出什么话,最后跺跺脚:"真不想管你们了。"

前几天才公开,现在怎么就闹成这样了,不会真的要离婚了吧?

街上安安静静,裴致的脸色白得吓人,站在那里咬着烟吞云吐雾。

小 Q 追出来问:"到底发生什么了?"又看向他身边的周杳,"周老师?"

周杳其实也不知道他们俩到底发生了什么,但裴致的不开心是大家都看得出来的。

喜欢一个人其实就是想他过得好,每天都开心。

周杳忽然说:"她应该是吃醋了。"

裴致拿着烟的手顿住。

"白天记者采访完后,视频就放了出去,她应该看见了。"

裴致眉头皱得更紧,告白的话他听得太多,向来不回应。毕竟在这个圈子里人心浮躁,利用和被利用无时无刻不在,有时候冷处理更好。

周杳展颜一笑:"你放心,我绝对没有什么不好的想法,只是想刺激一下她。都和我的理想型在一起了,还不知道珍惜。"

安静了几秒后,裴致说:"以后别这样了。"

"啊?"

"虽然她吃醋我很开心,但是我不想让她没有安全感。"他将烟头扔到垃圾桶里,又看向周杳,"我希望我所有的家人朋友,都能喜她所喜忧她所忧,其他烦心的事情我来做就好。

"我是不开心,我是很难受,但是我始终都想她好。如果她因此难过伤心,那就是我的错。"

昼夜温差大,周杳摸了摸胳膊上被晚风吹起的小疙瘩,看着裴致离开的背影,声音窝在嗓子里喊:"我真的羡慕死冯嘉芮了!"

(4)

深夜的街道空空荡荡,路灯将人影拉得长长的。

冯嘉芮耷拉着肩膀一步一步慢吞吞地往酒店走,晚风很凉,四周还有小飞虫在乱飞。她一边走一边想,裴致估计真的要插翅而飞,她每天都变着法地给他发微信,也没见他回。

真是冷若冰霜的男人。

手机电量还有 9%，她开着导航，连音量都不敢开。

冯嘉芮开始后悔为什么出来时餐厅外那么多出租车不坐，要自讨苦吃，现在连叫车都难了。

走了二十分钟，焦梦玉女士的电话不合时宜地打来，冯嘉芮坐在行人道的石阶上，有气无力地接起。

"嘉芮你没事吧？"焦梦玉平日里不常上网，还是出去和小姐妹逛街时，听店员提起的，她回家琢磨着打开那些网站和软件，看得她触目惊心，"我看这几天你的微信步数都超过一万步了，是不是因为太难过，所以用暴走来解压啊？没事的，都是人渣惹的祸，别太虐待自己。"

冯嘉芮哭笑不得："妈，我没事，网上说的都是假的，你别太在意。"

焦梦玉的声音小了点："我还好，就是你爸爸看见了，他超级在意，你也知道他是个什么样的人。"

提起父亲，冯嘉芮拿着手机的手收紧，声音也开始发涩，到了嘴边关心的话怎么都说不出口。

焦梦玉似乎感觉到了她的情绪："他非常关心你的，就是不好意思说。你爷爷也是。"

风又刮了过来，她感觉鼻音更重了点，掩饰地嗯嗯了两声："好，我手机快没电了，先挂啦。"

果然，手机只剩下 6% 的电了。

她叹了口气，站起来，继续走，乐观地想，还好今天穿的是平底鞋。

导航显示还有四公里，其实也不远的。

冯嘉芮给自己打气，走着走着，不知道是不是她的错觉，总觉得身后有人跟着她。

她停下，对方也停下。

一瞬间，恐怖电影里的画面和不好的社会新闻都跑进她脑子里。

现在是晚上 11 点 30 分，这条路除了偶尔有车辆飞速路过，连个路人都没有。

冯嘉芮的心悬了起来，僵在原地，一时不知该怎么办。

突然——

天昏地暗中，传来一个男声。

"为什么不走了？"

冯嘉芮猛地转身，抬头看清对方的脸后，不管不顾跑上前，抱住他。

"你吓死我了。"她心脏怦怦跳，深更半夜的他乡，陌生的街道，真的很吓人好吗？

冯嘉芮平复了心跳，往后看了看，除了裴致没有别人，难道……

"你一直跟着我吗？"她抱得更紧了，"你是不是担心我啊？"

裴致低着头，目光只看着她，很安静。

她有时候真的很讨厌裴致这么沉默。她有好多好多话想和裴致说，但是现在，她却只想抱着他，抱紧他。

空无一人的街道，助长了她的勇气，她踮起脚，手指抚过他的脖子，眼睛一眨不眨，盯着他，声音轻哑，透着让人无法抗拒的诱惑："我就是喜欢你，非常喜欢你。"

裴致眸光微动，冯嘉芮声音更轻，指尖似乎带着火："不信的话，你亲我一下就知道了。"

帽子遮住了她一半的目光，但剩下的已经足够艳光逼人，他被抱着全身动弹不得，或许这是他自欺欺人的想法。

亲吗？

这个念头在裴致的脑子里闪过。

没过几秒，眼前的女人十分没耐心地抱怨道："你好慢啊！"

再接下来，她踮起脚不容拒绝地亲上来。

"睡着了？"小Q看着裴致将冯嘉芮抱上车，十分不可思议，"这样也能睡着？"

刚刚不是还强吻了吗？！

裴致看了小 Q 一眼："她体力不好。"

小 Q："……"

这算什么解释？

到了酒店，小 Q 本来还想问需不需要再开一间房，没想到裴致熟门熟路地从冯嘉芮的包里拿出一张房卡，打开了隔壁的房间。

小 Q：？？？

他这个做卧底的都不知道的事情，裴致为什么都知道？

裴致帮冯嘉芮脱掉鞋子，盖上被子后，转头和小 Q 说："你先回去休息吧。"

"好的。"他其实更想留下来看后续啊。

门被缓缓关上。

门合上之前，小 Q 不小心从缝隙里看见裴致坐在床边，低着头神情专注地看着冯嘉芮。在门合上的前一秒，他看见了，裴致在吻冯嘉芮。

裴致的粉丝分为女友粉、妈妈粉等，但无论是什么粉，都公认他虽然看起来清冷禁欲，但是他身上有一种难以言说的性感。这种性感带着致命的荷尔蒙，但又不像成熟男人那么浓烈，有种少年的懵懂。

很多视频剪辑大拿喜欢用裴致做素材剪辑一些知名的影视或文学作品。只是他所拍的感情戏太少了，连吻戏一只手都数得过来。可就在这些仅存的吻戏里，每一个吻都让粉丝津津乐道回味无穷。他的每一个地方都是宝藏，每一个神情都让人心头发痒，他亲下来时，像是全世界都不重要了。

小 Q 是个标准的直男，偶然也看过这种剪辑，有一说一，确实很好看，但是总觉得粉丝的彩虹屁太过夸张。

只是这一幕真实发生在眼前时，他屁颠想拍下来，不，他之前已经拍了。

那个无人的街道的拥吻，唯美得可以秒杀所有电影海报。

他偷偷发给倪多问，倪多问让他存着，以便不时之需。

这一晚，一夜好眠无梦，冯嘉芮睡了这些日子以来第一个好觉。
她睡醒后刚给裴致发了几条骚扰短信，就接到一个棘手的电话。
"老板……你快回来，出大事了！"
朱玉在电话那端十分慌乱，冯嘉芮才刚睡醒，整个人还是蒙的。
"发生什么事了，你慢慢说。"
朱玉声音里都是哽咽，平日里风风火火雷厉风行的御姐，居然半天都说不清，最后发给冯嘉芮一段视频。
视频里，工作室的墙上全部被人喷上了红色的涂鸦，上面写着——冯嘉芮小三。
再后面是监控视频，朱玉和何鼎朝上班的时候，有戴着口罩的人向他们泼油漆。
冯嘉芮抿着唇来来回回看了三遍，每一遍都心酸非常，立刻手指颤着订了回沪城的机票。
她从来没有像现在这样，感觉如此对不起自己的朋友和同事，明明是自己的事儿，却将他们牵扯进来。

沪城的天还是那样阴沉不见日光，冯嘉芮下了飞机直接打车去了工作室。
墙面已经被洗刷过一遍，但还有很深的印迹，触目惊心的五个字。
路过的人，下意识地看过来，指指点点。
冯嘉芮沉默地看了五分钟，目光盯在"小三"两个字上。她知道网友是怎么嘲讽裴致的，说他是接盘侠，说他头上一片草原，说他没用等等，每个字都戳在她心里。那么优秀的人，就算他在低谷时，都没遇到过这样的口碑崩盘。
她叫朱玉拿了台摄影机过来，冯嘉芮摘掉口罩和帽子，站在那面墙

前。

镜头里,冯嘉芮素面朝天,穿着最基础款的衬衫加牛仔裤,但精神很好,眼睛熠熠发光,嘴角挂着浅笑,有一种勃勃的生机,根本没有因被全网黑而变得一蹶不振。

冯嘉芮思考了许多,原本认为时间总会冲淡一切,那些真真假假的信息,总会有水落石出的一天,也总会还她清白。但朱玉、何鼎朝还有裴致遭遇的这些事,都告诉她,如果她不站出来,那么受伤害的就是他们。他们一点错都没有,无非都是被她牵连。

"大家好,我是冯嘉芮。这段时间关于我的言论有许多,我今天做一个统一的回应。我和许庚确实是前男女朋友,但我从来没有插足破坏过他的婚姻,这件事两年前我不回应,基于对人家的尊重。两年后的今天我回应,是希望在这件事上,无论网友选择相信谁或者站在谁的角度,都没关系,但不要伤害我的同事、朋友还有裴致。他们都是无辜的,我没关系,本来就应该为过去的感情负责。"

这段话一共四十秒,没有任何后期的加工,连美颜滤镜都没加,就发布到了冯嘉芮的个人微博上。

不到十分钟,就上了热搜。评论下转发里依旧是恶语相向,但还是有零星的声音在为她说话。

冯嘉芮没看也没在意,她先将油漆和涂鸦事件报警,而后又给朱玉、何鼎朝都放了一周的带薪假。

朱玉和何鼎朝很不放心地看着她。

冯嘉芮笑了笑,故作轻松地开玩笑道:"这可是千载难逢的机会,这次不要,下半年可就没假期了哦。"

朱玉知道冯嘉芮是不想让他们在危险的环境里工作,欲言又止了几次,还是被何鼎朝拉走了。

"我不放心老板一个人。"

何鼎朝看着朱玉:"那你觉得你在能起什么作用,相信老板吧,她可是个女战士。"

冯嘉芮确实是个女战士,沙里滚,土里跑,再艰难的环境里,她也没叫过苦。这几年她是怎么过来的,他们都看在眼里。

可是……

朱玉还是不太放心,感情和工作不一样。

等所有人都离开了,冯嘉芮一个人坐在空荡荡的工作室。这里的每一个地方都是她设计布置的,好像就是属于她一个人的小世界。裴致之前就坐在她身边,看着她工作,看无聊了就打瞌睡,不然就开一局游戏。

冯嘉芮撑着下巴,情不自禁地微笑,眼睛望着窗外,在想当时裴致是什么样的心情呢。

会不会觉得很闷,还是……

微信最后的聊天记录,还停留在今天早上。

芮芮:"你亲我了。"

芮芮:"趁我睡着的时候。"

裴裴宝宝:"做梦。"

芮芮:"还敢做不敢当。"

然后他没再回。

确实是她做得还不够,非常不够。

赵田田来找冯嘉芮的时候,只看见一个孤零零的背影,十分可怜。

再走近一看,冯嘉芮拿着手机,眼睛直直地盯着屏幕,而页面就是裴致的微信界面。

"别丧了,带你去个地方。"

赵田田一把将冯嘉芮拽起来,往外拖。

暑假刚过，才开学没几天，学校里满满的都是人。校门口的门卫大叔，还记得她们俩，笑呵呵地放她们进去。

现在是上课时间，操场上有几个班在上体育课。可能是因为阴天，连学生们都没什么精神，懒洋洋地瘫在草地上谈天说地。

同样瘫着的还有冯嘉芮和赵田田，两人望着天，回忆高中生活。

赵田田好奇道："你现在真的在追裴致啊？"

冯嘉芮嗯了一声："他好难追啊。"

赵田田笑出声，侧头看向冯嘉芮："你真的追过人吗？"

"我怎么没有？"

"那你知道追人讲究的是什么吗？"

"什么？"

赵田田神秘一笑："死缠烂打加甜言蜜语。"

"那我肯定做得很好。"

另一边，昆明。

小Q一大早就发现，裴致的脸色不太好。他早上看见冯嘉芮走了，但房间没退。

片场安静，周杳和裴致都坐在监控前，看他们刚刚拍的那一条。

周杳有些心不在焉，余光一直绕在裴致身上。休息时，她跟上前去，结结巴巴地问："那个……裴致你看微博了吗？"

裴致沉默一秒："没有。"

"那你看看吧。"周杳脸有些红。昨天做了那样的事情后，她总有些不自在，特别是听说今天一早冯嘉芮就回沪城了。

她十分愧疚："我之前因为演技太差也被全网黑，那阵子，我都抑郁得想自杀了，过了半年才缓过来。她真厉害，能够这样勇敢地站出来。"

周杳看着裴致，手指攥紧，给了自己几分勇气："我知道你为什么喜欢她了，你一定要幸福啊。"

车里，裴致打开微博，看着冯嘉芮发的那段视频，越看越烦躁，这种舆论风向的事情，最急不得，他们费了很大的劲，情况已经在好转，但这需要时间。

他烦冯嘉芮，明明遇到这么大的问题和困扰，为什么不来找他，为什么要自己扛？

烦完他又觉得自己没劲。

小Q在催他，今晚他得乘红眼航班飞北京，准备粉丝生日见面会。

他问了小Q，苏檬那边进行到哪一步了。

小Q自然知道网上的情况，说："法院传票已经公开，舆论风向确实在好转。"

裴致听完，视频里冯嘉芮的样子在眼前挥散不去。他说："安排两个保镖跟着她。"

晚上的一场雨让本来十一点的航班延误到夜里一点多，裴致一直看着手机。冯嘉芮刚刚发了朋友圈，她和赵田田的自拍。

裴致将照片放大，看着冯嘉芮的脸，手指碰了下，照片又缩了回去。

"裴裴，可以登机了。"

裴致又看了眼微信，心有灵犀般，在这一秒，冯嘉芮发来一张图。

裴致点开一看，应该是个头像，是个动漫人物。再一看她刚换的头像，似乎是个情侣款。

他明知故问地发了个："？"

芮芮宝贝："你换上。"

裴致："你今天就送我这个？"

他说的是第二十五个礼物是情侣头像啊？

芮芮宝贝："对呀，喜欢吗？"

裴致手指顿了下，想说喜欢，又不回话。

他其实想问她今天为什么回沪城,是因为吃醋了吗?生气了?想放弃了吗?为什么发生这么大的事情都不告诉他。之前她明明说夫妻是共同体,遇到事情要一起面对。

夫妻……

他删掉自己打的字。

小Q奇怪地看着站着不动的裴致,说:"裴裴,飞机要起飞了,关机哦。"

冯嘉芮等了很久,看着上面一直正在输入的提示,轻轻呢喃:"怎么不回我了?"

(5)

举办生日见面会的地点在一个只能容纳一千人的剧场里。

裴致从机场直接到剧场就开始彩排,时间说不上紧。跳完一首歌,正在看刚刚录好的视频,他眉头一直皱着,舞台总监在旁边压力很大。

舞台总监本以为像裴致这种专心拍戏的演员,发首歌也只是送给粉丝的福利,舞台只要灯光特效又多又炫酷就行。

可从接触裴致开始,他就意识到自己错得有多离谱。

裴致简直就是个细节控到变态的人,他不仅规定着伴舞每个动作的弧度,哪束灯光哪一秒亮起,哪一秒关掉,甚至连摄影的角度都在控制。

舞台总监头大,后背都湿掉了,目光再瞥向裴致,本来到嘴边的话又咽回肚子里。

裴致穿着最简单的黑色短袖和黑色长裤,头发没做造型有些乱地搭在眼前。他的唇微微抿着,脸色很白,眼下的青色连剧场这么昏暗的灯光下都能看得一清二楚。

听说他连续拍了几天夜戏,其间还有活动和杂志要拍,三天加起来没睡到八小时。

舞台总监其实很想说,你抠的那些细节,粉丝或许都看不到,他们只要看着你这张脸,就足够尖叫一整晚了。

"我再跳一遍,按照我刚刚说的,再录一遍看看效果怎么样。"裴致将耳机戴上,走上舞台。

"……"

倪多问就站在一边,生怕自己的宝贝艺人过劳晕倒。

追光灯亮起,一片黑的舞台上,只有裴致一个人的影子拉得很长。音乐响起,前奏是很重的心跳声,那一声之后,他猛地抬头,睁开眼。

倪多问将这一幕拍了下来,又发给冯嘉芮。

他不知道这两人正在冷战。

倪多问:"你男人二十几个小时没睡觉了,再这样下去,怕是生日要变忌日了。"

冯嘉芮刚下飞机,正在赶往会场,收到消息,立马着急地拨了语音通话过去:"你就这样奴役他的啊?"

倪多问看了眼裴致,往后台走:"所以让你劝劝他啊。"

冯嘉芮抿了下唇:"能给我门票和裴致酒店房间的房卡吗?我刚从机场上车,到会场大概一个小时。"

倪多问愣了下:"你真赶过来了?"

冯嘉芮含糊地嗯了一声。

冯嘉芮挂着刚刚倪多问给的全通卡,不仅一路畅通无阻,居然还有人给她指路。

冯嘉芮推开门时,裴致的胃病犯了,正靠在休息室的沙发上,一边看着今晚的流程,一边用手抚着胃,脸白得随时都能倒下。

"距离晚上的演出还有四个小时,裴致如果能睡一觉就好了,他现在太紧绷了。"

这是刚刚倪多问和她说的话。

虽然只有一天没见，但她还是有点激动。

不知道是先道歉还是先说生日快乐，她的身体比大脑先做出决定。

"疼得厉害吗？"

她蹲在沙发边很担忧地看着他。

他皱着眉，真的疼得厉害，但他冷淡地别过脸，不大愿意理她。

冯嘉芮心软到不行："胃药呢？"

药就在茶几上，可裴致并不配合。

"不吃。"

"为什么？"

"不好吃。"

他说得理所当然。

冯嘉芮耐着性子哄他："良药苦口。"

裴致皱了皱眉，看着冯嘉芮的眼睛，目光淡淡，可就让人觉得，她在逼他。

"我不想在生日的时候吃药。"

冯嘉芮只能一下一下轻轻地揉着他的胃。

裴致这是老胃病，从小时候就落下病根，只要饮食一不规律或者换季就发作，记忆里有两次特别严重，直接晕倒送到医院。

冯嘉芮每次都被吓得半死，导致后来习惯性盯着他吃饭。

这个习惯也有可能是被焦梦玉养成的。

走廊外来来回回的脚步声，提醒冯嘉芮，距离晚上的演出没多久了，必须要将眼前的人哄好。

冯嘉芮刚想拜托小Q去买碗粥，就看见裴致的手机响了。

来电显示就是小Q。

裴致直接按了拒接。

她问："你电话响了，怎么不接啊？"

"胃疼,不想说话。"

他还将手机翻了过去。

"那你现在怎么和我说话?"

他看了她一眼,似乎更生气了,过了会儿,声音很小:"分人。"

冯嘉芮听见了,偷偷翘起嘴角,在他放松的这瞬间,端起桌上的水杯,不容拒绝地给他灌下一口去,直接将药塞了进去。

这动作真是越发熟练了。

吃完药,他直直瞅着她,无声控诉自己的委屈。

看不见看不见。

冯嘉芮脚有点蹲麻了,她想站起来,顺便出去看看倪多问和小Q在哪。

没想到酸麻感比想象中还要强烈,只起了一半,她整个人就摔在了裴致的身上。

就在这时,门口突然传来急促的敲门声。

似乎真的情况很紧急,也没等屋里的人说话,就转动门把手直接走了进来。

小Q刚走进一步,看到屋里的情况,眼睛瞪大,及时刹住脚,猛地回头,关上门。

倪多问就在门口,看到小Q:"见鬼了?"

小Q心想,比见鬼可怕多了,他握着手机:"舞台那边说好了,问裴裴要不要再过去看一眼。"

倪多问劝他别去找虐。

小Q很有信心:"他们俩吵架呢,我进去只会缓解气氛。"

休息室的隔音不好,外面的声音,冯嘉芮听得一清二楚。

她还没爬起来,裴致就先一步直起身,先将她的腿抬了抬。

冯嘉芮挣扎了下，但看到他脸色淡淡的，好像真的只是在帮她拉伸？

他究竟是从哪儿学到这些乱七八糟的。

他似乎感受到她所想，松开手，站起来往外走。这份高冷的架势和刚刚躺在沙发上弱唧唧那个人，简直判若两人。

冯嘉芮担心他，想跟着又觉得自己太招摇，只能不远不近地站在舞台侧边。

倪多问终于发现他俩不对劲，问："吵架了？"

冯嘉芮苦笑一下。

倪多问的反应出乎冯嘉芮意料："他居然舍得生你的气？"

演出在晚上八点开始，剧场内一片漆黑，静悄悄的，然后在灯光亮起的那瞬间尖叫声划破天际。

裴致穿着一身高定西装，帅到让人睁不开眼。

在这个瞬间，冯嘉芮才发现舞台上那个人，是个大明星。

他被万千人所喜爱，有着强大的粉丝群。

冯嘉芮身边的小姑娘一个个都举着相机，专业程度上，居然和她不分上下，忙里偷闲还得掌着应援物挥舞。

"今天是我二十五岁生日，我唱歌很一般，公司劝我开见面会很久了，我想这么多年似乎确实应该有一个机会和大家交流。一首《爱人》送给……"

尖叫声太大，连裴致最后几个字都吞没。

但不重要，反正肯定是送给在场的某个人，或者是所有人。

《爱人》的歌词很简单，只是在阐述一个少年的爱恋，只是太真诚了，真诚到了虔诚。

冯嘉芮看着裴致，突然想起多年前在学校大礼堂里，那个在简陋舞台上唱歌的少年。

是不是那个时候，那首甜到腻的情歌，也是送给某个人……

一曲结束,灯光还没有全开,只留一盏最简单的白光。

伴舞群退场,偌大的舞台上,只剩下裴致一个人,他没说话,呼吸声一下一下通过音响传出来。

冯嘉芮离得太近了,轻而易举地和他视线相交。

虽不知接下来会发生什么,但她的心还是猛地一磕。

眼前人还是当年的少年,一步一步走近了些,黑发有些乱,说话间气息不太稳。

"知道我的人都明白我有多不喜欢这种场合,我曾经很不愿意做艺人,因为吝啬,后来想这样或许多了很多机会。"

"你们何时知道爱的?"

台下各种回答都有。

裴致低头轻笑一声,又抬头,目光重新落在冯嘉芮身上。

"我是十六岁。"

冯嘉芮的心剧烈跳了一下。

"真的很喜欢。"

他的语速很慢,撩动着所有粉丝的胃口。

有几个声音很大的女粉丝故意一直在叫冯嘉芮的名字。

他忽然笑了:"我想和大家分享一个故事,有个骑士很爱公主,公主说如果骑士在皇宫外站100天,她就嫁给骑士。骑士答应了,站了99天,公主也做好了嫁给他的准备,结果骑士在第99天晚上走了,因为99天就是爱情,1天是尊严。"

全世界都安静了⋯⋯

只听见他的呼吸声从话筒里传向四面八方。

他还在笑,声音很轻,平白无故让人心疼:"我在想,是尊严重要还是爱情重要。"

还是安静⋯⋯

安静到连心跳和脉搏都听得一清二楚。

冯嘉芮终于知道了裴致的想法。

她仗着他的爱胡作非为,信心十足地以为,只要她主动,他迟早会原谅她。

爱情和尊严。

"裴裴为什么要这么说啊?"

"难道冯嘉芮真的像网上说的那样是个渣女?"

"那裴裴也太惨了吧?"

"……"

(6)

冯嘉芮大脑空白到连怎么走出会场的都不知道。她站在 24 小时便利店里,买了一堆酒,坐在路边一瓶一瓶地喝完。

会场里的活动还没结束,她还可以听到粉丝的尖叫声。

手机执着地响了好几遍,她在包里摸了摸,拿出手机看到是个没有备注的号码,直接就接了,同一时间摸到了一张房卡。

倪多问给全通证时一起给她的裴致房间的房卡。

愣怔间,是一个意外的声音将她拉回:"需要我帮忙吗?"

冯嘉芮皱了下眉:"不用。"说完就将通话切断,将这个号码拉进黑名单。

这个人怎么这么阴魂不散。

她骂了许庚无数遍,抱着还剩的几瓶酒,拦下一辆出租车,到达裴致所住的酒店。

现在是晚上九点半,十点演出结束,从会场到这里还得半小时。

冯嘉芮躺在地毯上,躺了十分钟,又跑下楼,将下午请人寄存在前台的行李箱搬上来。

她把从网上学来哄女孩的招数全部使出来,将花瓣撒满地毯,蜡烛牵引成一条路,然后将裴致二十五岁的生日礼物放在蜡烛的尽头。

她打印出许多裴致和自己的照片,还有两人为数不多的合照,用夹子挂满房间。再用长长的星星灯,将这些串联缠绕起来。

一切都做好后,冯嘉芮看了眼时间,十点过十分了。

她将酒拿出来,又咕咚咕咚喝了大半瓶给自己壮胆。

等待的时间变得煎熬,她看了看时间,明明都好久了,怎么才过了五分钟。

冯嘉芮摸着酒瓶,又咕咚咕咚喝了几口,不知不觉,一瓶酒便见底了。

终于十点三十分了。

门口没有动静。

又过了五分钟,还是没有动静。

过了十五分钟。

门口还是一片安静。

冯嘉芮将另一瓶酒也开了。

……

晚上十一点十八分,裴致结束工作,回到酒店。

他一进门,脚步一顿,反手就将还在门口的小Q关在外面。

门落了锁。

他随着蜡烛的方向走。

冯嘉芮就坐在他床上,看到他,双眼迷离,嘟囔道:"怎么这么晚?"

裴致看着她周围一堆酒瓶,绕开那些,走到离她只有一步之遥的地方。

"嗯,安可了,结束后又拍了两条祝福视频。"

冯嘉芮慢半拍地抬起头,不满道:"祝福什么?倪多问怎么回事啊,你都生病了,还让你这么操劳,明明今天是你的生日。"

裴致没说话,拿起旁边被重重精心设计的灯光缠绕着的礼物盒。

冯嘉芮忽然沉默了。

她脑子里都是裴致在粉丝见面会上说的话。

打开包装盒里面还有一个盒子,手掌大小,是个著名的珠宝品牌。

裴致突然意识到是什么,猛地扫向冯嘉芮。

冯嘉芮仰着头,脸上有喝醉了的红晕,眼神迷离。见他动作停下来,她也僵在那儿,是肉眼可见的紧张。

裴致打开,里面果然是一副对戒。

他自认为非常了解冯嘉芮,可有些时候,又觉得不懂她。

她送了自己二十四件礼物,从袜子、杯子、钥匙扣、手机壳这种小物件到手表、行李箱这类,但无一例外都是实用品。小Q说这个人想让他生活中所有能用到的东西都变成她买的,如果是情侣款的话,对方的占有欲一定很强。

他不敢百分百赞同,但也偷偷幻想过,那一夜做的梦都是甜的。

而现在,她又送来了一副对戒,作为他二十五岁的生日礼物。

"喜欢吗?

"可贵了。"

冯嘉芮拽着裴致的衣角摇摇晃晃地站起来,她仰着头忍着眩晕感,又借着他的身体,光脚踩到床上。

这就舒服了。

可她身体怎么都不稳,只能将重量压在裴致身上,下巴放在他肩膀上,还问他:"喜欢吗?"

满屋的星星灯,他和她的照片四处悬挂,香薰蜡烛的火光在暧昧跳跃,花瓣乱飘,有一片还沾在她头发上……这场景任谁看都像求婚现场吧?

如果……当事人不是烂醉如泥就好了。

等了好久,还是没听到答案,冯嘉芮急了,在裴致的脖子旁拱来拱去:"到底喜不喜欢呀?"

冯嘉芮也是酒壮怂人胆,她害怕极了裴致的那套理论,生怕又从他嘴里听到什么自尊大于爱情的屁话。

裴致哪里还能继续生气,立马抱紧她,声音又低又温柔:"我该拿你怎么办呀?"

冯嘉芮不明白这话的意思,还以为他在说戒指。

"买都买了,你不喜欢也没办法,反正你都是我老公了。"

"为什么不看完见面会再走?"他忽然问。

"我不敢。"

裴致好笑道:"我们天不怕地不怕的芮芮去哪里了?"

冯嘉芮搂着他脖子,声音黏在他耳朵里:"武器都被拿走了,当然怕。"

"你还不信我喜欢你,你怎么这么笨啊?说的什么故事,吓死我了。"冯嘉芮仗着酒意,"你快再说一遍喜欢我,不,说一百遍。"

他看着她,眼睛亮亮的,比星星灯还亮,抿着唇有些欲言又止。

冯嘉芮心里发烫,不受控制地凑近他,没有哪个时刻比现在还想触碰他,亲亲他……

在距离裴致还有一厘米的时候——

他说:"亲了我就要负责。"

"负!"

冯嘉芮心想他怎么总在纠结负责的问题,她戒指都买了,当然会负责到底呀。

她搂紧他的脖子,将他整个人往自己的方向带,然后低下头,挡住所有的光,就这么居高临下地亲下来。

只亲了几秒钟,某个醉鬼就推开裴致,跌坐在床上,伸手毫不客气地说:"手机给我。"

裴致很听话地将手机放到她手心。

冯嘉芮按亮屏幕,仰起头问:"密码多……哎?开了。"

"你什么时候设置的?"

"第一夜。"

裴致的声音很轻,冯嘉芮没听见,闷着头打开他的微信,刚准备将情侣头像换上,发现他已经换了。

她心满意足:"还算听话。"

冯嘉芮将戒指拿下来,他们结婚时什么都没准备,没有婚纱照,没婚礼,更没戒指。

戒指在指间摩擦了几圈,冯嘉芮拽过裴致的手,套进他的无名指。戴上后,她手还舍不得离开:"真好看。"

裴致皮肤白,手指修长但又不显女气,微博上每次评选美手,他都能轻而易举地夺冠。

这只手现在戴上婚戒,更加好看,有种只属于冯嘉芮一个人的感觉。

"真的好看,我眼光真好。"

她又拿出女款的钻戒,放到裴致手里,明明喝醉的人,眼里却十分清醒:"帮我戴上。"

裴致拿着戒指的手有些微颤,他很紧张,从表情和身体都表现得很明显。

戒指刚套进无名指,还没戴上,冯嘉芮叫他的名字:"裴致。"

他一怔:"嗯。"

冯嘉芮说:"我爱你爱得快疯了,你别不信了。"

Chapter7.
你的温柔

▼

(1)

裴致粉丝见面会的片段上了热搜，冯嘉芮只听到了故事的前半段。

后半段，裴致说："对我来说尊严是相对的，比起得到一个人，拿一份看不见摸不着的尊严去换简直太划算了。"

营销号在疯狂转发，热搜广场上，之前一直黑冯嘉芮的人，突然有一部分倒戈。

【我不太相信裴致喜欢的人像传闻那般不堪，她得是个多好的人，才值得这样美好的人如此去爱。】

【我认识的裴致是个善良、认生、话不多但很有担当的人，粉他这么多年，一直在想他会喜欢什么样的人，喜欢人时他会是什么样子。原来这么冷清的人也会像烈火一样，冯嘉芮，我嫉妒你羡慕你，希望你能好好对待我的偶像。】

【现在的环境，很多时候非黑即白，我们发现一个人的闪光点就将她捧上天，再发现一个缺点就将她黑到尘埃。其实每个人都是多面的复杂的，我们在还不了解具体情况时就妄加定论，这就是伤害一个人，更是伤害爱她的人。】

……

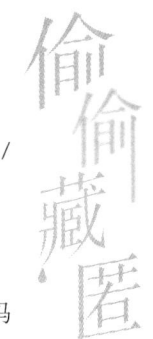

清晨六点，许庚坐在电脑前，打完最后一个字，点了发布。

他写了一份自白式的声明，承认这些年犯下的错误，更澄清了和冯嘉芮的关系。

他大学毕业后在北京发展不顺才去沪城发展，那年冯嘉芮才高一，他父亲早年和冯嘉芮的父亲有些交情，受老友托付，所以冯家人对他颇照顾。

许庚很聪明，更擅长洞察人心，早就发现小姑娘看他的眼神不一样。可他只是享受这份崇拜和喜爱，并没有回应。因为他知道，冯嘉芮家世不一般，如果要在沪城扎根，事业上得到发展，必须要借助冯家，但如果过早地就和冯嘉芮牵扯在一起，无疑是自断后路。

小姑娘就这样在他的有意引导下，暗恋了他三年。

在高考结束后，小姑娘明里暗里，婉转地直接地都说过喜欢，他总打太极。或许是出于冯家对他的防范，又或许是他只是欲擒故纵一下，想知道她到底喜欢自己到什么程度。

当时许庚回了北京，从小和他一起长大的一个女孩和他告白，从对方的眼里，他看到了冯嘉芮和冯家给不了的东西，于是两人光速在一起了。只是这段感情没有长久，他想要的，对方给不了他。

他又回了沪城，有了个很好的机会，发展事业，谁知冯嘉芮却为了他去了北京。

真正在一起，是在冯嘉芮大四那年的寒假。小姑娘从冰天雪地的北京跑来沪城，在他公司门口等了许久，看到他出来，露出一个很明亮的笑。然后她问他到底要不要在一起，这么多年，她真的好辛苦。

那天他送冯嘉芮回家，从他公司门口坐一辆公交车，要坐到倒数第二站。小姑娘早起折腾又坐了飞机，没坐多久，就开始打瞌睡，头一下一下点在玻璃窗上。公交车行驶不稳，他就将手点在玻璃上，防止她撞上，一个姿势维持了五十分钟。

还没到站，冯嘉芮就醒了，发现这一切，笑得像只偷腥的猫，然后说:"你果然就是喜欢我,还不承认!"

是喜欢吗?许庚在心底问自己,他不知道。

但他们就从那天开始,只是过了没多久,就被冯嘉芮的父母发现。

冯温韦是个很严肃内敛的男人,他很怕对方,总觉得在对方不动声色的目光里,自己是透明的。

果然,冯温韦找上了他,将他所有不堪的心思都摆放在日光里。

"看在我和你父亲是朋友的分上,我不会为难你,但如果你和我女儿继续纠缠的话,我不能保证我会做出什么让你无法承受的事情。"

他看着冯温韦,脸上无法摆出表情。他小心谨慎这么久,本以为已经给冯家留下好印象。没想到,自己拙劣的演技,根本逃脱不了他们的眼睛。

他亮出武器:"是你女儿爱我,主动倒追的我。"

冯温韦温和地笑了笑:"如果你继续这么想,我就把你这些年所有的所作所为和小心思都告诉她。我之所以现在还能和你心平气和地交谈,是因为我女儿爱上谁是她的自由,我希望她有一个美好的初恋,可以因为不完美分手,也可以受伤得到成长,但我不希望她知道自己连最初的那一份心动都是对方精心设计的。

"许庚,你好自为之。"

手机不停地振动,是苏檬的电话,许庚的前妻。

许庚和冯温韦谈话后没多久,就和冯嘉芮分手了,他回到北京,和昔日导师的女儿苏檬在一起,后来就留在母校做辅导员。

说起来,当时是两人互相吸引,苏檬喜欢他清风朗月一般的书生气质,又觉得他温和且博学。他觉得苏檬是学科带头人的女儿,长得还不错。

但两人的婚姻并不幸福。苏檬不是傻子,更多的时候她情愿装傻,但冯嘉芮是她无论如何都忍不了的,她自己心里也明白,对方或许也是

无辜的,但她就是忍受不了。

两年前就闹了一出,许庚和苏檬却默契地没谈离婚,或许是各取所需,又或许是苏檬真的还爱他。但是两年来漫无止境地争吵、猜忌,让两人终于走向了离婚。

电话接通。

"许庚,你为什么要和我作对?"

"我们离婚了。"

"离婚了,你就能为冯嘉芮说话了,你是不是想去找她?你以为她现在看得上你吗?你和裴致比,你差远了,他敢拿自己事业做赌注,告诉全世界,他喜欢冯嘉芮。你敢吗?"

"许庚!你就是个懦夫!你只爱你自己,你是个彻头彻尾的自私鬼!"

"你以为你发了声明,就能放过自己了吗?就能让冯嘉芮只记得你的好了吗,你做梦!"

苏檬情绪激动地骂完,便挂断了电话,只剩下"嘟嘟嘟"的声音。

许庚自嘲地笑了下,他在想自己是什么时候彻底爱上冯嘉芮的呢。是面对他时,她藏不住喜欢的模样,还是她莽莽撞撞地向他冲过来,又或者是那个冰冷冬天,沪城难得的雪天里,漫长的公交车里,一个睡着,一个护着的美好一幕……

他好像有过太多次选择的机会,却都没有抓住。

"是我配不上你。"

许庚拿起手机,又换了一个新的号,打给那个早已熟记在心的号码。

"嘟嘟"响了两声,他看着外面蒙蒙亮的天,忽然想到,冯嘉芮肯定没睡醒,刚要挂掉,耳边传来一个男声,清冷中带着一丝不清明,显然是被手机铃声吵醒。

许庚微怔。

"你好,请问有什么事?"

许庚的声音窝在嗓子里，有些艰难。

对方丝毫没有察觉，换了一种和他说话时完全不同的温柔语调："再睡会儿，还早。"

冯嘉芮的声音又轻又甜，是一种被人宠爱下纵容后的任性："好吵。"

许庚心头突然疼痛难忍。

裴致低头亲了亲冯嘉芮的额头，拿起手机，起身走远了一点。

卧室里一片漆黑，酒店套房客厅里的窗帘被拉开，今天应该不会有太阳，雾蒙蒙的，不出意外又是个雾霾天。

裴致从茶几上拿起烟盒，抽出一根烟，咬在嘴里，点火之前，又问了一遍："有什么事？"

"这是冯嘉芮的手机。"

裴致拿着打火机的手一顿："对。"

"我找冯嘉芮。"

裴致侧靠在落地窗上，深吸了口烟："不行。"

许庚沉默了几秒："那我们见一面。"

裴致咬着烟没出声，许庚坚持："这件事总得了结。"

"我在北京。"

"我也在。"

裴致嗤笑一下："你还真是阴魂不散。"

裴致抽完烟，在客厅站了一会儿，等身上的烟味散得差不多了，才回卧室。

冯嘉芮鼻子很灵，皱着眉挣扎地睁开眼，发现裴致在套卫衣。

"这么早有行程吗？"

裴致将卫衣拉好，蹲到床边，亲了亲她的脸颊、鼻头、额头，最后又亲了亲她的嘴巴:"我去买早餐。"

冯嘉芮眉头还皱着:"你抽烟了。"说完又抬起头亲了亲裴致,确认道,"还抽了不止一根。"

裴致被逗笑,觉得眼前的冯嘉芮太可爱:"想管我?"

她哼唧一声:"嗯。"

"用什么身份啊?"他问。

冯嘉芮睁开困乏的眼睛,不满道:"我是你老婆难道还不够吗?"

裴致又亲了她一口,帮她掖好被子:"你再睡会儿,我很快就回来。"

裴致又检查了下空调温度,才离开。

早上七点,裴致和冯嘉芮母校附近的早餐店。

这是电影学院,努力的学生早起练声,店里已经有了零零散散几个人。

裴致穿着黑色的卫衣,戴着棒球帽,找到店里最格格不入那个西装革履的人,坐在他对面。

说老实话,裴致真的很讨厌许庚。

这个人无论从哪个方面来说都是名副其实的渣男,他倒挺好奇,许庚有什么话非要见面说。

"你比找男敢,你作为艺人,能如此用自己的前途……"

裴致面无表情,打断:"有话直说,你那套对我没用。"

许庚眉头皱了皱:"我发了个声明,应该可以缓解网友对冯嘉芮的抨击。"

"你什么都不干,事情也会好转。"

裴致说话不客气,本来罪魁祸首就是他,现在做这副姿态干什么?

许庚没意料到裴致这么咄咄逼人。

"那天我看见你了,在喷泉后。"

闻言,裴致抬眸。

许庚笑了笑:"那天回去你和嘉芮发生什么了吗?"

"关你什么事。"

"那你想知道嘉芮说了什么吗?"

(2)

裴致拎着大学期间冯嘉芮最爱吃的早点回到酒店,冯嘉芮还没睡醒。他将早点放在外面,进去将衣服脱掉,简单冲了个澡,他下意识地不想让身上沾上外面的味道。

雨珠打在玻璃上,他脑子里在回放——

"嘉芮说她深爱裴致。"

回想自己之后的所作所为,裴致关掉莲蓬头,擦干水渍,钻进被窝从背后紧紧抱住冯嘉芮。

冯嘉芮抱住他伸过来的手臂,感觉到他的体温:"怎么这么冰?"

"洗澡了。"他的头埋在她的后颈,"我昨晚做了个噩梦,说现在发生的一切都是幻觉,本来很难过的,但刚刚发生了一件好事,我现在特别开心。"

冯嘉芮打了个哈欠,被他亲得有点痒:"出去买早餐能发生什么好事,老板看你帅给你免单了?"

裴致专注地亲她,从脖子到下巴再到锁骨,亲到呼吸急促。

"差不多。"

冯嘉芮笑着捂住他的嘴巴,他没刮胡子,过了一夜,下巴上有一点不明显的胡楂,蹭在皮肤上痒痒的,能痒到她心里。

"宝宝,你怎么这么有出息啊。"

裴致舔了下她掌心,她心一颤,尖叫地下意识松开手,整个人被翻了个身又被他抱进怀里。他缠上来,亲她亲她还是亲她,亲到呼吸氧气稀薄,空气滚烫……手机响了。

小 Q 在电话那头颤颤巍巍:"裴裴晚上还有夜戏,我们下午一点的飞机哦。"

裴致不出声,冯嘉芮笑盈盈地拿过手机:"知道啦。"

挂了电话,冯嘉芮看着裴致:"你对小Q好一点。"

裴致咬在她锁骨上,不满道:"你关心他啊?"

"他是你的贴身工作人员,我关心关心也是应该的。"

他咬得更用力,冯嘉芮叫了一声,他用力吧唧一口又亲了下来。

"你怎么不关心关心我呀?"

"我哪里不关心你了?"

他一把握住她的手,声音更热腻起来:"你觉得呢?"

刚刚冷却的温度又热得让人喘不过气来。

冯嘉芮的身体也烫了起来,眼眸里像是蒙了层水雾。她迷糊地看着他,然后被他蛊惑……

"冯嘉芮,你感觉到了吗,"他亲吻了下她耳垂,尾音更轻,"我在你心里。"

她在做最后挣扎:"要赶飞机……"

"现在才早上八点半。"

"……"

然后……所以……

反正,很紧。

再私密的航班,像裴致这种人气和级别的艺人,都会被扒出公开。

机场人山人海,媒体粉丝甚至路人,都来凑热闹。

冯嘉芮被裴致护在怀里,倪多问和小Q、保镖在外围,艰难地过完安检,才算松了一口气。

坐在VIP候机室,裴致端着刚刚倒的热水,吹凉一点后,递给冯嘉芮:"喝一点,温热的。"

冯嘉芮觉得小肚子胀胀的,不太肯喝。

裴致哄她："是不是例假快来了？"停顿了几秒，似乎想了下，"好像是没几天了，先喝点温水，吹着空调嗓子会不舒服。"

倪多问和小Q在旁边面面相觑，努力让自己的存在感降低。

太虐狗了，喝个水还要哄，还哄得一脸心甘情愿。

倪多问在心里骂裴致没出息，脸上却带着笑，骂完心里莫名其妙也美滋滋。仿佛看着自家艺人苦尽甘来，不用再自虐，他好像都感受到春天了。

倪多问又在心里骂了句脏话，小Q从手机屏幕上抬起头，和倪多问说："网上好像平息下来了。"

倪多问点点头，心有余悸地说："还好还好，我就怕冯嘉芮被骂狠了，裴致一个不高兴退出娱乐圈。他反正有家产可以继承，我们可就失业了。"

飞机到达昆明，保姆车直接将裴致送到片场。剧组时间赶，再加上之前出意外停工了几天，现在更是恨不得二十四小时开工。

"今天估计得够呛，估计围在剧组的媒体也多。"倪多问看了眼冯嘉芮，话还没说完，就被冯嘉芮抢去。

"我直接去酒店就好了，我之前订的房间还没退。"

裴致点了下头，片场条件艰苦，他也不愿意冯嘉芮过去。

冯嘉芮在酒店又睡了一觉，不知不觉已到傍晚，接到黎秩的电话，说上次没谈完的合作什么时候有空继续谈。

冯嘉芮真的十分佩服黎秩，上次没谈下去的原因就是因为自家艺人裴致公开恋情，现在居然可以镇定自然地邀请裴致的结婚对象继续谈合作。

"下周一可以吗？"

黎秩停顿了下，估计猜到她现在在哪儿，说："那下周一下午两点，我还在之前的会议室等你。"

"好。"

冯嘉芮在工作群，问了下朱玉和何鼎朝，她不在有没有遇到什么困难。

两人双双表示没有，还说老板可以适当给自己放个婚假，体贴程度堪称中国好员工。

冯嘉芮抱着手机发出傻笑，躺在床上，又泡在裴致的超话里。

她最怕裴致公开结婚的消息，会大幅度掉粉。但看超话里的风向，虽然有粉丝不能接受，但更多的是祝福。

好在裴致是演员，这些年认真拍戏也还算有作品能拿得出手。她在飞机上迷迷糊糊间，好像还听到傅名问在和裴致说，商务和影视这边还算稳得住。

她一直悬着的心，终于稍稍放下一点。

粉丝见面会的视频还挂在热搜上，冯嘉芮点开完整地看了一遍，才看见裴致最后说的那句话。

不知怎么的，她心头更酸，切到微信页面，点开置顶的那个人，打了很多字，又删掉。

她想了好久，最后只发了一句："刚刚打了个喷嚏，发现是你在想我。"

裴裴宝宝秒回："把空调温度调高一些，我房间有VC，去泡一杯预防感冒。"

芮芮："你应该回是在想我。"

这次不秒回了，不仅不秒回，冯嘉芮翻了三个身他都还没回！

……

第四个翻身。

裴裴宝宝："因为我无时无刻不在想你，乖，去泡VC。"

裴裴宝宝："顺便把多余的那间房退了，把行李也拿过去。"

裴裴宝宝："新婚燕尔，我不想分房而居。"

芮芮："不是哦，三年了，不是新婚燕尔。"

她发完，裴致一个视频通话申请发了过来。

冯嘉芮手忙脚乱地按了接通键，他的戏份在野外，环境恶劣，为了配合剧情脸上还化了特效妆。

他周围没人，应该是休息时间，找了个安静的地方。

裴致盯着冯嘉芮看了会儿："脸有点白，是不是刚刚睡觉空调开低了？"

冯嘉芮才明白他发来视频是为了看她到底生病没，心头变软，又觉得他有点啰唆："你怎么老盯着这个话题？"

裴致皱了下眉："因为你不听话。"

冯嘉芮和他唱反调："和你学的。"

他眉头皱得更深了。

冯嘉芮发现他们之间的相处模式好奇怪，不是裴致哄她，就是她哄裴致，好像两个人轮流变成小朋友。

她说完又哼唧一声，决定以身作则："我打算变乖了，如果裴裴小朋友也乖乖的话……"

她轻轻眨了下眼，目光和裴致相交，忽然发现他的眼睛比刚刚要亮。

冯嘉芮故意拉长语调："我就只养你一只。"

话音刚落，视频断了。

芮芮："……"

芮芮："？？？"

芮芮："怎么挂了呀？"

裴裴宝宝："有人。"

芮芮："啊？"

芮芮："谁呀？"

裴裴宝宝："你不认识。"
冯嘉芮突然想到什么："是你脸红了，还不给我看。"
芮芮："对不对？"
过了好几秒——
裴裴宝宝："对。"

休息结束，裴致回到片场。导演看他几眼，叫来化妆师："再化得惨一点，一会儿拍的是生离死别，裴致这样还是太帅了，要让人产生怜惜。"
化妆师："？"
只有她觉得裴致双目含情，皮肤苍白，额头还有血迹，脸颊一道青紫，更能让人产生怜爱吗？

（3）
裴致今晚得抠夜戏不知道到几点，冯嘉芮等着等着睡着了，再醒来的时候，发现自己整个人都在裴致怀里。
她伸手摸到手机摁亮，已经深夜三点多了。她轻手轻脚地起来准备去卫生间，人刚爬起来，手腕就被用力拽住，然后又落进裴致怀里。
冯嘉芮睁开眼，看着他眼睛还闭着，可抱着自己的力气却很大。
难道他刚刚闭着眼都能精准找到她位置，然后将她抓到怀里？
她实在太想去卫生间了，身体微微挣扎了下，发现稍微一动，他就抱得更紧，还凑过来在她头上亲一亲。
"裴致。"
他一动不动，眼睛还是闭着。
"裴致？"
冯嘉芮又叫了一声，难道他真的睡着了？
她挣扎的幅度大了一点，轻声对他说："我想去卫生间。"

裴致这才慢慢睁开眼，带着浓重的困倦："什么？"

"去厕所。"她睡之前喝了一大杯 VC 泡水，现在好急啊。

裴致将手放在她小腹上，摸了摸，含混不清地低声说："鼓鼓的。"

"你别按。"冯嘉芮急急叫住他。

下一秒，裴致抱着她站起来。他很困，眼睛都睁不开，重心不太稳，她吓了一跳，连忙搂紧他的脖子。

"我自己去。"

"不要。"他一口拒绝，将冯嘉芮抱进卫生间，还贴心地关上门。

冯嘉芮洗完手刚打开门，就看见裴致蹲在门口，眼睛还是没睡醒地半闭着。

"你在门口干什么？"她好奇地问。

"等你啊。"他仰着头，有几根头发不听话地翘起来，往前蹭了几步，像小猫一样寻求主人注意，然后才站起来，"你出来发现没人等你，肯定会觉得孤单的。"

"我哪有……"冯嘉芮哭笑不得，踮起脚，揉了揉裴致的头发，又被他抱回到床上。

冯嘉芮抱着他，目光黏在他下巴上，没忍住伸手摸了摸，他哼了声。

冯嘉芮不想打扰他睡觉连忙收回来，谁知那只手被他抓住，十指交叉握住，就放在他胸口的位置。

"你什么时候回来的？"她小声问。

"两点左右。"

"这么晚啊，好辛苦。"

他嗯了一声，轻轻眨了眨眼睛，看着她："亲一下就不辛苦了。"

"亲！"她凑过去，亲了亲他喉结，又亲了亲下巴，最后亲了亲嘴角。

他笑出声，将冯嘉芮抱得更紧，声音埋在颈窝里："不能亲了，再亲睡不了了，我明天好早就要起床了。"

……

屋子里黑漆漆一片，被窝里都是裴致身上的味道，耳边是他有规律的呼吸声，冯嘉芮迷迷糊糊又睡了过去。

再醒来时发现房间里只剩下她一个人，好像昨晚的温柔甜蜜是一场梦。

手机屏幕上贴了个便利贴——

起床记得喝 VC，吃的在冰箱里。

冯嘉芮捏着便利贴傻笑了一会儿："原来真是真的。"

冯嘉芮今天没事，总觉得两人的关系公布之后，再去剧组有点别扭。

好吧，其实是她有点害羞，觉得去了剧组肯定万众瞩目，而且肯定不少人来调侃她。

冯嘉芮拿起手机查了查，发现酒店附近就有个古镇。

她翻身起来，决定去逛一逛，说不定还能买到当地的好吃的给裴致。

她没来过这边，第一次看到这样的景色，便被吸引，东逛西逛还在清吧听了首歌，等裴致打电话来，才惊觉已经这么晚了。

"你结束了吗？"冯嘉芮问。

"嗯。"裴致低低应了一下。

冯嘉芮听他声音有些疲惫，连忙说："那我回酒店。"

"你别动，这么晚了，我去接你。"

纠结了几秒钟，冯嘉芮选择听话，从片场到这边，也算顺路。而且她觉得这家清吧的鸡爪和烤鸡翅怎么这么好吃，于是又叫来服务员打包了一份。

驻唱歌手是个很有故事的大叔，声音醇厚低哑，唱起情歌来娓娓动听。冯嘉芮撑着下巴，眼神被灯光晃到迷离，忽然身后有人靠近，蒙住了她的眼睛。

"不猜一下吗？"对方问。

冯嘉芮从高脚凳上站起来，转身抱住裴致："不猜。"

"万一是坏人呢?"他嘴角笑得确实有点坏。

"那就和他一起下地狱。"

裴致笑着敲了敲她脑袋,低头在她额头上亲了下,带着她往外走。

清吧里有人眼尖地看见,叫了一声:"裴致。"

场面一下子混乱起来,倪多问和小Q进来,店家配合他们,将他们带进一个隐秘的地方,门口和大厅里的人越来越多。

这家店的老板是个很飒的御姐,星星眼一直盯着裴致,过了好半天才从他的美颜里醒过来,说:"还有个出口,只是外面现在也都是人,你们绕到车上估计有点难。"

"得分车走。"倪多问皱着眉。

裴致想了下,给季惜白打了个电话。

倪多问看见了,奇怪地说:"打给他干吗?"

"他也在昆明。"

倪多问更奇怪了。

裴致解释道:"拍真人秀。"

倪多问:"行吧。"

没一会儿,季惜白就屁颠屁颠地跑来了。

他不知道从哪里搞来一辆不起眼的车,为了安全起见,他还将自己的助理带来。少了裴致,倪多问和小Q直接从正门走,上了自己开来的那辆车。

此刻助理开着车,季惜白坐在副驾驶,冯嘉芮和裴致坐在后座。

车内十分安静,季惜白的助理,受不了这诡异的气氛,自作主张打开电台。正好是娱乐新闻,正在播放裴致和冯嘉芮的爱情故事,从两人性格到星座再到八字都一一认真分析。

季惜白通过后视镜一直看后面的两个人，裴致微微往后靠，看似不经意，其实将冯嘉芮整个人搂在怀里，目光也一直黏在冯嘉芮身上。而冯嘉芮拿着手机，不知道和谁在聊天，噼里啪啦十分繁忙。

季惜白突然发笑，觉得这一幕特别有意思。

他拿起手机给裴致发微信："都是你的了，还紧盯着，是有多想看。"

屏幕亮起，裴致划开看到信息，抬头，两人的视线在后视镜中交汇。

季惜白调笑，继续给他发信息：

"她发现你这个人其实偏执又占有欲爆表怎么办？"

"你这么变态冯嘉芮本人知道吗？"

裴致不回他，只用冰冷的眼神警告他。

季惜白才不怕他，继续骚扰他："你说我要是把你心酸的少年心事说给她听，她会不会备受感动，从而舍不得离开你？"

两个人就这么对峙着，一个不回，一个故意挑衅。

突然，季惜白打破这一车的寂静："你就是上次给裴裴拍杂志的嘉芮老师是吗？都怪裴裴，都不告诉我你就是他老婆，真不够意思。"

被点名的冯嘉芮抬头，点点头，客套地寒暄："对，你好，冯嘉芮。其实也不能怪裴裴……"她顿了下对上对方故意调侃的眼睛，只能硬着头皮继续说，"我现在很少拍杂志了，在拍纪录片。我之前看过你的电影，希望以后有机会能够合作。"

很客套的场面话，但季惜白还故意说："那好呀。嘉芮弟妹，你觉得我和裴裴哪个帅啊？"

裴致立刻看向季惜白，季惜白假装没看见，一脸期待地等着冯嘉芮的答案。

冯嘉芮笑了笑，丝毫不为难："裴致。"

"为什么？我的颜值也不差的，恃靓行凶就是我本人。"季惜白故作生气，但语气是玩笑的。

裴致嫌弃地移开眼，看向冯嘉芮："我哪里比他好看？"

冯嘉芮认真地看了看裴致:"哪里都比他好看。"

这句话冯嘉芮是真心的,裴致可是他们学校公认的神颜好嘛,季惜白虽然好看,但还是比裴致差一点。

"我本人还在这里好吗?你们还记得是我大晚上亲自来解救你们。是我,是我季惜白,绝世大帅哥,超级有义气的季惜白。"季惜白扭过头决定不理他们。

冯嘉芮和季惜白不熟,她轻轻扯了下裴致的衣角,用眼神暗示他——要不要哄哄他?

裴致冷漠:"不用管。"

冯嘉芮:"……"

行吧。

到了酒店,季惜白还气鼓鼓的,看裴致和冯嘉芮没有丝毫道歉的意思,更加气鼓鼓。

"你们欺负人!"

冯嘉芮良心有点过意不去,刚准备说什么,就被裴致一手拽住。他微微蹙眉,敲了敲车窗。

季惜白打开车窗期待地看着他:"知错了吗?"

裴致用"你在做梦"的眼神看着他:"少说点话。"

"?"

下一句——

"赶紧走。"

季惜白气得打开车门。

裴致皱眉:"干什么?"

"我那边拍完了,今晚就要住这里,和我助理,两间房,钱你出。"说完,季惜白拖着助理下来,还理所当然地劝助理听他的,"裴致有钱,这样奴役我们,两个房间钱,他出应该的。"

冯嘉芮哭笑不得，还真不知道这个花边乱飞的流量小生是个活宝。

(4)

季惜白说到做到，真的赖下来住了一晚上，第二天离开时，裴致去了片场，他明贬暗褒对着冯嘉芮说了好久的话。

"裴裴啊，这个人就是笨，这么多年只喜欢一个人。

"我猜他还会一笨到底。"

他看着冯嘉芮的眼睛，寻求肯定："对吧？"

冯嘉芮只想他赶紧走："对对对。"

裴致在片场接到季惜白的电话，得意得不得了说自己是个非常优秀的僚机。

裴致皱着眉："我不是让你少说点话。"

"我都是为了谁啊！"季惜白相当不满。

昆明的戏份只剩两天，两天后，他们回到沪城。

阳光明媚，难得气温也不高。商务车里沉闷，冯嘉芮打开一点车窗，让风吹进来。她眼睛微眨，停留在草坪上铺着野餐布放着风筝的家庭上，也许因是周末，老人、小孩和平时忙于工作的青年都在。

裴致往冯嘉芮视线的方向看过去，她从西北回来到现在还没回家一趟。当年闹得那么不愉快，这三年来除了和焦梦玉，她与其他家人几乎是没有往来的状态。

裴致抓住冯嘉芮放在腿上的手，冯嘉芮将车窗又关闭，转头冲着他笑了笑。

"你说他们会原谅我吗？"

当年她为了许庚远走，最受伤的就是把她捧在手心的爷爷，其次就是父亲。

"他们从来都没有怪过你。"

裴致看着冯嘉芮的脸色,知道这是她心里的一根刺,更多的是她自己不原谅当初的自己。

冯嘉芮自己也明白,但大多数人不都是这样吗,总会把最糟糕的一面扔给家人,等意识到自己错了,道歉的话又堵在心口说不出。

晚上焦梦玉知道他们回沪,特意打电话来让他们回去吃饭,似乎顾及冯嘉芮,特意补充:"爸爸出差了。"

可这五个字,却让冯嘉芮更无地自容。

房子还是三年前的模样,只是焦梦玉的眼角下有一点不太明显的细纹,看见他们一起回来,喜悦之情溢于言表。

焦梦玉做了一桌子拿手菜。

吃完饭,冯嘉芮和焦梦玉躺在沙发上看电视,裴致主动承担了洗碗的重任。

两人嗑着瓜子,见冯嘉芮心不在焉总往厨房看,焦梦玉明了地笑了笑:"现在知道心疼老公啦?"

冯嘉芮脸猛地一红:"不是。"

焦梦玉也不拆穿她,只说:"裴裴真的好,你别身在福中不知福。"

果然焦梦玉女士还和三年前一样,依旧把裴致当作亲儿子看,好像她才是儿媳妇。

"以前那么多小姑娘跟在他屁股后头送情书,现在娱乐圈乱花渐欲迷人,人家裴裴都能恪守己心,多难得。"

裴致刷好碗,端着刚切好的水果,挨着冯嘉芮坐下来。冯嘉芮还没说要什么,他先把草莓递给她。

这个季节的草莓都小小的,但如果会挑的话也会很甜。

冯嘉芮张开嘴从他手里咬住草莓,唇瓣不小心含到他的手。裴致笑了下,伸手自然擦在自己干净的嘴角。

冯嘉芮脸更烫了一点，悄悄瞪了他一眼，他笑得更开心了。

冯嘉芮从盘子里拿起一个还没红透的草莓，塞进裴致嘴里，让你笑！

焦梦玉看着他们俩的互动，更加开心，笑盈盈地说："看到你们这么好，我就放心了。"

晚上离开的时候，在楼梯口遇到了刚刚回来的冯温韦。他还穿着工作服，拎着行李箱一身的风尘。

冯嘉芮愣在原地，目光有些躲避，冯温韦也愣了一下。四周安静，裴致打破这份尴尬："爸，这么晚才回来啊。"

冯温韦迟疑了两秒点头，扯了两句家常："来吃饭？"

裴致抓住冯嘉芮的手："嘉芮说爷爷和奶奶金婚，她想操办一下，帮爷爷奶奶拍一套婚纱照。那个年代没什么条件，她想借他们的结婚纪念日来做。"

冯嘉芮猛地看向裴致，她什么时候说了这话，但现在，她也不可能否认这个说法。

冯温韦眸中闪过一丝意外，然后一如既往的严肃表情里透着藏不住的愉悦："可以啊。"

冯嘉芮低下头看着脚尖，裴致抓着她的手更紧了些，继续说："爷爷那边，她不好意思去说，能麻烦爸说一声吗？"

话音刚落，冯嘉芮抬起头，目光正好撞上冯温韦的视线，她不自在地点了下头。

冯温韦更加开心："好啊，没问题。"

冯温韦看着他们上了车，才上楼。

焦梦玉正等在门口，看着他脸上都是笑意，故意调侃他，"看到女儿这么开心？"

"你叫他们来吃饭的？"

焦梦玉摇了摇头："是裴致，还特意问了你的时间，知道你航班回来的时间故意掐点的。他说这样能让嘉芮轻松点。"

冯温韦点点头："真是个好孩子。"

"能这么为嘉芮着想的人，真的很少了。"

"刚刚在楼下他还说嘉芮要给爸妈拍纪念金婚的婚纱照，嘉芮还是有心的，就是一直藏在心里。"

焦梦玉十分赞同："你们爷仨啊，都一个样，死倔。"

犯倔本人冯嘉芮在车里正瞪着裴致："我什么时候说了？"

"那你在备忘录上写着干吗？"裴致侧头看她。

冯嘉芮顿了一下，叹了口气，倒在车椅上。

晚上十点，马路上依旧不通畅。车子开开停停，冯嘉芮看着远处高高低低的高架桥上的车灯密密麻麻，别扭的心稍稍安定了些。

"你让我放过自己，你也得有勇气，放过你自己。"她从第一次见面就知道裴致的声音好听，声音微微有些低，但里面像是有吧唧吧唧一戳就破的气泡，酥酥麻麻的，让人心动。

而此刻这个让人心动的人，用他最温柔的目光和声音在劝慰着她。冯嘉芮反正话都说出去了，肯定要做的。

道理她都懂，只是……她也不知怎么说。

可能吃得太饱，冯嘉芮有些困了，半眯着眼看着裴致，总觉得带了一层滤镜。

不然为什么，怎么看他都这么好看。

就在她眼皮快要合上的时候，突然——

"芮芮。"

"啊？"

"我们的婚纱照什么时候拍？"

(5)

朱玉刚打开工作室的门，就看见自家老板闷不吭声地抱着双腿蜷缩在转椅里。等她工作了一个上午，发现老板还在保持着同样的姿势，眼睛一直炯炯有神地盯着电脑屏幕。

她好奇地走过去看了一眼，问："老板，你要拍婚纱照啊！"

冯嘉芮被朱玉的大嗓门一惊，差点摔下椅子，稳住后瞪了她一眼："是啊。"

朱玉眼睛一亮，在脑子里想象了一下，冯嘉芮和裴致站在一起的画面，还真挺有感觉的。

冯嘉芮今天一天看了各种各样的婚纱照，她的、爷爷奶奶的，一直没想到好点子。

下午六点，赵田田的车停在工作室门口，催着冯嘉芮快点下来。两人去了一家网红火锅店，在门口排号就等了一个小时。

冯嘉芮饥肠辘辘，看着赵田田："要是不好吃，我要在大众点评上写小作文了。"

终于叫号轮到她们。

满锅的热辣，冯嘉芮正专心地涮着肥牛，赵田田突然问："你现在感觉怎么样？"

冯嘉芮吞下肉，嘴唇被辣得红艳艳的："嗯？"

"和裴致啊。"

冯嘉芮笑了笑，咬着插在易拉罐里的吸管，喝了一大口冰雪碧："很好啊。"

"哪儿好啊？"

筷子在锅底摇晃，冯嘉芮心里数着时间算着什么时候才是毛肚的最佳口感。

"感觉自己被爱治愈，又被爱拯救的那种好。"

"这话也太酸了吧。"赵田田搓了搓胳膊上的鸡皮疙瘩。

冯嘉芮将毛肚捞出来，咬了一口，又脆又辣好吃极了。她理所当然地点头："我可是艺术工作者，不酸点，都对不起我的职业。"

"真好。"赵田田举起饮料，"看到你这样，真好。有生之年能看到你们这么幸福，我也满足了。"

听到赵田田这么说，冯嘉芮反而好奇："你什么时候知道裴致喜欢我的？"

"高三下学期吧。那时候我充分地理解那句'喜欢一个人是藏不住，即使捂住嘴巴，还会从眼睛里流露出来'。他看你的那个眼神，真的很难不让人替你心动。"

冯嘉芮有些遗憾，她想不起那个让人心动的眼神是什么样的，可感谢他每一个夜晚的等待。

记得那天，冬天天色黑得很早。冯嘉芮天不怕地不怕就是怕黑，可能是恐怖电影看多了，还有轻微的被害妄想症。

那天放学一切如往常，只是裴致被几个女生缠着，冯嘉芮幸灾乐祸地路过，没等他。

出了校门，到了红绿灯和赵田田分道扬镳，这条路清清冷冷的，只剩下她和跟在她身后的裴致。

冯嘉芮突然放缓脚步，看着前面忽闪忽闪的路灯和旁边黑压压的绿植，有些害怕："还好你在，不然我一个人，肯定要害怕。"

正巧，马路上有辆大货车速度极快地按着喇叭开过。

她吓了一跳，藏在裴致身后好一会儿，才心有余悸地拍了拍胸口，又叫他的名字："裴致。"

少年发出单音节："在。"

少女抱紧他胳膊："呜呜呜，还好你在。"

冯嘉芮在火锅店所在的商场门口和赵田田告别，挥手的时候，无名

指上的钻戒闪闪发光。早就等在路口的车,打开双闪,冯嘉芮钻进去,迎面在裴致的脸颊上亲了一下。

这几天降温,裴致摸了下她的脸,觉得凉凉的,将空调温度调高了点,同时笑着说:"这么热情。"

"喜欢你嘛。"她看着他,从眼睛到鼻子再到嘴巴,在脑袋幻想了下,如果将他身上出现频率极高的黑色卫衣换成校服是什么样。

"在想什么,一直在笑?"

"想你穿校服的话会不会特别帅。"

"想出来了吗?"

"那一定很帅呀。"

裴致今晚的飞机,新代言的广告要去国外拍,他的行李就在车上。一会儿把车开到他的工作室,冯嘉芮就再开回家。

距离出发还有一小时,车子停在工作室的地下停车场里。

冯嘉芮前后乱看,裴致摸着她的头发:"我马上就要走了,你还不专心。"

"哪有。"冯嘉芮收回目光,侧头发现裴致正在看着她,"之前在车里被拍过,总觉得现在也有摄像头对着我。"

"正好还有个时装周,要去七八天。"

"啊?这么久啊?"冯嘉芮拖长声音,不太高兴,"那你要给我打电话,每天报备你做了什么。"

裴致看着她,有些心不在焉,又像是在思考。

前几天在冯嘉芮脖子上亲出来的草莓印淡了许多,不注意看根本注意不到。

他突然笑了:"你亲我下,我就答应。"

冯嘉芮想这有什么难的,大家老夫老妻,都亲过那么多次了。

他手指突然抚过她脖颈之间,最后指尖停留在那个暧昧的粉红印上。

他眸子似乎有火,引诱着她:"我也要你亲这里,而且留下比我更深的痕迹。"

他的指尖好像有电,冯嘉芮整个人轻颤了下。

她眼睛微眨,而后又看向他。

他脖颈又细又长,他今天穿了一件毛衣开衫,还认真严谨地将扣子扣到了最上面一颗,这么绅士气息的打扮,让他有了一种特殊的禁欲感。

冯嘉芮情不自禁地舔了一下嘴唇,忽然好想解开他的扣子,扯开他的领口,然后咬住他的喉结。

裴致靠着椅背,目光赤裸裸地看着她。

好像在说,冯嘉芮快来亲我。

冯嘉芮脸更红了,她指尖攥住他的衣角,目光停留在他白净的脖颈上。

亲,还是不亲?

晚上九点,冯嘉芮正在看季惜白刚上的新剧。他在剧里演了个病恹恹的少年,冯嘉芮看着他的脸,脑子里不由自主地将剧中的他和现实生活中的他联系起来,很是出戏。

季惜白低咳两声说:"我天生体弱。"

冯嘉芮扑哧一下笑出声,突然,捏在手心的手机亮了一下。

裴裴宝宝:"刚刚倪多问和小Q都问我是谁亲的?(对着镜子拍脖子上的草莓印的照片)"

冯嘉芮立马把屏幕关暗,然后将手机放到离自己最远的位置。

好像这样就能证明,这枚草莓印和她没关系一样。

刚刚她的老公很乖地伸着脖子等着她亲,为了方便她行动,还很自觉地靠了过来。

她清晰地闻到他身上的香水味,若有似无,迷惑着她。

然后……

她鬼使神差地亲了上去。

"冯嘉芮，咬它。"裴致的声音很轻很哑。

冯嘉芮受蛊惑似的用舌尖舔过那片肌肤，随后用虎牙的牙尖轻轻摩擦。她记不清是什么样的感觉了，却还记得他的样子。

他一直看着她，深深地看着她。

他说："冯嘉芮，你要把我吃掉。"

黑夜漫长，却才刚刚开始，电视机屏幕里的季惜白还在说着台词。

冯嘉芮的思绪却早已飘散，脸烫得要命。

啊啊啊，冯嘉芮不要想了！

(6)

"老板，你已经转了一上午了，我眼睛都花掉了。"

朱玉从电脑屏幕前抬起头，看着冯嘉芮，对方一直捏着手机，嘴里念念叨叨。

"好！"冯嘉芮拿着手机走出去。

朱玉摸不着头脑，看着何鼎朝："老板怎么奇奇怪怪的？"

何鼎朝见怪不怪："恋爱中的女人不都这样让人摸不着头脑吗？"

"……"

冯嘉芮深吸了一口气，终于按下了那个号码。只响了两声，电话就迅速被接通。

冯嘉芮心一跳，还没来得及出声，对面就传来一个和蔼的声音："是嘉芮吗？"

"嗯……爷爷。"她抠着袖子上系着蝴蝶结的带子，"我想了几种婚纱照的拍摄方案都很适合您和奶奶，今晚可以带去给您看看吗？顺便蹭一下奶奶做的菠萝咕咾肉。"

"可以、可以。"冯爷爷的话里都透着开心，连忙让一旁的冯奶奶去准备。

冯嘉芮抿了下唇，不由自主地又笑了笑，好像一块一直压在胸口的重石，突然不见了。

"那爷爷我们晚上见。"

冯嘉芮回去将所有的方案，打印装订好，放进包里。接着她又去商场，买了一堆老人家喜欢的东西。等到了晚上，车停在路旁的时候，又有些近乡情怯。

她给裴致打了个视频电话过去，巴黎时间应该是早上八点多，视频里他已经在化妆间开始试妆。

他眼尖地认出冯嘉芮所在的这条马路，问："你在永福路吗？准备去老宅了？"

冯嘉芮点点头："你惹的祸，我来谈金婚婚纱照的事情。"

裴致笑了笑，化妆师脸红了下。下一秒，裴致拿起手机走到没人的窗边。今天的巴黎天气很好，阳光灿烂，他逆着光站在那儿，好看极了。

"我们芮芮好勇敢。"

冯嘉芮鼻头皱了下，看着老宅大门，还没做好心理建设："不勇敢，好想你在身边陪我。"

裴致眼眸微动，难得见到冯嘉芮对他这么直白的依赖："我也很想。"

"算了，你毕竟在赚钱养家，我也不会怪你的。"冯嘉芮眼神坚定，"我要去了，你在巴黎也要注意安全，我听说欧洲的小偷可厉害了，你千万不要被别的小姑娘偷走了。"

挂了视频通话，冯嘉芮抱着礼物推开门。刚下了一场雨，院子里架着的葡萄被打坏，腿脚不好的爷爷正不服老地踩着梯子拿着剪刀非要自己动手。奶奶在一旁担心地看着，嘴里却不客气地念叨。

冯嘉芮突然觉得这就是爱情，有人念叨，有人关心，有人的眼里永

远都是你。

"嘉芮来了?"

爷爷亲昵的语气,好像这三年的空白在这一瞬间消失。冯嘉芮走过去,抢过他手里的剪刀,十分利落地把葡萄串剪了下来。

"您年纪都这么大了,这种事就让阿姨们做,万一不小心摔下来怎么办!"

四周安静了几秒,奶奶乐呵呵地笑出声,拍了下爷爷:"听见没,嘉芮都这么说。"

爷爷不高兴地摆了摆手:"我哪有这么脆弱,好了好了,洗手吃饭。"

饭桌上其乐融融,刚摘的葡萄就是甜,冯嘉芮一个人就吃了一盘。碗里的菜都堆到放不下,她捂着圆滚滚的肚子,发出幸福的哀号:"再这样要胖了。"

"胖怎么了,你什么样裴致不喜欢。"爷爷接话。

冯嘉芮闹了个红脸,什么嘛,怎么连爷爷奶奶也这样。

她从包里将婚纱照拍摄方案拿出来。

冯奶奶哪怕满头银发,还是个充满少女心的小老太太,每个都说喜欢。冯爷爷却有些抗拒,皱着眉头,一脸严肃,不予赞同的模样。

最后在两人的劝说下,冯爷爷居然妥协了,选了一个最大众的民国风。

冯嘉芮没忍住笑了出来,小时候总觉得爷爷很凶,从来没见过笑脸。她上小学前都住在这个房子里,每天上完课回来就是练字,各种各样的字帖都写了个遍,不写完就不给吃饭。

奶奶会很心疼她,每次去幼儿园接她,就会在校门口买那些好吃的给她。

冯嘉芮抱着奶奶的胳膊,没长大一样撒娇:"我真的好想你们哦,特别想奶奶的菜。"

奶奶摸着她的脑袋，十分温柔。

冯嘉芮在想家庭是什么，就是你任性时可以发泄自己最坏的情绪，没人会怪你，等你需要他们时，他们又会无条件地给你最大的支持。

冯爷爷握着茶杯，戴着老花镜，还在研究那份让他头疼的婚纱照方案。他抬起头，看向在撒娇的冯嘉芮，嘴角翘起。

要离开时，冯爷爷突然放出一个大招，十分认真地问她："我的曾孙到底什么时候出现？"

冯奶奶也满脸期待："裴裴长得那么好看，孩子肯定长得好。嘉芮你们要抓紧努力啊！"

冯嘉芮落荒而逃。

"这下放心了吗？"

夜晚躺在床上，冯嘉芮趴着在和裴致视频。她刚洗过澡，穿着刚买的赵田田安利的小草莓睡衣，整个人显得小了五六岁。

裴致目光紧紧盯着她，一秒都不肯移开。

"嗯，都是我的错，这么多年居然都不去看他们。我真的太任性了，还好爷爷奶奶大人有大量。"

冯嘉芮往裴致身后看了看，突然发现一排一排都是盛装出席的人，问："你不会在秀场吧？"

裴致点点头："新品发布会还有十分钟开始。"

冯嘉芮瞪大眼睛惊呼："那岂不是全世界的媒体都拍到你在视频通话了？"

裴致笑了。

四周确实都是媒体，这是全球奢侈品顶尖品牌，百年来都没代言人。今年突然放下身段，签了裴致做全球代言人。裴致此刻正坐在装修豪华的秀场最前排最中间的位置上，身旁是品牌老总和总设计师，无数的媒体对着他。

"你真聪明。"

冯嘉芮捂住脸,最后仅存一丝希望地问:"那你对我是小屏吗?还是……"

"当然满屏都是你。"

完了。

冯嘉芮当机立断将视频通话掐断了,过了半小时,还气不过,给裴致发:"我素颜啊!!!还穿着睡衣啊!!!"

裴裴宝宝:"很美,很可爱的。"

冯嘉芮怀着侥幸心理打开微博,一点开就看到自己的素颜视频截图被刷屏……

……

……

……

视频通话一下,居然就成了全世界都知道的秀恩爱事件?

总设计师看着裴致结束通话,笑着和他交谈:"夫人很可爱。"

裴致点头,脸上有之前接触时没有的温柔笑意。

设计师是个很感性浪漫的人,他很少能看到这么纯的爱情了,一个眼神一个小动作,都能让人感觉到爱意,似乎四周空气都变得甜起来。

"一会儿可以多多欣赏下女装部分,如果有喜欢的,可以送给她,让她做全球第一个穿上我新品的人。"

裴致笑了下,有些意外对方的大方:"谢谢,我相信她会很开心。"

时装秀结束,品牌方工作人员大包小包拿了许多个袋子递给小Q。小Q疑惑地接过,看着裴致礼貌地和对方道谢。

倪多问看了一眼:"这一季所有的女装?"

裴致说:"是的,刚刚设计师说送给芮芮的。"

倪多问撇了下嘴:"刚刚那鬼才设计师和你聊什么,居然送你这么多女装?你知不知道你又上热搜了?我知道你的爱藏不住,但是请你稍微控制一下!"

Chapter 8.
爱最难缠

▼

（1）

是夜。

今晚裴致的戏份杀青，冯嘉芮处理完事情，就赶到片场，越看眉头越皱。

终于等到裴致一个人落了单，她拉着他拐进了无人的角落。

今天估计要到凌晨，冯嘉芮将买好的咖啡塞给他，然后握着他的手，看个不停："怎么又受伤了？"她仰着头，又用指尖摸了下他脖子上的伤口，"还有这里。"

之前就是因为拍戏弄得到处是伤，现在居然更严重了。

裴致不大在意："男人哪有没伤口的。"

冯嘉芮瞪了他一眼："你就是不行，我和你说以后你再受伤要第一时间和我汇报。"她看着他越看越心疼，动作戏那么多，每次都要亲自上。她真的想冲到倪多问面前，质问倪多问到底是怎么照顾自家艺人的，为什么裴致哪里都是伤。

"以后这种危险的动作你能不能少做，身体才是革命的本钱，那么拼命干吗呀，倪多问有给你包红包吗？"

裴致笑了，目光细细地看着冯嘉芮的脸，看着她的眼睛，看见她的担心和心疼。他手里还有铁锈和灰尘，刚刚拍了场翻墙而下的戏，还没来得及洗,眼下却什么都顾不上,他搂住冯嘉芮的腰,低下头咬住她的唇。

这里靠近车库,不时有车经过,他的吻又热又烫,没几秒,就让冯嘉芮举手投降。今天她穿的裙子只到大腿,他的手忽然放了上去,指腹起了老茧,摸到她嫩滑的肌肤时,痒得让人心颤。她轻轻皱眉,嘴巴轻启,想要躲开,没想到被他咬住舌头,吻得更凶了起来。

他呼吸烫得惊人,眼眸里只有她一个人的身影。远处的车灯忽明忽暗,冯嘉芮还在分心地想,会不会被剧组工作人员看见。

然后耳边就听见他的声音:"现在不累了。"

她没反应过来:"嗯?"

他又在她耳边亲了下:"冯嘉芮就是充电站,只要每天亲亲冯嘉芮就可以补充体力。"

他手指握住她的右手,指腹在她食指的创可贴处摩擦:"也请你交代下是怎么受伤的。"

真是什么都逃不过他的眼睛。

她这是打印合同时,不小心被纸刮伤的,终于想起正事来:"我同意了,和你们公司合作,拍你的纪录片。"

冯嘉芮突然想起一个很重要的事情:"你工作室现在是挂靠的公司,所以请我的钱是你工作室出,还是公司出?"

裴致亲着她的耳朵:"不管谁出,你都不用客气。"

那边景搭好了,倪多问打电话过来催,裴致摸了摸她的脑袋:"估计还得有一会儿,你先回家睡觉。"

冯嘉芮抱着他的腰,在他怀里摇头:"不要,今天平安夜。你这剧拍了四个多月了,我也想陪你一起结束。"

"那你去车里,外面冷。"

"好。"冯嘉芮拽着他的手,"反正要等你。"

赶在零点之前，裴致的戏份终于结束，冯嘉芮笑嘻嘻地送上捧花。

裴致扶着她的腰，和现场的所有工作人员道谢。趁着小Q发礼物的空当，他拽着她跑上了车。

他躲在后座换好衣服，随便用湿纸巾擦了擦脸，又坐回驾驶位，眼睛亮得过分，提议道："约会去吧？"

"啊？"

冯嘉芮还没反应过来，车子已经发动。

平安夜不知道堵成什么样，裴致将棒球帽戴在头上，把车停在最近的地铁旁边的停车场。他拽着她的手，就走进了人潮汹涌的人群。

地铁里人挤人，裴致牵着冯嘉芮的手，在安检人群中排队，她一直低着头很担心裴致会被认出来。

"你把口罩戴好，不许说话，帽子再压低一点！"

裴致捏了下她的手，虽然有那么一点点不满，但还是很听话。

地铁到站，这里是整个城市最繁华的中心。

他的声音被穿堂风卷进耳朵里："今天会下雪。"

冯嘉芮被裴致拉着与无数人擦肩而过，四周嘈杂，耳边有风。她脑子里在想今天天气预报似乎没说有雪，沪城的雪总来得太珍贵。

突然，有雪花飘落，她意外地抬头。

裴致抱着她，声音藏着笑意："我没骗你吧。"

是人工降雪，做得极其逼真，所有人都很惊喜。裴致拿出手机，钩着她脖子，拍了个自拍。

身后有拿着麦的自媒体记者，正到处抓着小情侣做采访，目光正好看到他们，快步走来。

"请问有空接受下采访吗，只耽误你们几分钟。"

冯嘉芮下意识就要拉着裴致走，没想到裴致搂紧冯嘉芮的腰，然后点了点头。

"你干吗?"她轻声问。

裴致将她搂得更紧了点,低头在她耳边蹭:"没关系。"

记者转身招呼摄像老师凑近了些,满脸笑容地说:"我们在做百人情侣特辑,你们可以说一下互相是怎么认识和在一起的吗?"说完,看着裴致还戴着口罩,觉得有些奇怪,下意识就问,"方便摘掉口罩吗?"

冯嘉芮没让裴致说话,四周这么多人,就裴致这人气,万一引发骚乱就不好了。

"不太方便。"

记者总觉得对面的女生有些眼熟,一时没想起是谁,只说:"那好吧。"

话题又扯到了刚刚的问题。

广场里四面八方都是人,摄像机对着,裴致一手搂着冯嘉芮的腰,另一只手拿着刚给她买的热可可,棒球帽的阴影下,那双眼睛不太清晰。

但对面的记者还是可以感受他眼里的深情和爱意——

"年少,一见钟情。"

话音刚落,头顶传来一声巨响。原来是零点到了,雪花更大更密起来。

冯嘉芮顿了顿,脑子里都是一见钟情四个字,后面的问题反而一个字都没听清。只看见眼前的人,将口罩往下拉了拉,下一秒俯身而来,在她唇上亲了下。

速度很快,唇上还有温热的气息,眨眼间他又将口罩拉了起来。

在对面人尖叫之前,裴致做了个噤声的姿势:"这个秘密等视频发出再揭晓。"

记者拼命地点头,眼睛巴巴地盯着他们看。

谁能想到随便抓个人做采访,就能抓到现在最红的顶流啊。

两个人漫无目的地乱逛,裴致拉着冯嘉芮去自己喜欢的品牌店,买一件他风格的衣服穿在冯嘉芮身上。裴致越看越喜欢,也拿了同款穿上,拉着她站在换衣镜前拍了张合照。

在网红店排队时,裴致把下巴放在她肩膀上:"买点吃的,然后我们去汽车影院看电影好不好?"

冯嘉芮回头看他,不小心唇瓣蹭到他的口罩。

裴致眼里笑意更甚:"没亲够?"

冯嘉芮看他一眼:"拍了一天戏不累吗?"

他将冯嘉芮抱紧,脑袋摇了摇:"累,但更想和你约会,还想……"

冯嘉芮脖子一烫,隔着口罩都能感觉他气息在脖子上乱飘,她连忙捂住他的嘴。

不用他说,她脑子里都自动在播放两个人接吻的画面,掌心更烫,连瞪他的目光都变充满了妩媚。

路灯迷离将裴致的轮廓浸染得更加迷人,冯嘉芮接过店员打包好的马卡龙,鬼迷心窍地拉着裴致就跑。

等清醒过来,两人已经坐在车里,四周静悄悄只有恐怖的音效冲击耳朵。这地方空旷,也许今晚的活动太多,选择来看汽车影院的只有零星几辆车。

冯嘉芮看着面前恐怖的画面,侧过头看向裴致。他目光低着,正拿着手机不知道在摆弄什么。

"你选的怎么不看?"

她伸着脑袋,目光看见他手机屏幕正停在微博页面上,添加了好几张照片,正在编辑文字。

"你发什么?"

裴致将手机收起来,一言不发,捂住她眼睛就开始亲:"你自己看。"

她伸手要拿手机,手腕又被他握住。他声音低哑黏糊,粘在皮肤上,像麦芽糖一样,甜得让人无法拒绝。

"先亲我,那些不重要。"

她被他拥在怀里,暖气烫人,她抬起头,视线被他锁住,腰被扶紧。她想说这里地点不对,又想说你带我来看恐怖片是不是故意的。可话还没说出口,舌尖就被咬住,咬完就被极温柔地抚慰。

她头无力地靠在他肩头,双手搂着他的脖子:"我们回去好不好?"

他滚烫的唇还贴在她脖子上:"太远了。"

"那我们找个安全的地方好不好?"

裴致咬住她喉咙,牙齿摩擦了两下,忍耐着松开她,将车发动,一路急速居然半个小时就到了自家车库门口,然后就将她拦腰抱起。

冯嘉芮的腿分开坐在他腿上,车库里黑漆漆的,只有他们俩的喘息声。她被亲得喘不过气来,用手掌推着他:"上楼……"

"不要。"

下一秒,手掌就和肌肤亲密接触,在她大脑空白的瞬间,彻底相融。她吃痛地咬在他肩膀上,热气蒸腾,没喝完的热可可似乎被碰倒了,甜得发腻。

裴致无暇顾及,他觉得怀里的人更甜。

这个平安夜漫长也短暂,圣诞老人在偷偷给孩子送去礼物。后半夜是细雨蒙蒙,似乎有雪夹在里面。

裴致咬着冯嘉芮的耳朵,等着她适应,再一起炙热。

"我的礼物呢?"他问。

迷迷糊糊中,冯嘉芮蜷缩在他怀里,手指都不想动。

裴致摸着她小腹,一寸一寸地摩擦:"要个孩子好不好?"

(2)

窗帘紧闭,分不清黑夜还是白天。

睡醒时,身上有沐浴露的味道,干燥清爽。冯嘉芮埋进被子一看,发现身上穿着裴致的衣服。

"醒了？"

随着声音响起被抱进怀里。

"几点了？"

"才早上五点。"

他又问："饿了吗？想吃些什么？"

冯嘉芮迷迷糊糊还没睡醒，嘟囔半天，突然闪过一个坏心，说："你呀。"

话音刚落，下一秒，她下巴就被扳了过去，再然后唇就被贴住。

他的吻格外温柔，仔细地描绘着她的唇，等一切熟悉才探进去掠夺她的气息。

他掌心格外热，不知何时捏住了她的脖颈，另一只手在她的腰间逼迫着她不许后退。

本就单薄宽松的衣服，节节退败。

房间内的温度似乎在急速上升，空气都变得温热又暧昧。

裴致的吻越来越凶，在冯嘉芮喘不过气的时候放开了她。

他埋在她的颈窝，气息滚烫。

冯嘉芮轻颤了下，努力控制住自己的心跳。

"裴致……"

他紧紧抱着她，体温越来越炙热。

"我想好了，吃赵记的面。"

裴致动作一顿。

冯嘉芮就凑在他耳边："这个点去，正好是头汤面呢。"

裴致暗叹一口气，狠狠亲她一口，起身，目光亮得逼人："你就这样什么都不准动。"

冯嘉芮裹紧被子，无辜地看着他，不太情愿："我想要一件衣服。"

他不予批准："没有，等我回来。"

冯嘉芮听话地缩在被窝里,拿着手机刷了刷微博,发现自己和裴致的名字又挂在了热搜上。

原因是昨晚那个街头访问的视频已经被上传,还有就是裴致的最新一条微博。

她拿着手机看,裴致发了九张照片,每一张都是他们俩的合影,看雪的、试衣服的、排队买热可可等等。照片发得如此高调,文字倒显得朴实无华,只有五个字——平安夜快乐@冯嘉芮。

【我有预感,我以后吃的狗粮会非常多!!!】

【老公,我没想到你谈起恋爱这么恋爱脑!!!说好的高贵冷艳性冷淡呢!!现在你就是只黏人精小奶狗啊!!!】

【我就知道我就知道我就知道!!!你现在的微博除了冯嘉芮还是冯嘉芮!!!】

冯嘉芮笑出声,觉得裴致的这些粉丝真的很有趣。她又切回微信,刷了一圈朋友圈,发现没有一个起来的。

等了半小时,裴致拎着面跑了回来。

他见她这么听话,在她额头上亲了下,又拿出一件他的衣服,帮她穿上。

屋里暖气开得足,他像抱孩子那样,抱着冯嘉芮来到餐厅。筷子被塞到她手里,汤头鲜美,面软硬正好,面上的煎蛋居然都是单面煎溏心蛋,一切都是她最喜欢的状态。

冯嘉芮咬着面抬头看向裴致,又悄悄低下头,嘴角藏不住笑。

曾经很长的时间里,她都自怨自艾地认为自己没有被爱的幸运,甚至以为自己就要这样孤独终老。喜欢许庚时,她觉得自己是火,要为爱情燃烧自己,可喜欢裴致时,她发现自己是水,被宠到柔软。

"怎么了?"

冯嘉芮腮帮子鼓鼓地盯着裴致看，含混不清地说："真的好爱你啊。"

裴致脸一红，顿了两秒，没忍住，还是上前亲了下她油腻腻的嘴："我也很爱你。"

圣诞节一过，他们俩的工作也开始忙碌起来。裴致作为纪录片的主角，冯嘉芮几乎二十四小时跟着他转。她这才发现，他究竟有多忙，一个行程接着一个行程，不是在车上就是在飞机上。

别说冯嘉芮心疼得不得了，就连朱玉这个粉丝都天天在冯嘉芮耳边喊："裴裴简直是劳模，倪多问就是周扒皮。"

于是，冯嘉芮找倪扒皮来了一次深度谈话。

这天裴致正在跨年演唱会后台彩排候场，倪多问站在外面抽烟，冯嘉芮走过去，直接就说："烟掐了。"

倪多问一愣，下意识就把目光移到冯嘉芮的肚子上："裴裴最近也在戒烟，你不会真有了吧？"

"没有。"冯嘉芮开门见山，"裴裴这工作也排得太满了吧。"

倪多问一听就笑了："这才哪儿到哪儿，往年比这还忙呢，你现在知道心疼了啊。"

冯嘉芮爽朗地点点头，倪多问笑得更凶了，但只笑了一会儿，脸色就变得严肃起来。

"裴裴不容易，看到你们能有今天这么好，我真挺开心的。你也别太心疼，男人嘛，总要忙事业，不然奶粉钱怎么来。"

"真没怀孕。"

"迟早的事。"

赶在工作空隙，冯嘉芮将裴致绑架到高中校园，又让他换上高中校服。

等一切都准备好，冯嘉芮抬头看着天："我记得今天要下雨的啊。"

她早就打算好了，婚纱照什么的，该有的肯定要有的，等他们到了爷爷奶奶的年纪，还能拿出来回忆一番。

只是这天气预报明明说这个点下雨的可能性是 90% 啊。

朱玉在一旁也着急："要不要联系洒水车啊？"

裴致静静听着，大概知道了冯嘉芮的计划。看着她皱着眉着急，他突然很想亲她。

上天像是听到了他们的祈祷，雨哗哗而下，闪光灯频闪，裴致看着眼前的人，似乎觉得这么多年一晃而过，还记得当初那份最初的心动。

"拿着呀！"

他慢吞吞地接过她递来的伞。

冯嘉芮冒着雨去看拍摄成果，效果不错，准备拍摄下一组。

裴致艰难克制的冲动，终于积攒成瘾，也不管前后的工作人员，将她拉到怀里，就亲了下去。

雨下得更大，他撑着伞，工作人员忙着抓拍画面，冯嘉芮来不及检查自己的脸是不是红透了，就听他在耳边说："我早就想这么做了。"

昏黄的光影映着绵绵不断的雨，裴致撑着伞慢吞吞地从学校走到小区楼下。女孩比他走得快，活泼爱笑，是这个季节难见的阳光。

他收起伞，拿出钥匙打开门，仍然冷冰冰的。灯光亮起，迎接他的只有这一屋寂静的空气。

烧水泡面时，眼前不经意又闪过那张脸，裴致发了五分钟呆，导致今天的泡面难以入口。

大约就是从那天起，他下意识地寻找冯嘉芮的踪影。

校门口，走廊里，操场上，很容易找到，因为她是最耀眼的。

他总撑着下巴懒洋洋地看着窗外，偶尔会和她不期而遇，那天的心情就会从多云变成晴。

只是夏天总是多雨，蝉鸣虫叫，雨不知疲倦下了不知第多少场。他一遍又一遍撑开那把伞，一遍又一遍想起伞的主人。

昏暗的夜晚，乌云低压，狂风卷起翠绿的枝叶和女孩的头发。吹走了暂时的闷热高温，吹不走少年的情思。

冯嘉芮喜欢吃巧克力，紧张时会不自觉地抠手心，心虚时目光会四处乱飘，体育不好，数学更差，今天又被叫去办公室挨训。

她早上总拖到最后才出门，咬着牛奶袋踩着点进校门。丢三落四，还喜欢行侠仗义。

"芮芮？"

舌尖滑过牙齿，笑意溢满唇间，他望着单调的天花板，又将这两个字重复一遍。

"嗯？"

思绪被拉回，裴致盯着眼前的冯嘉芮，她眼睛很漂亮，清澈透亮，一看就是单纯透彻的人。

他笑着说："只是确定了下。"

"嗯？"雨声太大，冯嘉芮没怎么听清。

"我确实是对你一见钟情。"

"那我好像明白了。"

"什么？"

她却只是笑了笑又转回头去。

人还在，景依旧，只是原来那个夏天已经过去那么多年了……

热气蒸腾的大地，高悬的炎炎烈日，西瓜果香弥漫的卧室。

"嘉芮姐。"

"我帮你报复他，好不好？"

"和我结婚，让他抱憾终生。"

——原来她便是这样，一步步被他引入怀中。

(3)

"裴致今年要参加春晚回不来。"

冯嘉芮包着饺子，第三次和爷爷说，见爷爷面露失望，又安慰道："没事，电视机上看也一样的。"

老爷子还是不大高兴："那怎么能一样！"

奶奶笑呵呵地说："反正总能见到的。"

焦梦玉指了指客厅的墙，小声和冯嘉芮说："你看他们把你拍的婚纱照，放在最显眼的位置。"

冯嘉芮抿着唇也笑，她放在旁边的手机屏幕亮了下，她擦了下手，点开。

裴裴宝宝："大概九点半左右上台。"

焦梦玉目光含笑，见冯嘉芮飞快地打了几个字，又放下手机继续包饺子，笑意更大。

焦梦玉问："补办婚礼的事，你怎么想的？"

冯嘉芮捏着饺皮，神情认真，一点一点地捏，像是在做什么精密的实验："还没怎么想。"

"那裴裴呢？我当然是希望你不要有遗憾，婚礼其实还是很浪漫的。"

关于这个事情，其实裴致和冯嘉芮聊过，他们商量如果真的要补办婚礼的话，就办一个只有亲朋好友出席的小型私密婚礼。在一个隐秘的小岛上，接受最亲近的人的祝福。

冯嘉芮放下饺子，端着盘子去厨房煮。

其实她真的没想好。

煮好饺子，电视机上正好主持人在介绍下一个节目。一家人都坐在那儿，等着裴致出现。她夹着饺子蘸着醋，从来没觉得哪一年的春节能过得这么其乐融融。

明明节日气息已经淡了不少，鞭炮声、年味在城市进化的过程中不知不觉已经没了小时候的热烈。可冯嘉芮却感觉很幸福,真的非常幸福。

裴致穿着红色西装出现在镜头里,他皮肤白,冷淡的气质,居然把一身的喜庆都衬得清冷起来。

他今年电影电视剧两开花,各方面都比去年更上一层楼,春晚这个 solo 舞台就是对他这一年成绩的肯定。

家长们拍着照,争前恐后发朋友圈,炫耀自家宝贝。

赵田田也没忍住给冯嘉芮发了个视频截图:"裴致真的帅,这种男人是不是年纪越大变得越帅。"

冯嘉芮回她:"你也不看看是谁老公。"

凌晨三点的时候,冯嘉芮已经睡着,接到电话,跑到门外看见裴致正站在一辆车前面,他穿着黑色羽绒服,头发被风吹得凌乱,脸颊和鼻头也冻得红红的。

冯嘉芮心疼:"刚下飞机吗?"

刚刚还在电视里看着他在电视屏幕里,在春晚的舞台上,和亿万观众一起跨年。居然只过了几个小时,他就出现在了自己面前,冯嘉芮有些不敢置信。

夜空开始飘起了雪,这是今年的第一场雪。白茫茫的,有一片就落在裴致的睫毛上。

裴致看着冯嘉芮,从车里拿过一个袋子,递给她:"新年快乐!"

纸袋里是一个首饰盒。

冯嘉芮仰头看着他,眼里有些莫名。

"我当年求婚的时候,没送求婚戒指,后来又是你送的对戒。这个我早就订了,昨天才到,只能作为新年礼物给你了。"

"裴致。"冯嘉芮心口痒痒软软,轻声打断他的话,"送戒指得单膝跪地的。"

裴致连忙屈膝,刚要跪下,就被冯嘉芮拉住。

"你还真跪啊。"

他愣了下,过了两秒,又抬眸看向她,眸子里都是认真:"嗯,应该跪。"

钻戒被塞进手指,裴致忽然想到什么,拉着她上车。

冯嘉芮有些好奇:"车哪里来的?"

"拜托来接机的工作室同事开过来的。"裴致递给她一个发热的蒸汽眼罩,冯嘉芮看着他,不知他要干什么,车却越开越远,眼看着就要开出城区。

"现在已经凌晨三点了。"

裴致点了点头,在下一个出口下了高架,等红绿灯的时候,他将蒸汽眼罩拆开,动作很温柔地给她戴上。

"裴致,我们到底要去哪里呀?"眼罩上有薰衣草的香味,熏得她有些犯困,路段越来越荒,她心也在七上八下地打鼓。

裴致伸出右手捂住她的眼睛,也挡住她想摘掉眼罩的手。

"不许摘,马上就到。"

大约过了五分钟,车果然停了下来。

耳边又听到他的声音:"不许下车。"

冯嘉芮点点头,听话地顺着他。

裴致将后备厢打开,搬出来很多东西,又过了一会儿,冯嘉芮突然听到有烟花燃放的声音,她一愣,脑子里突然清晰起来。

裴致将车门打开,将她拉了下来,又摘下她的眼罩。

城市的郊外,四周只有草地和一片不知名的湖泊,天空黑漆漆的,五颜六色的烟花砰砰砰地在夜空中绽放。

这里的雪比市区还大了点,烟花在雪里,也在黑夜里,美得不真实。

因为禁放烟花,哪怕是春节在市区都已经很少能看到烟花了。冯嘉芮开心地看着他,她眼睛亮晶晶的,一笑起来就变成了被满足的小狐狸,身后烟花璀璨,可在裴致眼里都不如眼前人来得闪耀。

冯嘉芮因为激动下意识地握住了他的手:"裴致,好漂亮,谢谢你。"

裴致看着她,又从后备厢里拿出几根仙女棒给她。

冯嘉芮眼睛更亮了些:"你怎么知道我喜欢这个?"

玩仙女棒危险性小又好看,一闪一闪的,就像下凡的小仙女。

裴致没说话,帮她点燃,看着她开心地蹦蹦跳跳,他伸手紧扣住她的手。

他说:"时间到了。"

冯嘉芮刚问什么时间,就被吻住。

裴致吻得温柔又专注,还能是什么时间,当然是我们的接吻时间。

从北京到沪城,从烈日炎炎到漫天大雪,从我偷偷地爱你到向全世界宣告。

"冯嘉芮,办个婚礼吧,我想更名正言顺一点。"

两个月后,法国。

赵田田坐了十几个小时飞机,一落地,又坐车坐车,又过了好几个小时,才被送到小镇上一个城堡里。

城堡就在海边,赵田田看着蔚蓝的海,才觉得自己活了过来。

她看着正在试妆的冯嘉芮:"你补办婚礼也太急了点吧,真有了?怕穿婚纱能看出来?"

冯嘉芮闭着眼,她是提前两天到的,被折腾得够呛,现在正闭着眼让化妆师在自己脸上涂涂抹抹。

"没。裴致春节时候那么一说,全家都一激动,地点不好定,正好他爸前两年在这买了个城堡,就用上了。"冯嘉芮睁开眼,指了指挂在衣架上的裙子,"你看到伴娘裙没,快去试试合不合身。"

赵田田就算平时再不关注时尚界，也知道挂着的婚纱和伴娘服都是品牌大师定制款。

她看着镜子里的冯嘉芮："总感觉你嫁入豪门了。"又立即否定，"我差点忘了，你本就出自豪门。"

冯嘉芮笑出声。

婚礼定在两天后的周日，天气晴朗，天蓝海蓝。

这座法国南部的小镇，气候宜人，海风徐徐，可能不是旺季，游客没有想象中的多，镇上的居民过着慢悠悠的小日子。

婚礼的人数不多，亲朋好友加起来还不足五十人。

城堡的露台上，香熏蜡烛铺了一地，刚刚采摘的鲜花正开得娇艳，悬挂着的吊灯随着风轻轻摇摆。冯嘉芮挽着冯温韦的手，缓缓走来。

白纱拖地，手里的捧花洁白美好，她从头纱里隐约看到一直被自己视作超人的爸爸红了眼眶。

他双手颤抖，将她的手交给裴致，那个人的眼睛同样红着，眼里有泪。

裴致的手很冰，看她的眼神带着很多复杂的情绪，她也被感染，眼泪在打转。

交换着最朴实无华的约定，然后亲着最爱的人。

冯嘉芮问："如果有一天你发现我其实是个特别糟糕的人，你慢慢变得不爱我，变得厌倦，然后对这段感情后悔了怎么办？"

他说："冯嘉芮，你死心吧。这辈子，你只能有我了。"

十七岁的裴致生日愿望，希望冯嘉芮可以喜欢他。

十八岁的裴致生日愿望，希望冯嘉芮哪天回头可以看见他，哪怕看一眼就好。

十九岁的裴致生日愿望，希望冯嘉芮天天开心万事顺心。

二十岁的裴致生日愿望，希望冯嘉芮能完成自己的愿望。

……

二十六岁的裴致很自私,他的生日愿望,希望冯嘉芮能够爱他爱到发疯。

- 正文完 -

Extra 1.
爱就是心甘情愿·赵田田视角篇

▼

    赵田田是偶然一次在酒店开学术会时遇见了正在拍戏的裴致。那时裴致已经是崭露头角热播剧的男主了，粉丝环绕。她和裴致自高中后很少联系，她以为这位向来冷淡的男人会对她视而不见。

    没想到叫住她的居然是裴致。

    身边一心只专注科研的同事都被惊到，调侃她说："可以啊，赵田田，还认识大明星。"

    赵田田笑了笑，等走近了才发现，裴致还是第一次见面时的样子。

    他们就在酒店的 longbar 坐了坐，裴致帮赵田田点了一杯没有酒精的软饮，自己只要一杯冰水。

    目光接触，他笑了下解释："我不能待太久，一会儿还有戏。"

    赵田田点点头，在想从哪里开始寒暄。他们俩说熟悉也不熟悉，但毕竟也是年少相识的老友。

    思绪还在运转，他声音从头顶传来："田田姐，你和冯嘉芮还有联系吗？"

    "有啊。"她和冯嘉芮是最好的闺蜜，虽然冯嘉芮远在西北，工作繁忙，但联系也没断过。

    她看裴致的脸色不是很好，揣测着问："你是想知道她的消息吗？但……"

你们不是结婚了吗?

话在嘴边又被吞了进去。

昏暗的光,幽暗的环境,莫名给这个男人增添了一丝脆弱感。

裴致又笑了下,赵田田莫名很难过起来:"我和嘉芮也不常联系,她很忙。"

裴致点了下头,他手机在振动,应该是经纪人在催他。

他接了电话,嗯了一声,说:"知道了。"然后问赵田田,"可以加个微信吗?"

赵田田当然同意。

两人分别,第二天上班,昨天一起去开会的同事述问赵田田:"你和裴致怎么认识的呀?昨天你们都聊了什么?"

赵田田看着微信上裴致的头像和他朋友圈的背景图,有些感叹:"你说为什么有的人的爱就那么长久不变呢。"

同事跟不上她的节奏:"啊?你说什么?"

"我和你说我一个朋友,他从高二起就喜欢一个女孩子,大学、毕业工作了还在喜欢,一直默默守着她。他的微信头像是那个女孩最喜欢的动漫人物,朋友圈的背景图是女孩的童年照。"

同事愣了下,不敢置信:"这年头还有这么纯情的男孩子啊?"

赵田田捧着水杯点头:"是啊,真的很纯。"

再有裴致的消息是在一周后,他主动发来信息,说有一堆物品请她签收,麻烦给个地址。

赵田田这几天实验繁忙几乎都住在所里,就给了研究所的地址。

一天后,她收到快递员打来的电话,正想着是什么,就被眼前的景象惊呆。

从吃的零食、主食到用的衣服、防晒、化妆品，再到必备的药品，一应俱全，甚至很多在沪城本地都很难买到的，也不知道他怎么办到的。

赵田田仔细一看，发现东西用两个大纸箱装着，东西是两份。

她就在沪城，物资并不缺，东西实际上是给谁的，不言而喻。

赵田田："东西我收到啦，我今天就寄给嘉芮。"

赵田田："只是你为什么不直接寄过去，反而要转弯寄到我这里？"

裴致应该在拍戏，微信在三小时后才回。

裴致："你一份她一份。"

裴致："你寄比较好。"

赵田田知道给她的那份是谢礼，但摸不透裴致其他的心思。

只是感觉他这份爱有些隐蔽，什么都不说不做，对方怎么能知道呢？不知道的话，又如何能得到回报呢？

冯嘉芮收到东西是在三天后，电话里好不感激，说着还是田田你最爱我。

赵田田没接话，只是问："你和裴致结婚对他真的一点感情都没有啊？"

那头的人没心没肺地说："能有什么感情，姐弟情吗？哎，说起来我也苦恼，都不知道要怎么面对他。"

这一刻，赵田田知道了裴致的意思。

那个胆小的人，怕本来就离得很远的人，跑得更远。

太阳晒得让人睁不开眼，转眼雨又哗哗下了起来。接到冯嘉芮回来的电话，赵田田激动得差点尖叫，下一秒就出于本能地给裴致发去消息。

裴致："嗯，她就住在家里。"

赵田田觉得这两个人总得有一个先戳开自己的心给对方看看底牌才行。

赵田田："嘉芮这次好像要在沪城待好久，裴致强扭的瓜也甜的，前提是你得先扭一下。"

裴致："知道。"

赵田田："你一定要加油！我简直太操心了，你们一天不在一起，我这心就难安。"

这话说的是真的，简直让人寝食难安。

赵田田的男朋友和她一样是研究所的同事，戴着眼镜，看起来有点木讷。

裴致之前拍的电影首映，有送过票给她，结束后三人还一起吃过饭。

三个都不是热络的人，一顿饭吃得有些沉闷。少数的话题，还是绕着冯嘉芮的。

赵田田本来想劝裴致放弃的话，又吞了进去。她感觉自己有点像裴致的妈妈粉了，看儿子情路不顺简直糟心。

赵田田那个向来情商不是很高，也不敏感的木头男朋友，饭后在回家的路上居然问她："裴致是不是喜欢冯嘉芮啊？"

"啊？"

"听你们俩聊天，话题都是冯嘉芮，每次提起她的时候，裴致的语气都不一样。"

赵田田回想，没察觉出来："真的吗？"

"这就是为什么男人更懂男人。"

那天晚上赵田田就失眠了，认真想了下，可能是裴致的语气和神态她从高中时期就看习惯了。

她问自己的男朋友："你说真的有人的爱是可以自己伤害自己，也心甘情愿让对方伤害自己的吗？"

"这和打游戏一样，如果对方阵营里有一个自己喜欢的人，会心甘情愿给她刀。而且还得不露痕迹，不然放水放得太多了，对方就没有成就感了。"

书呆子困倦地打了个哈欠，催促她赶紧睡觉，然后喃喃自语道："这种人平时隐忍，但实际偏执，一爆发就不得了。"

赵田田从那天起，就开始期待，那个藏了很久爱的人爆发出来是什么样的。

后来冯嘉芮和她联系，抱怨裴致好黏人，又抱怨裴致好爱吃醋。

虽然是抱怨，但口吻娇嗔，她从这些只言片语中窥到他们的甜蜜。

"老母亲"的心终于放下，对着电话那头的冯嘉芮说："儿媳啊，好好照顾我大儿，大儿娶到个媳妇不容易啊。"

冯嘉芮笑骂一句："请你赶紧脱离亲妈粉的身份。"

"不行，我不仅是亲妈粉还是你们俩的 CP 粉。求求了，你们好好过日子。"

Extra 2.

嗑到真的了·粉丝视角篇

▼

阿喵是裴致的死忠粉，从裴致第一部剧就粉上了他，后来还成了裴致全球后援会的管理者。

她每天的工作就是维持好粉丝风向，积极反黑，做好数据，还有管理好年纪小的粉丝们。

当裴致说自己暗恋八年的采访刚出来时，粉丝群里哀号一片都在心疼。

可是等裴致公布自己隐婚，还上传手写信后，群里更是混乱。

但阿喵没乱，她从裴致的第一部剧看到他的第一眼，就知道他是个有故事的男人。

她是在后援会成立就在的元老之一，在粉丝群里很有影响力。好多小粉丝来问她怎么办，要不要脱粉。

"裴裴有说过自己不是单身吗？他一直以来对作品和生活就分得很清楚，他现在主动说，不是很真诚吗？"

她几个问题一问，群里安静下来。

阿喵没说，她其实知道裴致的微博小号。她一开始也不是什么理智粉，裴致把她迷得头晕目眩，满脑子都是他。她茶不思饭不想，就这么把裴致的小号挖了出来。

他很少发东西,几乎不发,偶尔转一点热门上的,更像是在掩盖什么。

他关注的人不少,乱七八糟的,阿喵很仔细地翻到了他第一个关注的那个人。

居然也是个小号。

对方明显是个女生,时不时上来乱糟糟地说一些负能量的话,过几天又精神抖擞地安慰自己,再分享一些吃的,或者嗷嗷叫着想什么,想要什么。

阿喵不讨厌她,感觉这种东西很奇怪的,明明什么都没做,只是看着她微博就觉得不讨厌甚至有一点喜欢。

阿喵将那女生的小号从头到尾都翻了一遍,得知对方在西北,从事摄影相关的工作,还翻看了每条微博下面的评论。对方性格很好,只要评论她的都会回复,而且很有活力。

阿喵发现裴致几乎不怎么说话,只是偶尔出现,好像真是个平淡如水的网友。

阿喵开始怀疑自己,难道扒错了?

有一天,这个小号兴高采烈地晒了一张照片,上面的零食,都是她在微博上提到过的,她说是闺蜜送的。

阿喵点开评论,就看见裴致的小号在下面问:这么高兴?多吃点。

对方回:吃好多。

两个人没有互关。

阿喵想可能这个女生根本不知道这个微博小号是裴致的。

忽然,有个惊天的想法在阿喵脑子里出现,她觉得那些零食肯定是裴致送的。

原来那个看起来这么冷漠认生的人也会有这么温柔的一面啊。

后来阿喵没事就来这个微博看看,看着自己的偶像如何小心翼翼地暗恋另一个女生,心上一边插着刀,一边又觉得很甜。

她一定是疯了。

后来恋情曝光,裴致的老婆身份公布,果然是个纪录片导演。

裴致生日粉丝见面会的时候,她看见了那个女生。

和微博上给人的感觉一样,她一眼就认出来了。

那女生好像心情不太好,要哭的样子,估计是与网上的风向有关,大批网友黑她骂她,她一定过得很糟糕,小号都很久没更新了。

阿喵想上去问又不敢。

再后来,阿喵觉得自己挖掘到这两人的小号真的太厉害了。

冯嘉芮估计真的以为没人知道她这个小号,还当作树洞,分享一点小确幸和生活照。

【有个人黏人已经到了不可理喻的地步了!!但是我爱了。】

【今天他居然只亲了我27次,生气。说好的长长久久,每天99呢。】

【他的古装剧造型真的好帅啊!如果能古装伴永久就好了,每天在家里看着都心情愉悦。】

【他抢我泡面!!还吃光了!!!】

阿喵忍无可忍,又注册了第三个微博小号,偷偷摸摸将冯嘉芮说的画成Q版画,发在CP超话里。

一群喊着甜的转发里,出现了一个熟悉的身影——

【我觉得有人偷窥了我生活……】

阿喵真想回她,自信点,把"觉得"去掉。

啊,一个人嗑CP的感觉真的太爽了!

Extra 3.

杂七杂八篇

▼

（1）事业篇

"嘀嘀嘀……"

手机铃声响了第三遍。

冯嘉芮还埋在被子里睡觉，过了一会儿一只手伸了出来，东摸西摸，没摸到手机反而摸到温热的身体。

她还没反应，就被身后的人抱住。

裴致懒洋洋地将下巴放在冯嘉芮的肩膀上："谁啊，这么早？"

他昨晚有夜戏拍到很晚，才睡下没两三个小时。

冯嘉芮有点心疼："你再睡会儿。"

终于摸到手机，是朱玉的电话，她起身走到落地窗边。

"老板，你之前那个纪录片，提名了！"

冯嘉芮大脑还没清醒，被这消息打得更蒙："西北行的那个吗？"

"对呀！老板，咱们终于用实力证明自己了！"朱玉激动得要命，大嗓门在屋子里回荡。

挂了电话，冯嘉芮还觉得不敢相信。

裴致不知什么时候走到她身后，双手抱住她："恭喜啊，芮导。"

裴致说完想起什么，低笑了声，"那这次电影节，我们可以名正言顺一

起出席了。"

一个月后，半山临湖的文化中心里，星光熠熠，正在举行第29届金像奖。凭借在电影《漫漫》中的出色表现，男主角裴致是夺奖热门人选。而更让人关注的是，他的妻子冯嘉芮同时在角逐优秀纪录片奖。

这是两人公开后，第一次在媒体前同框出现，粉丝和媒体都很激动。

冯嘉芮最紧张，她没出席过这种场合。

酒店房间，造型师拿出几套礼服和妆面让她选择，这架势简直和女明星似的，再看看旁边还站着一个穿着超季西装帅得让人移不开眼的裴致，冯嘉芮紧张的程度又加强了。

"我不至于要这样吧？"

裴致还没说话，朱玉先急了，苦口婆心地劝她："老板，你别忘了，你现在可是裴裴的老婆！关注度不比那些女明星低，而且你要是穿得差了，或者被衬得难看，你信不信论坛上立马有一百个黑帖，不止黑你还黑裴裴。"

好像有点道理，冯嘉芮看着面前的几个人，行吧，来吧。

又是采访，又是拍摄，虽然这些工作平时看着裴致在做，好似很平常，但等轮到她时，却是不一般的紧张。

打仗一样，终于到了晚上。

红毯内侧全是媒体和粉丝，闪光灯频闪，一时宛如白昼。

好像全世界都在叫他们俩的名字，冯嘉芮忽觉手腕一紧，侧头看过去，裴致笑着将她半搂到怀里，在签名板前站了一会儿。

主持人笑着送上来两个麦克风："欢迎裴致和冯嘉芮，今天你们俩都有提名，有没有信心？"

冯嘉芮拿着麦克风，冲着镜头点点头："我对裴致很有信心。"

"那对你自己呢？"

"我能提名已经是很荣幸了，如果能拿奖的话就更好了。"

裴致没说话，只是看着冯嘉芮，目光温柔到让人沉醉。

红毯是以直播的形式在播放，微博和论坛全部刷爆——
【裴致真的太帅太温柔太美好了，又是当柠檬精的一天。】
【别酸了，看到冯嘉芮多美了吗？】
【太美了，太配了，我嗑了！！】

走完红毯，主办方给他们准备了休息室。
季惜白刚做完采访跑过来，看了眼裴致和冯嘉芮，酸唧唧地说："有的人走个红毯还秀恩爱。"
裴致抬眸瞥了他一眼："心眼小是黑点，你什么时候能改？"
季惜白："？"
冯嘉芮笑出声。
季惜白抬了抬下巴："今天我和你可是竞争对手，看我们俩谁是最佳男主角。我赢了要去你家吃饭，你亲手做的那种。"
季惜白说出这话都觉得自己心酸，和裴致这么多年朋友，他居然都没去过裴致家。
裴致不知道他心理活动，居然还犹豫了起来。
冯嘉芮觉得季惜白有趣，自作主张答应了下来。
季惜白立马高兴得翘着小尾巴出去了。
裴致说："他这人容易得寸进尺。"
"没事的，多有意思啊。"
裴致点点头："确实和爷爷家那只小萨摩很像。"
……

晚上八点，颁奖典礼正式开始。
冯嘉芮和裴致并肩坐着，裴致握着她的手，侧头靠过来："从来没想过有一天能和你的名字一起出现在这样的场合。"

冯嘉芮很紧张地看着台上正在宣布最佳男主角,镜头聚焦在几个提名人身上,她的心扑通扑通跳。

裴致入行几年,虽然实力备受肯定,获奖却不多。这个奖对他来说其实很重要,如果能拿到他就是线上无短板的实力派了。

"最佳男主角裴致!"

这一瞬间,所有人的目光都移了过来。

裴致一愣,然后抱住冯嘉芮,全世界的镜头都在,万千网友都在看着直播,他什么都没说,只是亲了下她的额头,然后优雅地起身走上了颁奖台。

"我是个年轻演员,我很热爱我的职业,能遇到好作品,拿到今天的奖项我很幸运。感谢导演和剧组的所有工作人员,更感谢我的妻子。"

冯嘉芮眼眶红红的,眼眸亮亮地看着台上那个人。

当年大雨中敏感清冷的少年,已经成为光彩夺目的大人,世人都知道他的优秀。

好骄傲啊。

裴致拿完奖回来,马上就要轮到优秀纪录片奖了。

"一定是你。"

冯嘉芮很紧张,但她觉得不会,哪有把奖项都给一家人的。

还没反应过来,她的名字就出现在颁奖人口中。

天哪。

怎么办,她压根儿没准备获奖感言。

"裴致。"

裴致以为冯嘉芮紧张,拍了拍她的背:"你看你做到了……"

她问:"你的获奖感言还有备份的吗?"

"……"

已经耽误很久了，主持人在催冯嘉芮上台了。

冯嘉芮一边紧张，一边在脑子里构思，到了台上，接过奖杯："感谢朱玉，感谢何鼎朝，感谢裴致，我爱你们！"

"……"

事后，冯嘉芮真的太后悔，早知道不管得不得奖，都得准备好几份获奖感言。

（2）怀孕篇

两人获奖后，热度不是一般地高，铺天盖地的热搜和无数的采访邀约，都被两人拒绝了。

裴致收到好多片约，正在家看剧本挑剧。冯嘉芮在剪前段时间拍的裴致纪录片。

书房里，一人一半，却格外温馨。

剪到一半，冯嘉芮突然想起来一件事。

她连忙打开手机一看。

"不会吧。"

裴致从剧本里抬起头，看着冯嘉芮跑进跑出，放下了剧本。

"怎么了？"

冯嘉芮脸红红的，结结巴巴："你……你跟我出去一趟。"

两人戴上口罩和墨镜，开车到离家最近的一家药房。

冯嘉芮捂住脸，看也不看裴致，使唤他："你去买验孕棒。"

裴致微微愣住，下意识抬手就摸上她的肚子："儿子还是女儿啊？"

"还不一定有啊，你先去买避孕棒。"冯嘉芮抓住他的手，声音黏黏糊糊的。

他呆呆地点了点头，熄火，下车。

五分钟后。

他买了一大袋回来。

"你买这么多干吗啊？"冯嘉芮惊呆了。

"我怕不准。"

冯嘉芮也不好说他，这种事，确实他们俩都没经验。

两人回到家，冯嘉芮钻进卫生间，裴致就在卫生间门口走来走去。

每一分每一秒都过得格外缓慢，他脑子里在想，孩子叫什么名字好呢，学校上哪个好呢，公立还是私立，家里有没有学区房。

等冯嘉芮出来，他已经把孩子的兴趣班学什么都想好了。

冯嘉芮看着裴致，手里捏着验孕棒。

"真的有了。"

裴致连忙抱住她："太好了太好了，名字、学区房、课外班我都准备好了。"

冯嘉芮："……"

自从冯嘉芮怀孕后，就被全家人看得牢牢的，焦梦玉每天都打电话来，让她汇报情况，甚至还隔三岔五不通知地上门逼迫她吃东西，这种日子简直太难过了！

裴致看中一部古装剧的剧本，但是拍摄周期有六个月，他有点犹豫。

冯嘉芮立马怂恿他赶紧签，签了，她也能跟着他出去，不用留在沪城忍受被爸爸妈妈爷爷奶奶看着的痛苦！

"我拍戏行程很紧，而且横店的环境不太好，你就留在沪城。"裴致抓住她的手，不让她收拾自己的东西。

"不行不行，我一天都离不开你。"冯嘉芮可怜兮兮地抱紧他，"难道你舍得和我半年都不见吗？"

裴 · 毫无立场 · 致："……"

他怎么能舍得呢？

裴致天天拍戏，冯嘉芮自己一个人过得也挺开心的。怀孕实在是辛苦，让她的购物欲直接爆发，直接反映在了裴致所在的剧组，下午送咖啡、奶茶、甜点，晚上送火锅、烧烤。

直到有一天，导演趁着众人吃得开心，将裴致拉到一边。

他犹豫再三，嘴角的牛肉酱还没擦干："裴裴啊，我知道嘉芮是照顾我们，也知道她心地好，但是天天送实在是太破费了。"

裴致点点头，确实破费，剧组上百号人，她每天这么送，确实让人觉得有点挥金如土。

导演继续说："你们男演员还好，你看看我们组的女演员，肉眼可见地，那脸一天比一天圆。"

"……"

"裴裴啊，虽然真的很好吃。但我们是古装权谋悲情大剧，一个个都看起来那么滋润不好吧？"

"……"

从裴致那边得到消息的冯嘉芮，觉得导演的话很有道理，于是换花样了。

给导演和男演员送的都是肉，给女演员送的都是沙拉和低卡的食物。

导演："……"

女演员："……"

季惜白也在横店拍戏，听到这事，打电话给冯嘉芮："弟妹，你知道你现在已经是横店的女富豪了吗？多少个组眼巴巴地羡慕你们，群演知道能进裴裴的组，都能多开心几天。"

冯嘉芮："客气了，多亏找了个好老公。"

"裴裴的片酬够你这么败家的吗？"

"没事,你不懂,我有更大的金主。"

裴致正在背剧本,听到这话笑了起来,捏了下冯嘉芮的鼻子:"我要跟爷爷和我爸说了。"

"好啦,我不送了,我就是怕你在剧组吃不好。"

"我的对手戏女主角已经胖十斤了,最近下了戏就去健身房。"

"……"

"我的错,我检讨,我送她减肥茶吧。"

裴致将冯嘉芮抱到怀里:"你就给咱孩子存点家底吧。"

(3) 七夕篇

冯嘉芮怀孕后,除了购物,另一件事就是看剧。因为太闲了,她将这几年没看的剧都看了个遍,结果迷上了检星洲。

检星洲今年三十岁,暑假档一部古装仙侠剧的男主,出道快十年了之前几乎毫无名气,就因为这部剧大爆特爆,居然让裴致都有了一丝丝担忧。

他担忧的不是别的,而是冯嘉芮现在十句话里有九句都是在夸检星洲,剩下的一句,还是告白检星洲。

这些裴致还能睁一只眼闭一只眼,直到他看到冯嘉芮的微信头像换成了检星洲,甚至加入了检星洲的粉丝团,连手机相册里都全是检星洲的照片。

裴致:"……"

后院真的着火了。

裴致没有具体表现出来,只是用 battle 方式偶尔问询。

"检星洲哪里帅?"

"洲洲当然哪里都好啊,洲洲的眼睛好看,洲洲的鼻子好挺,洲洲的嘴巴看起来又软又好亲。你看他明明看起来这么瘦,脱掉衣服,居然身材好好。八块腹肌,胸肌还大,腰特别细。"

"……"

裴致看着她如数家珍的模样,拳头捏紧又松开,看似轻松地开口:"这些我都有。"

冯嘉芮一愣,视线看过来,上上下下打量了一遍,确实都有,她无法反驳。

"但是他不一样。"

"哪里不一样?"

"就是不一样,你不懂。"

裴致确实不懂,就刚刚冯嘉芮说的那些彩虹屁,他粉丝不也全部说过他。

他真的酸死了,自己在她相册里都没几张照片,居然都是检星洲的。

剧照、生活照、活动照,甚至……胸肌照、腹肌照。

晚上睡觉,他抱着她,都酸酸涩涩的。

酸归酸,裴致第二天开工早,还是将早饭中饭都准备好,才离开。

冯嘉芮口味重,心情不好时就喜好吃辣来缓解,可是这样对胃非常不好。

为了调理她身体,裴致吃准她不会不吃他做的饭,所以每天都准备好。

到剧组得知,检星洲的新剧,今天在横店开机。

裴致眼皮跳了一天,然后叫来小Q,凑到小Q耳边悄声说了几句。

小Q不可思议地看着裴致,张大嘴巴说不出话来。

裴致眉头微蹙:"快去。"

横店就那么大,小Q丝毫不费力地就找到了检星洲所在的剧组。

做艺人的助理,最重要的就是不要脸,没一会儿,小Q就和检星

洲的工作人员混成了好朋友。

检星洲身上有一种很沉稳的感觉,和裴致身上那种少年光芒不同,他更像是过了很多年沉淀下来的古董美瓷。

"星洲老师,是这样的。我是裴致的助理,裴裴说想求您一件事……"

检星洲听完有些无语。

小Q不好意思地看着他。

检星洲:"可以的,我很乐意。"

小Q夸赞:"您可真是大好人啊。"

第二天是七夕,冯嘉芮照常睡到中午才醒,睁开眼摸到手机一看,自己的微博居然被@炸了。

她认真地想了想,自己还有什么黑历史没被扒出来。

应该没有了啊。

难道裴致在七夕出轨了?

她怀着紧张的心情打开。

【检星洲:七夕快乐 @冯嘉芮】

下面是一个很短的视频,应该是在酒店里,检星洲站在白墙前,说:"冯嘉芮小姐您好,受您先生裴致之邀为您录制这段视频。听说您非常喜欢我所塑造的角色,我真的感到十分荣幸和开心。但是,(从这开始检星洲的声音和形态就变了,变成了剧中那个人的感觉)您现在是孕期,一些特别辣的,比如小米辣就别吃了,真的对胃很不好。还有……"

简直是把孕期注意事项和她个人饮食和生活不好的方面全都说了一遍。

冯嘉芮捂住脑袋,在绝望的边缘,一边绝望,还一边觉得裴致对她真是真爱。

她打开评论——

【我吓得一抖,以为洲洲和冯嘉芮公开了。】

【呜呜呜呜呜,谁不是,我刚要去骂冯嘉芮,然后我打开了视频,又被迫吃了一吨狗粮。】

【七夕了,果然狗粮是管够的。可怜咱洲洲,单身就算了,单身还得吃狗粮,还奔走在第一线,这么一想,我又平衡了。】

【啊,第一万零一次问,为什么裴致不是我的,啊?】

【我去做梦了,我现在有代入对象了,我现在就是冯嘉芮。】

……

行吧,她这全世界女人都想成为的人设越来越稳了。

晚上,拍了一天戏,终于下班的横店民工裴致回到酒店。

刚打开门,速度很快地蹿出一个人。

他下意识地接住。

冯嘉芮揽着他脖子,下巴蹭着他锁骨,声音黏黏糊糊:"老公,七夕快乐。"

裴致美滋滋的,低下头刚要亲,冯嘉芮立马捂住他的嘴:"老公,我喜欢检星洲你是不是吃醋啦?其实我就是他的剧粉,三月剧粉很无情的那种,你不要放在心上。"

"真的吗?"

"嗯嗯,超级无情的,所以你以后能不能不把我这些缺点啊都告诉他啊?"

天啊,她偶像知道她所有的缺点。

简直太要命了啊!

裴致眸子半眯了下,将冯嘉芮抱回到床上,压制住。

"不想让他知道你的缺点?"

他声音淡淡的,冯嘉芮却第一时间就察觉到了他话里的危险,她将

他抱得更紧:"缺点是亲密的人才能分享的。"

她在偶像面前必须完美。

"因为我知道你是爱我的,最爱我的,所以我才能这样肆无忌惮。"

"这样?"他声音软了下来。

冯嘉芮怕他多想,连忙主动亲了上去。

夏夜燥热,横店的热更是让人心生郁结。她孕期辛苦,却被他记在心上,万事周全,还任劳任怨。冯嘉芮不是不知道,他拍戏有多累多辛苦,古装戏更是磨人。这么热的天,戏服一层又一层,热得人发晕,他却从来不说一句。

今天检星洲的视频说不感动是骗人的,裴致这种人,居然有一天会为了她做出这种事。

"老公。"

"嗯?"

"我真的好爱好爱好爱你。"

数月后,孩子平安出生,是个可爱的小姑娘。

裴致为其取名裴之之。

冯嘉芮没啥意见,小姑娘什么都好,就是黏着裴致,一天二十四小时都不放过。

冯嘉芮乐得轻松,笑嘻嘻地看着初为人父的裴致。

小奶娃,软软地趴在他怀里,吃饱了正在睡觉。

她拿出手机,拍了张照片,发在了从来不秀恩爱的大号微博上。

"超幸福!"

Postscript.

　　大概是去年年底吧，我一个同学结婚，特别冷的天，我坐了好久的车，去她所在的城市给她做伴娘。辗转得知新郎的一个远房亲戚是一个演员（很透明的那种），也会来，还会做伴郎。我当时就在想，这个男演员会是谁呢？

　　第二天接亲的时候，我头伸得老长在看。看了后果然是我不认识的，但心里想，真的演员就是演员，长得真好看。

　　婚礼真的非常考验人，我虽然只是个伴娘，但是我矮，伴娘裙又很长，被迫穿了一天高跟鞋。出外景的时候还遇上下雨，感觉累死的时候，演员小哥哥拎着买好的热奶茶出现，还询问我脚是不是很疼，要不要创可贴。

　　真的毫不夸张，当时感觉他帅爆了，不红真是天理难容。可能被奶茶收买，也有可能是出自作者天生的脑补能力，我回来后念念不忘了两个月，然后产出了这个灵感（男主人设和这个人几乎没啥关系）。

　　写的时候正好是南方梅雨最猖狂的时候，每天都在下雨，闷热又潮湿。我开着26℃的空调，喝着满是冰块的黑咖，看着我笔下的裴

致和冯嘉芮，老是发出不知名的笑声。

　　当初设想裴致这个人物时，想的是他很敏感有一点易碎感和知世故但不世故的清冷感。他在专业上很认真，更没有什么架子，只是把演员当作一种职业，而不是光鲜的明星。成名之前是这样，成名之后也是这样。他对待感情很专一，也很偏执，同时又很胆怯，有一种少年人的青涩和害羞。

　　这大概是我写过的最心甘情愿为女主付出，又心甘情愿被女主伤害的一个男主。他真的太好了，好到我说起来都有一种酸酸涩涩又心跳过速的感觉。（哈哈哈哈哈，其实也并没有。）

　　而女主冯嘉芮是个非常直接果断、阳光又单纯的人，这个单纯是她在成人世界里走过一遍，带着满身伤回来，还是散发着阳光味道的单纯。

　　我很欣赏冯嘉芮对待感情的态度，喜欢就争取，哪怕前面是深渊，也没关系，受伤就是自己作的，从不怨天尤人。

　　其实写的时候，女主的处理比男主的处理难很多，我好多时候会担心，她变得让人讨厌。但是她其实是非常值得男主用好多年好多年来等待的一个宝贝。

　　其实我的初衷就是写一篇很甜的纯谈恋爱的文，但创作过程真的好痛苦啊，没有什么比只谈恋爱，只有男女之间你来我往推拉更难的了。有时候自己写着写着，就好想对着他们说，你们俩都是成年人了，为什么不令自己在一起，还要妈妈来帮你们？

　　写完的那天，下了一个多月的梅雨还没过去。我在截稿期最后一天的晚上，仔细又看了一遍，然后颤抖着给编辑发了过去。（没有什么比交稿审稿改稿更让人紧张的了。）

哈哈哈，希望你们能喜欢这个故事，我以后打死也不要再写这种故事啦（我发誓）！

本书由知秽委托长沙大鱼文化传媒有限公司正式授权花山文艺出版社，在中国大陆地区独家出版中文简体版本。未经书面同意，本书的任何部分不得以图表、电子、影印、缩拍、录音和其他手段进行复制和转载，违者必究。